Ouvrage publié avec le concours du Ministère français des Affaires Etrangères, celui du Centre national du Livre de la France et l'aide de l'Ambassade française en Chine qui méritent d'être vivement remerciés par éditeur et traducteur du présent ouvrage.

本书出版承蒙法国外交部、法国国家图书中心和法国驻华使馆赞助，特此致谢！

Littérature et sa réthorique
Par Jean Bessière
© Presses Universitaires de France, 1999

哲学的叩问译丛

主编／史忠义　张龙海

厦门大学外文学院书系

文学与其修辞学
——20世纪文学性中的庸常性

*L*a littérature et sa réthorique
　La banalité dans le littéraire au XXe siècle

［法］让·贝西埃⊙著
史忠义⊙译

中国社会科学出版社

图登字：01-2013-8403

图书在版编目(CIP)数据

文学与其修辞学：20世纪文学性中的庸常性/[法]贝西埃著；史忠义主编；史忠义译. —北京：中国社会科学出版社，2014.4(2015.3重印)
(哲学的叩问译丛)
ISBN 978-7-5161-3571-6

Ⅰ.①文⋯　Ⅱ.①贝⋯②史⋯③史⋯　Ⅲ.①文学语言—修辞—研究　Ⅳ.①I045

中国版本图书馆CIP数据核字(2013)第265741号

出 版 人	赵剑英
责任编辑	郭晓鸿
特约编辑	王冬梅
责任校对	李　莉
责任印制	戴　宽

出　　版	中国社会科学出版社
社　　址	北京鼓楼西大街甲158号（邮编100720）
网　　址	http://www.csspw.cn
	中文域名：中国社科网　010-64070619
发 行 部	010-84083685
门 市 部	010-84029450
经　　销	新华书店及其他书店
印　　装	北京君升印刷有限公司
版　　次	2014年4月第1版
印　　次	2015年3月第2次印刷
开　　本	710×1000　1/16
印　　张	11.25
插　　页	2
字　　数	185千字
定　　价	39.00元

凡购买中国社会科学出版社图书，如有质量问题请与本社联系调换
电话：010-64009791
版权所有　侵权必究

目　录

代译序　问题学和新修辞学背景下的文学理论思考 ………… 史忠义（1）
第一章　现代文学与文学的似真性 ………………………………（1）
　　文学的似真性 ……………………………………………………（3）
　　文学的疑难,共性,日常性 ………………………………………（7）
　　文学的瓶颈,QUAESTIO …………………………………………（13）
　　文学,元再现,贴切性的通常直觉 ………………………………（23）

第二章　文学的贴切性:其手法及其验证 ………………………（28）
　　元再现的不可能性和虚空性:福楼拜,马拉美,瓦莱里,史蒂文斯,
　　　布朗绍 …………………………………………………………（31）
　　共同场域的悖论,日常性的权力:约翰·阿什贝里,博托·斯特劳斯,
　　　安东尼奥·塔比奇 ……………………………………………（42）
　　共同场域,忠实于字面意义,语词的定位:娜塔莉·萨洛特,
　　　雷蒙·格诺 ……………………………………………………（50）
　　贴切性问题,交际的展示,交际思想 ……………………………（59）

第三章　忠实于字面意义 …………………………………………（65）
　　忠实于字面意义,象征、叙事、阐释的疑难和抒情型简约 ……（66）
　　忠实于字面意义与贴切性,诗与实践 …………………………（82）
　　忠实于字面意义,贴切性,亏欠的思想 …………………………（89）

第四章　文学的客观性:文学客体,可能的客体 …………………（96）
　　文学的客观性与忠实于字面意义 ………………………………（97）

相异性,诗学,共同场域 …………………………………… (101)
承认,客观性,问题 ……………………………………… (108)

第五章　当代文学与关涉方式 ……………………………… (115)
关涉方式 …………………………………………………… (116)
文学,制作与实践的分离 ………………………………… (132)
文学的界限,思想的界限,文学的可能性 ……………… (138)

第六章　文学、共同场域、日常性、普通性 ……………… (148)
文学、交际思想的展示、神秘性 ………………………… (148)
文学、共同场域和修辞的审美化 ………………………… (160)
文学、共同场域、想象浴 ………………………………… (163)

作品名称索引 ………………………………………………… (167)
人名索引 ……………………………………………………… (168)

代译序

问题学和新修辞学背景下的文学理论思考

史忠义

在贝西埃先生1999年至2010年期间发表的五部著作中，我选译了三部，分别是：《文学理论的原理》（2005）、《当代小说或世界的问题性》（2010）和这部《文学与其修辞学》（1999）。之所以选这三部著作，是因为它们的理论含量更大、更集中。这三部著作的共同特点是，都以问题学哲学和新修辞学为学术背景。相比之下，《文学理论的原理》则更系统化，作者的理论思考更成熟。我为之写的前言或代译序是《一部以逻各斯和秘索斯为突出特点的文学理论的原理》。而《当代小说或世界的问题性》的视阈更集中，集中讨论当代小说的特点及其与包括后现代小说在内的传统小说的区别。我为之写出的一篇文章是《后现代之后的当代性观念及其对现代性危机因素的消解》，把当代小说的特点与消解现代性的危机因素联系起来，说明当代小说正以自己的方式抵制、反对、化解现代性的负面因素。《文学与其修辞学》是这三部（或五部）著作的第一部，且其涵盖的面更宽——通论文学中的理论问题，当然更多地集中在20世纪的文学中的理论问题。这是贝西埃先生在问题学哲学和新修辞学学术背景启示下对文学理论的首次思考，其探索的氛围更浓。在我看来，这也是贝西埃著作中迄今最难读的一部著作。

笔者之所以要明确宣示这部著作的问题学哲学和新修辞学学术背景及其浓厚的探索氛围，是想引出它的思考特点，并对读者如何阅读它提一点建议。这部著作的思维特点是，作者在一般理论工作者止步不会继续思考下去的地方开始思考，所以著作的每段文字、每句话都要求我们去咀嚼，都不可以掉以轻心，都不可以轻易断言，都是新的东西。第二个特点是，作者论述所有问题时都设想了正、反两个方面或者还有它们衍生的其他方面和各种问题，所以一个观点的表述往往拖得很长，情况设想得很复杂，表述也有曲径幽深之感。第三个特点是，跳跃性大。作者在论述一个问题时，突然涉及的其他问题经常出乎我们的预料。

问题学哲学和新修辞学的学术背景，浓厚的探索氛围，几乎全是新的思考，表述的语句和思想复杂幽深，跳跃性大这些特点，已经增加了本著作阅读的难度。因而读者在阅读时，一定要视野开阔，思路活泛，要有耐心，不要有畏难情绪。文学理论工作者阅读并读懂这部著作还是很有必要的，对开阔我们的思路很有帮助。

在2012年国家社科基金重大招标项目的答辩会上，有中文出身的评委指出我的某些译文有明显的欧化现象。我坦率地承认这一事实，也接受了这个意见。这里顺便也向读者们做一点说明。1996年回国后，在诗学著作的翻译中，我最初强调的是一定要把中文说通畅。在《20世纪的文学批评》的翻译中，我即是这样努力的，得到了出版社审读编辑谢大光先生的肯定。后来我逐渐发现，其实形式上的某些选择蕴含着原作者的一些特别的用意或心思，如果把这种用意也能译出来，那是对原著更进一步的忠实。于是我尝试着在大概遵循原著形式的基础上尽量把中文说顺畅。这种做法显然比前一种做法难度要大得多，需要尽量搜索中文相对应的资源。这样更忠实于原著了，但欧化现象也就比较明显了，因为这正是中、法语言、文化、思维习惯差异的地方。第三种情况是，法国学者某些思维、论述或表达习惯是中文习惯中根本就没有的，这正是他们著作中新颖的、吸引中国学者的地方。贝西埃《文学与其修辞学》这部著作就是一个很好的例子。我如果把其中的话语说得完全符合中文的习惯，那它就不是贝西埃的著作了。全书中那些很个性很特别的思考是中国学者止步以后的思考，但你可以随处感受到西方各种学术思潮的影子，特别是问题学哲学和新修辞学的学术背景。作为外语出身的学者，我们之所以不厌其烦、不厌其详地直接把西方的原著翻译给国内同人，而不是转述他们的学术观点，就是希望国内同人们能够真切地感到西方学术的原貌。相对于国内当代的学术著作，它们一般都内容更充实一些，更扎实一些，功力更厚实一些，新思路、新观点更多一些。

但是上述评委的意见给了我很大的启示，我已经考虑在随后的经典法国文学史的翻译工程中，如何强调并保证中文说得更通畅的一些实际措施，以便数年后奉献给国内读者的一套 10 卷本的法国文学史，做到引人入胜、达到令读者们手不释卷的程度。这是笔者的一个良好愿望，我们将朝着这个方向努力。

2012 年 10 月 7 日　北京

第 一 章

现代文学与文学的似真性

这是对现代文学①的一种修辞学阅读。这种修辞学阅读不能理解为作品修辞组织的比喻阅读。这种阅读可以理解为那些可能是自1850年至今的现代文学的辨认手段以及因而连续阅读的手段。这种辨认应该赋予常见的历史分期、常见的划分如现代派、后现代派、现代主义、后现代主义以权利,赋予常见的文学流派和文学美学的认证以权利。它应该同时描画文学或者被承认为文学的修辞学症结,那里应该确认上述连续性的报告。它归根结底应该界定文学的某种地位,那里,各种文学战略,那些界定历史分期、审美区划、诗学分野、意识形态分野和其他明确分野的战略也应该得以确认。这种阅读不应该理解为,在整个现代文学时期一直或多或少处于潜在状态的对修辞学的参照成为一种单一解释性的参照系。反之,它应该理解为,通过这种参照,对现代文学的持续性阅读应该是反映文学自我展示以及文学希望完全赋予自己的各种不同的和对立的方式之阅读。

连续性假设显现为悖论的第一个理由是,它以文学的实现为条件,它不得不依据这些实现来设想某种文学的视界,因为不可能拥有文学实现之各种不同的矛盾之整体的深思熟虑的明确图式。言说矛盾的整体乃是自然而然的事情。说这些文学实现的深思熟虑图式不能完结任何东西等于把文学的思考游戏认同于某种分散的补充的材料。这种思考尝试总体上可从两

---

① 在欧洲人的习惯中,现代文学一般自16世纪开始,相对于中世纪文学而言。贝西埃这里的现代文学是自1850年以来的西方文学,包括现实主义、现代派文学(现代主义)、新小说、后现代主义等文学流派和分期。另西方学术界和我们国内学术界谈论的西方的现代性一般从17世纪开始,现在英国一些学者认为16世纪英国的经验哲学已经是现代性的萌芽了。贝西埃在其著作中也常用"modernité"一词表示他所指的现代意义。为了不与上述"现代性"概念造成混淆,当该词与文学相连时,我们将其译为"现代文学",特此说明。——译注

方面阐释：根据语言学在文学界定中的优越地位，将文学与语言的无限性关联起来；根据思考的复杂性，我们不妨说，它描画了某种黑匣子。那么文学的视界就是不可思考的。难道那是指出书中有书的方法？然而，这亦等于接受让不可组合之各种文学作品和参照系相互矛盾之种种文学世界共存的态度。

文学的这种当代形态反映了下述思想，即文学不可能明确而又全面地思考自己，不可能明确而又全面地被思考，但是它呈现为文学。这还意味着，以某部作品、某系列作品之风貌对文学的肯定蕴含着对以另一部作品、以另一人们通常弃置一旁的系列作品代替上述作品、代替上述系列作品的潜在肯定；蕴含着根据其自身言语对文学的肯定意味着对该言语之他者——日常言语的否定和立场；蕴含着把文学认定为虚构的共同意见也意味着对用人们通常弃置一旁的另一事物代替上述虚构的潜在肯定。文学思想只能是一种不纯粹的思想。

对当代文学和当代批评的界定等于明显进入这种游戏，该游戏曾以多种方式表述，但是可以概括为某种悖论性运动：把文学带入它自己的语词和任何言语的语词；把文学带到这种程度，在那里，人们无法决定它到底属于文学再现还是属于任何再现，后者可以理解为言语所承载之认识论蕴含，这些蕴含因此而意味着展现；把文学带入它排斥其自身真实、排斥对某种真实的展示然而并不缺乏贴切性的程度；自可能解构文学的它的两种危险引导文学：从某种严格的纯粹性、某种共性引向某种交替性，这种交替性在福楼拜和马拉美那里已经清晰可见。以这种方式引导文学，使文学自上述两种危险起，通过把它们置于一起，成为对此种危险和彼种危险的否定，并把文学变成共同知性的担保形象和通过这种共同知性之任何推论游戏的可能性形象。修辞游戏依然存在于斯，可以从双重角度理解：作为这种担保的独特活动，作为这种担保的展现。修辞游戏中有着比喻实践和共同场域之某种承认的和解，通过这种和解，文学成就自己独特性和任意性之悖论和有效性，成就某种展现和某种再现，而不能决定到底是前者决定后者还是后者决定前者。文学作品的客观性既体现在其形式方面，也体现在这种不可决定性、体现在某种创造性与某种共同知识的这种不可分性方面。当代文学把这种客观性作为自己的问题，把自己的文字作为对这种不可分性的展现，和对某种贴切性的肯定，我们能够言说的什么是文学创作的贴切性，以及无法拒绝对贴切性之寻常直觉的某种言语的贴切性。当文学贴近日常言语时，当它选择把贴切性的寻常直觉作为衡量各种展现和再现的某种展现时，当它把其创造性的展现作为这种日常性、这种言语的日常性、这种贴切性之寻常直觉的日常性、这种共同场域的日常性的展现时，文学由此还是自足的。换言之，由于文学把玩这种矛盾和贴切性的寻常直觉，文学乃是根据某种恒久的似真性运作的。

文学的似真性

于是文学的似真性即是任何修辞举措及其悖论的似真性：按照其明证性、按照各种共同场域的权力给出言语本身，根据众多创作图式和阐释图式之场域给出言语。这种悖论重构如下：没有无宏观结构整体的书写文字，其形式的宏观结构整体，其语义的宏观结构整体；这种整体既完全是其自身，然而它又是可以使它获得承认的种种图式构成的。作品之任意性和其布局论证的关联在这里是恒久的，缘由是，布局论证可以呈现任意性，即昭示再现的任意性，且任意性同时又是布局论证的支撑，即种种再现的自行语境化。即使当文学被置于互相矛盾的修辞范围时，任意性、布局论证、文学的可接受性和似真性游戏相当于安置相对于作品的展现和相对于非作品的展现。赋予比喻游戏的优越地位可以展示上述安置所构成的交替，可以商榷作品所展现之共同场域与共同场域的关系，后者由此叩问这些共同场域的贴切性。贴切性根据这些共同场域载入再现的情况来理解，再现可以包含共同场域，根据它们理解寻常直觉、共同信仰的能力来理解。

文学的似真性还可以理解如下：在文学实现和所谓的文学实现中，在文学批评中，有关文学之界定和承认的争执没有终结；争执的继续以文学的似真性为条件。当人们言说文学时，古代风格和后现代风格似曾相识一事较少告诫我们历史打上了它的烙印，而更多地显示了某语词的恒久性和该语词所承载的似真性。这种情况可以用当代术语理解如下：即使当文学和所谓的文学就其现在形态而言呈现为没有终结的葬礼和某种引发（其文学对象处于不确定状态）时，文学的文化胜利了。这样标示文学的似真性等于重温与文学一词之使用相关的另一种二重性。言说文学之终结——这是一种共同的肯定意见，并不禁止我们继续承认并接受文学的似真性。这里应该重温皮卡比亚（Picabia）的一句话："艺术死了。我是唯一未能继承艺术的人。"终结的标示呈现为某种含糊其辞的标示：它言说终结，事实上却言说了共同继承问题。这种界定文学似真性的双重方式使人们理解到，对文学的信仰并没有消失，但是文学的场域、客体、功能不再可能准确界定了：文学遗产也没有得到明确的继承。文学的再现是恒久的；这种再现的贴切性是假设的；这种再现的种种客体是变化的，以至于文学的再现是某种不确定的方式。文学思考、文学再现的方式变得与似真性的界定相适应，与文学活动给出的似真性界定相适应。

文学的这种不确定性的再现还等于根据人们对文化的任何再现的无差异化而给出文学的再现。已经完成之文学，实现中的文学，与一个更广阔的土壤相接，它与文化遗产、与民族的和国际的艺术创新、与文化实践比邻而居。它与其他表达方式毫无竞争地和平共处：文学与这些表达方式构成某种方式的"纯色织物"，后者与某种"想象浴"和交际的某个恒久片段分不开。我们应该把想象浴理解为任何特殊展现的消失。或者理解为，文化手段所提供之种种展现达到了如此联结、如此连续的程度，它们失去了任何独特性，并进而与它们所演示的公共范畴相混淆。它们按照某种恒久的接受性发展，它们自身成了某种无问题的再现方式，不是因为它们不表达任何问题，或者它们拒绝任何问题，而是因为它们取消了任何问题的效用。想象浴属于任何地域，并因而属于任何人，它可以准确地应用于下述情况：它可以因此而使每个人自称为主体，同时该主体又被这种想象浴所穿越和粉饰。这里说的是集体再现和普遍性再现的可能性，主体们的自然运动并未变质，这里还指出，这种再现是所生产之种种展现的独特性缺失的结果。在这种假设里，文学符号，艺术符号，生产性符号，甚至不呼唤对它们的布局论证、它们之任意性的某种叩问，尽管按照与共同再现之关系言之，它们显得贴切和清晰，尽管它们被承认为某种"制作"的产物。如果我们把象征界定为这种复杂符号，它可以把玩展现和再现，并让展现与再现的关系处于某种模糊状态，并因而可以根据展现的明证性、根据再现的明证性来解读，但却不使前者与后者的关联具有一劳永逸之形态，那么上面的情形就具有某种去象征化的方式。

这样，文学就再次呈现为悖论性：这种解体情况，把其再现解体于想象浴的任何展现中；这种根据似真性的修辞活动的属性。文学因此而永远既是对共同场域的书写，也是对文学场域的书写，文学场域是对这些共同场域的接触面。这意味着保留允许任意性游戏和布局论证游戏的东西：展现这些场域和各种再现的问题域。建立种种展现的文学举措可以是对想象浴之发现的回答，关于其自身言语的文学显示，人们不能对文学提供的其自身的再现建立任何东西，但是，此种情况可以创新，可以在给予的材料内部布置和协调距离，准确地说，这些材料包括所有言语以及它们所蕴含的所有再现。这种协调还可以解读如下：在把文学等同于想象浴的运动中，想象的存在以界限（界线）为条件。当文学承认其能量时，它便接触到不同言语之间设立的界限、接触到它们所蕴含之不同再现之间的界限，并且接触到它不能仅根据单一的集体再现——想象浴——发展的明证性，除非放弃其自身似真性的活动。

这种似真性的修辞时刻布置着不同场域的连续性身份，它们的概况是若干共同场域的概况，这些共同场域产生若干一般再现的竞争。这种修辞时刻还意味着种种再现的自行语境化。通过各种不同场域的竞争，它把这些场域引向它们自身的文字和该文字之贴切性的界限问题，引向它所产生的展现的问题。该时刻有一个条件：书写自由进入共同场域。倘若各种再现应该被运用，没有超出语义场和句法场而运行的方法。在这两种场域中，书写是自由的。这种自由因为拥有修辞手段，因为它自由掌握各种不同再现之身份的延伸，并因此而自由掌握它们的相近、相远、相异、相似性，因为人们可以如此到达文字及其贴切性，因而上述自由与问题域的方式联姻。再现和共同场域自身提供了作品的可能性；它们还因为自身的自行语境化和贴切性游戏而提供了这种可能性。

这种情况拥有其当代的文学故事。伊塔洛·卡尔维诺（Italo Calvino）：在《看不见的城市》（*Les villes invisibles*）①里，连续再现的展示——与城市相关之知识和共同场域的展示，并不排除这本书可能是另一本书、另一些书。书中的文化场域与宇宙认同，这是一种众多场域之场域的方式，它们使这些场域发挥着众多视点的作用，并把它们作为无穷无尽的不同的可能性，让它们碰撞。这是用其所收集之种种再现的问题域来界定《看不见的城市》，于是它呈现为穷尽其题材的可能性或题材化的可能性，即作为纯粹的能指（表意手段，表意符号），如书名所指示的那样。仅达致能指等于拒绝贴切问题，并同时把这些再现之展现展示为完全互相关联的，并

---

① 伊塔洛·卡尔维诺（Italo Calvino）：《看不见的城市》（*Les villes invisibles*），巴黎瑟伊出版社 1974 年版。初版本（*Le città invisibili*），都灵艾诺迪出版社 1972 年版。

把作品的可能性即《看不见的城市》之虚构的现实性作为这种再现游戏的后果和它们的衡量尺度。城市的共同知性由种种再现的共同体提供，后者本是一种虚构，但是却成了这些再现之有效性的担保。共同的知性成了根据差异化游戏和视同游戏的独特性活动，这些差异化游戏和视同游戏是众多让城市别具一格的手段。通过能指表述共同知性还标示着它是其自身的界限，这种应该再回到共同城市的界限。

丹尼埃尔·德·吉优迪斯（Daniele Del Giudice）：在"恶毒眼光"[①]里，用故事梗概即书面叙事反对历史事实，即叙事所重复之历史，用共同再现、再现的时间和地点反驳主体的时间和地点，后者当然也是共同再现，即匿名主体在其匿名生活中的时间和地点，这种把玩排除了无限制地给出上述再现。这是一种用文学习惯、用文学的似真性回答的方式，文学可以使用任何可动用之展现、任何可动用之文化产品，就像它可以使用任何文学传统、接用任何文学形式一样，这里指的是叙事和对话的传统和形式，以及交际的文学传统和文学形式，严格地说，这种交际出自任何人、对任何人、在任何场合都是不变的。这就是接用文学再现、艺术再现、社会再现的资料，它们全都由网络象形，并根据某种修辞的不对称来建构这些再现。这是一种没有地点的叙事，这种叙事局限在书本之中，后者构成了地点。这是一种没有时间的历史；是一个时段、某种"完成时段"的故事。不对称是就文化、文学所提供之似真性的游戏，关于文学的似真性，关于各种共同场域的游戏，这些共同场域如此容易接受，乃是因为它们属于某种无差异的指示，而这些相同的场域被展现为分身有术，尤其展现为成为它们自身的支撑，并因此而成为它们自身的准确认同和它们自身的界限。文学展示和拒绝"犹如"游戏，这种游戏是同时展现网络和网络读者的条件，那是两个如此指称的世界，这样文学就展示和拒绝换喻组织：它以几乎完全同一的关系给出网络和它的读者，用精彩的游戏言说此者与彼者的接触点；它把任何资料都放置在与另一资料相同的平面上，并言说连续性，各种表达方式和再现方式的连续性。通过修辞的这种无差异性，文学的贴切性是恒久的：叙事与网络的再现、与网络某使用者的再现相适

[①] 丹尼埃尔·德·吉优迪斯（Daniele Del Giudice）："恶毒眼光"，载《绝对的听力》(*L'oreille absolue*)，巴黎瑟伊出版社 1998 年版，第 64 页。初版本（*Mania*），都灵艾诺迪出版社 1997 年版。

宜。它还仅仅根据叙事和贴切性之再现的时间而运作，根据叙事把这种再现编造成的故事运作，故事与再现承载之历史不能混为一谈，一个大家熟知的历史，它永远已经开始，那是与天使斗争的历史。

文学的疑难，共性，日常性

当现代文学指出再现没有外部时，于是再现被作为自身而考察，当现代文学指出文学情理没有外部时，它是明确奔向这些见解的，并把这些见解作为商榷上述再现和上述情理之关系的手段，而不失去文学的权力。只需重温乔治·佩罗（Georges Perros）的《一种平常生活》（Une vie ordinaire）① 就足够了。那里，文学变成了个人问题——一个诗人在一首诗里表述自己作为普通人的生活和他的诗人生活，个人问题意味着文学的无差异化或社会的文学化——标示文学再现和文化再现的另一种方式——并把有关这些再现的见解作为商榷文学差异的手段。文学似乎只能是平常发生和日常发生的事；那么，按照书名《一种平常生活》所开辟的修辞歧义游戏，平常性和日常性即是文学般发生的事。文学和日常生活互为榜样。

这个书名还可以以讽喻方式来阐释。文学赋予平常生活以权利之举把平常生活的突现变成了某种反用法②。这种反用法的理解以是否把平常生活置于文学之中和是否把文学置于平常生活之中的争论为背景。这种讽喻与比喻修辞的某种翻转游戏分不开。按照某种换喻法，平常生活与文学的接壤不是就本质而论，而是从因果关系的游戏切入：某位写作者决定在诗里表述自己的日常生活。按照某种提喻法，书名《一种平常生活》和长诗所表述的内容是文学的一部分，正如文学是这种平常生活的一部分一样。按照某种隐喻法，如果说围绕日常生活与文学的关系有争论，换言之，围绕从文学的角度看日常生活的贴切性以及从日常生活的角度看文学的贴切性有争论，那么结束诗作关闭争论就等于把这首诗变成某种完整的身份，即把日常生活和文学放在一起言说的身份。这种放在一起是文学和日常生活相互的贴切性问题。这就论证了一者对另一者的隐喻性蕴含；这还论证

---

① 乔治·佩罗（Georges Perros）：《一种平常生活》（Une vie ordinaire），巴黎伽利马出版社1988年版，"诗丛"。初版本，1967年版。

② 反用法（antiphrase），一种修辞方法。——译注

了文学和日常生活可能是这种整体,而文学和日常生活都分别缺乏于这种整体;它还论证了书名和诗作事实的讽喻性游戏:从日常生活的视角看,诗作乃是承诺着某种责任的文字,正如日常生活可以从与诗相关的这样一种合同的视角去阅读一样。

标题的讽喻游戏存在于这种见解或这种喻示,即现实、日常生活和文学可能同时从双方读出,更准确地说,作品可以同时从双方读出,而不必决定什么是真实,因为通过比喻游戏,两种似真性被独特化并成为相互的论证。这种双重独特化乃是文学的活动,体现在文学的再现中,体现在日常生活的再现中。这种独特化与诗人之独特性的某种特殊处理分不开。这里的诗作明显是"我"的一首诗。但是,它不是一首通常意义上的抒情诗。该"我"以其书写呈现为他人世界的某种界限,甚至呈现为世界本身的界限①。这个彻底私人性质的"我",梦中之"我",书写文字中的"我",没有客观标准可供辨认,然而他是文学再现、文学情理的一个资料。诗人通过言说"我"而重新找回了文学,找回了这些再现;他发现自己是世界和世界之再现的某种界限。作为世界之界限的"我"与属于文学言语之情理性的"我"的这种不可分性,导致了下述情况:诗人方面对"我如何"的昭明乃是引向某种东西,它能够阐释该"我",阐释世界本身、日常生活、它们的种种再现。"我"归根结底不能把诗作等同于私人言语的某种方式。它仅反映了作家对自己所写东西的介入,并把日常生活变成可展示出共同必要标准的东西,这些必要标准使上述独特性得以读出,读作、读为任何人,读为任何作家。把独特性变为某种任意的独特性在这里界定了进入并自由展示文学再现文化再现的主体。这也是对文学作品独特性的界定:较少依据形式,而更多地依据对把玩似真性的关心,直至将其带入与言语所蕴含之种种再现的比较(比喻),以期根据再现建立再现之间的比喻。

该运动的条件是文学再现、文化再现得到承认——此话表述了日常生活的情况,表述了日常生活中主体的情况以及诗和文学来自上述承认之后、通过上述承认而产生。书名的讽喻性游戏乃是有关这种承认游戏的第一个手段。文学从它来自再现的知识之后、来自文学的知识之后的事实中

---

① 乔治·佩罗(Georges Perros):《一种平常生活》(*Une vie ordinaire*),巴黎伽利马出版社1988年版,"诗丛",第108、176页。初版本,1967年版。

找到自己的贴切性一说建立在某种悖论性的象征运动的基础上：把玩某种书写文字，关于日常生活的书写文字，这种书写取消了任何元再现的象征，取消了任何再现种种再现的象征，这些再现本身亦是各种再现之再现；言说某种虽是原初生活但却是某活生生作家之象征的潜在胜利；保留某种类型的象征超载——这种日常生活拥有日常生活的明显象征；该作家拥有作家的明显象征。这种悖论性运动并不禁止作品提供再回到文化、文学、生平的具体再现。它反馈到某种前象征：不管是作品的标题还是文本，不管是对日常生活的参照、对生平事迹的参照还是对文化资料的参照，都不构成或不指示某种复杂的宏观结构的形象。通过文学的这种似真性，种种再现所意味的似真性，意味着作品以某种多喻性为特征的似真性，作品部分地与某种反修辞现象相关联：文学并非必然把玩某种说服力量或者它通过其方案所运筹的某种效果。但是这种反说服现象并不排除某种论据方式：当文学展示为来自文学再现、文化再现、社会再现的知识之后时，上述反说服现象反馈保留下来的思想。

或者因其审美定位的原因，或者因其语言学定位的原因，当代文学自身并无疑难。它揭示了某种文学思想的疑难和种种再现的疑难。某种文学思想的疑难：在当代批评中，这些疑难直接取决于某种艺术权力的思想，遇到对文学的修辞性阅读时，这种思想归根结底强迫人们把艺术的这种权力等同于意义的无权力或形式的无权力，后者可从小说建构的修辞性矛盾中读出，而电影不存在这类修辞性矛盾，因为它让人们看到了图像并因此而让主体性处于自由状态[1]。然而，解构和电影审美及批评优越论设想，主体性的自由状态在再现的内部以倒退的方式获得；解构特别用于保尔·德曼（Paul de Man）的语言学批评则反馈到关于一个世界自身的见解，电影的优越性即是显性世界之似真性的优越性，先于任何言语；与它们的设想相反，主体的自由状态正在于承认各种再现，承认它们所承载的共同场域，正在于这些共同场域相互之间的修辞学使用，在于这种使用允许在陈述者的某个辞格中商榷距离，该辞格自身恰恰无法用这些再现来阐释，而是因为它仅仅与这些再现相关联，与它们相互之间的界限相关联。文学思想只能是它把种种共同场域作为其共同场域的商榷思想。这种思想的疑难

---

[1] 弗雷德里克·杰姆逊（Fredric Jameson）：《显性的辨识标志》（*Signatures of the Visible*），伦敦劳特里奇出版社1992年版。

在于该场域的实现：假设它已构成，假设作品具有明显的元再现性，那么还存在着对各种不同再现的反馈，存在着个人设想接用元再现的明证性，存在着这种文学思想不能是其自身律条但它肯定是共同思想的明证性。

种种再现的疑难：通常人们所说的现代文学的历史，是某种文学权力的历史，它可能变成某种无权力。这种历史假设了文学之他者的权力，假设了各种不同再现和这些再现赋予自己的各种理由的权力。文学的权力将是反对另一权力的东西。对比喻修辞的参照通常用来证明文学的权力拆解上述另一权力。我们以丹尼埃尔·德·吉优迪斯、伊塔洛·卡尔维诺和乔治·佩罗为典范等于质疑这些假设。各种不同的再现只有被表述被应用时，只有当它们相对于主体们被赋予形象语象时才有权力。只有当它们安排主体们的距离和位置时才有权力。按照其框架结构、按照某种比喻游戏对共同场域的明显的重新使用，既不是对它们的重复，也不是根据共同场域所承载之某种明证性商榷新的距离和新的位置：如果该共同场域如同德·吉优迪斯和佩罗所显示的那样，成了阐释任何个人的工具，它就不能与其自身权力、与任意个人形式之活动以及与该活动媒介者保持同样的相互关系。如果同一场域成为某种交际动机的展示手段，与再现的理由相反，它把交际的动机变成共同场域的展示理由和反馈到再现的理由。在《看不见的城市》中，在"恶毒眼光"里，在《一种平常生活》里，这种动机由种种共同场域本身的引用来体现。再现意味着它们自身的独特性激活，从这个意义上说，它们是疑难的。

一种文学思想的疑难，各种再现的疑难可以重新阐释。如果说，从文学的似真性里，没有任何东西能够准确得出有关文学命题的结论，那么文学的似真性可能是让文学进入日常生活的计谋。文学不可能仅是它自身的经验，它的权力或非权力的经验；对文学、对其语言定位的承认不可能与经验权、与存在经验的权力相分离，与这种论证文学游戏和日常生活游戏的权力相分离，这种承认排除文学回到它自身，正如它排除知识、信仰、再现不回到这种日常生活以及不回到其经验的自由一样。如果文学的这种似真性可以按照某种特殊的修辞学来处理，就像乔治·佩罗的《一种平常生活》所显示的那样，它把文学变成把玩自己似真性和某种向存在反馈的东西，任何关于文学和日常生活、在这里对任何现实有效的准确思想，都如同某种无用的补充一样，此种补充对于文学的贴切性没有增加任何东西，文学的贴切性来源于知识之后，来源于文学的再现之后，来源于文化的知识和再现之后，一旦再现为着自身而展示，这种知识就是明显的。双重贴切性：根据这些再现书写文学、阅读文学；文学的书写、解读依据任意独特性形成的问题域，这种任意独特性由这些再现开始并按照它们根据任意独特性所描画的相互界限来界定。

这样，把玩文学之似真性所承载的叩问可以从两个视野去理解，它们分别相对于文学的差异问题和文学的特殊性问题：1. 文学作品或人们视同的文学作品和文学思想，乃是对文学与非文学之距离的处理，后者如日常言语和它所承载的再现，以及这些再现所承认的任何贴切性对象；2. 文学作品或人们视同的文学作品和文学思想，乃是对区别不同文学实现之距离的处理本身，因而也是作家、读者、批评家对这种距离之处理的介入。关于距离的这两种处理还可以定义为对文学之体的处理和对文学象征化的处理。文学之体：文学如何被设想成立，设定它的成立时在这种承认各种场域和距离的游戏中是否考虑到了其差异和其实现的分散性？文学象征化：即使当文学对其体发出叩问时，它是如何象形与其他者的距离的？它把什么作为其展现、再现的特殊对象？

这些问题是文学定位演变的特征性问题，为了解读对这些问题的答案，只需回到乔治·佩罗的《一种平常生活》。文学之体：这里文学与任何其他东西相配合，不管是文学，还是与文学并行的各种主题，如生活，生平。这就把文学变成某种开放性的宾语；这就把作家置于某种悖论境地：他既是创作者，又是文学的对象并外在于文学，因为他只是其日常生活。这里的问题是弄清楚，人们是否置身于文学之外写作它，制作它。换言之，承认文学的似真性，在获得文学知识之后书写文学，这些姿态也意味着任何文学的再现都不形成规则。这些姿态还意味着，文学仅是其活动自身，而这种活动以某种特殊的态度为条件，让文学的情理与任何似真性并行并把这种运动作为情理性和似真性相互之间的问题域。这种运动完全是悖论性的。面向单纯的文学情理性与面向单纯的文化似真性、社会似真性一样，不啻于喻示，文学是没有声音的，因为它仅是情理性的这种似乎多姿多彩的规范，因为它仅依据这种似真性的大概也是多种多样的规范。然而这种情况甚至不排除——这是《一种平常生活》的宗旨——回到这种情理性，回到这种似真性，在某种担心静默和担心规范的游戏中，它们被作为明确的展现而给出，上述游戏只是为了承认日常生活并承认主体对日常生活的介入，这种介入昭明了日常性的标准。这等于说，《一种平常生活》给出了文学情理性所承载之规范、文化和社会似真性所承载之规范的某种提喻方式，且犹如上述这些项目的某种换喻游戏：写作之人在制作文学，生活之人推行着某种日常生活。文学的象征化：如果文学不再有正确的方向或所谓正确的方向，如果文学的当代之体可以用悖论性的言辞来描述，如我们刚刚构成的悖论言辞那样，那么，即使当文学参与文学再现、文化再现时，它其实把玩着某种外在性运动，某种计算它与对象与文化之距离的运动。文学的象征化在于这种局限为证实眼见事物、记录主体之安置、描画注意力之可能性以及主体转向自身和任何事物之可能性的举动，这些东西恰恰构成了日常生活。象征化以悖论的方式把玩。它一方面制作文学的情理性，文化和社会的似真性，另一方面制作独特性的人，然而却是依据日常生活和作家的共同场域，依据诗之再现和阅读的语境来制作人，并因此而指示他们的问题性。

言说这样一种象征化等于言说作品所承载之元再现的双重游戏。元再现：作品蕴含着并因而以其自身构成这些不同的展现和再现的元再现，其意义是说，它组织它们，把它们以相互贴切的面目给出，其中之一乃是根据某种修辞游戏。在《一种平常生活》里，元再现乃是至少两种共同场域的游戏，日常生活的场域和作家的场域。这两种场域的每一种都就其自身而发挥，直至它显示出蕴含着另一场域的程度。没有能够提供从语义上囊括并反映作品整体的完结的元再现。然而这种情况并不排斥某种特殊的有限的元再现活动：从作品接受或让其读者接受关于这种日常性、这种日常生活及其种种再现之各种不同展现的见解，而不设置它们自身所承载之展现的一般规则的意义上说，作品具有元再现性质。文学之体还可以细化：在这里写作的作家犹如既在文学之内——这是元再现包含的要素之一，又在文学之外——被个性化的作家不可能明确成为这种元再现游戏可能范畴的一个行为者，因为他是任意作家。这种日常生活无疑即是作家的日常生活。它在文学中只能通过以"我"之符号形式出现的作家的明确认证所提出的问题和距离才能成为生活。要使这样一种问题明显化，应该给出作家，作家应该是元再现的蕴含部分。这种情况还可以构成如下：文学之体所蕴含的反映性是一种有限的反映性，它不应该反对对种种再现之相互界限的展示。

文学之体的这种特征使我们理解到，决定什么是文学，言说文学，即使是从平庸的历史视野言说，也驻足着某种双重争论：关于文学之规范的争论——应该言说文学的某种准权力，当系统的诗学被拆解后，它依然存在；关于文学认证的争论，它并不必然参与这种权力，甚至拒绝它。那么我们还需要让《看不见的城市》与"恶毒眼光"一起发挥作用。《看不见的城市》：当文学体现某种拥有无限可能性的诗学创造时，它更可以置于隐形物质的符号下，这种诗学创造是承认再现和共同场域的尺度。"恶毒眼光"：文学处于任何规则之外，它仅是这种独特性的言语，那里共同场域和承认这些场域的主体的存在形式被拷问。需要指出的是，在日常生活的符号下，《一种平常生活》展现了交替的两种要素，《看不见的城市》和"恶毒眼光"分别显示了这两种要素。

文学的瓶颈，QUAESTIO[①]

自 1850 年起，文学创作把玩这种双重运动，后者与拒绝文学的普世观分不开——此举等于拆解文学或者仅把它等同于文学这个词，并最终从理性角度指斥它——，亦与肯定文学属于某种开创性命题的做法分不开，那里有文学的身份问题。这样给出的对文学的承认其实是对某种争执空间的承认，即文学权力——这种权力并非必然根据一整套规则言说——与文学实现之间的争执。这种纷争也涉及人们希图对文学以及它所呼唤或它所激发的参与和参与缺失的言说内容。通过这种参与和参与缺失的游戏，那里有着修辞学方面的某种争论，后者不断提出从权力方面既受质疑又需要界定的客体问题。因之，对文学的叩问属于考察审定（quaestio）范畴。这种情况还可以构成如下：什么是一种可能拥有或不拥有明确形式标志的言语，且其身份中被承认的要素之一即是其身份恰恰应该接受讨论？由此 1850 年以来的现代时代乃是诗学学的时代，即使已经建立的各种诗学能够一直被大家所掌握一事是值得怀疑的。

关于文学之权力或权力缺失的这种纷争内部，现代时代各种不同的美学和诗学论断见证了这种纷争，如现实主义，反现实主义；文学象征化，反文学象征化；意义，无意义等，通过它们的对立告诫我们：文学可以认同任何特性和任何非特性，与文学相关，与文学的情理相关，与共同言语

[①] Quaestio 是拉丁语表达的一个重要概念，有调查、拷问、审查、问题等意义，不像现在所说的"问题"那样轻描淡写。——译注

相关，与各种语义学以及它们所承载的再现相关的特性和非特性。这种认同与文学自认钻牛角尖的现象分不开，与贴切性的推定相关联，后者与文学的假设并行。

贴切性的推定与文学的语言特征和交际特征分不开。因而，它与承认贴切性所必需的种种再现分不开，文学的再现，这个世界的再现。它还与文学的传统作为——把玩去语境化和自行语境化——并行，与某种元再现的能力并行，例如使某种再现（以及某种文学再现）具有不确定性，从一再现中提取这种不确定性并维持这种元再现能力的开放性。这种元再现的手段是修辞学手段——一如我们在谈论丹尼埃尔·德·吉优迪斯、伊塔洛·卡尔维诺、乔治·佩罗时已经喻示的那样——，并安置文学的贴切性。这些手段之所以是修辞学手段说明，文学和所谓的文学保存着它置于叩问形式下的种种展现对于字面的忠实性。这些手段之所以是修辞学手段说明，现代文学或所谓的文学不断地进入某种矛盾游戏：对文学的最少特征性的展现可以是有关文学元再现和这种元再现之商榷的机遇；日常性、平庸性可以是文化再现、文学再现之元再现的机遇和这种元再现的商榷机遇。正如《一种平常生活》所显示的那样，把平常生活变成诗作所建议的展现和该诗作的视界，等于把它们变成某种元再现的机遇，后者只能通过这种日常性、通过日常性的展现、通过它所完成的再现来理解，然而它还意味着这种再现被与它相关的种种展现的游戏置于争辩的境地。

由于这种纷争乃是文学的权力之争，它还涉及从非文学视角观照的文学特性。一个世纪以来，全部西方文学批评事实上只是对这种特性的叩问。那里也有着对修辞学的明显参照。这样解释文学的特性和非特性问题不啻于标示主体之间对文学见解、文学特性或它们的反面存在着距离，并检视这种距离何以能够从文学的见解或文学特性的假设开始予以商榷。通过对文学特性的这种叩问，我们又回到了争论的构成和争论的修辞学，回到了考察审定范畴。通过同一叩问，我们从内在和外在两个方面，拷问被给出或被承认为文学的客体。内在方式反馈到该客体与文学的权力本身的关系，还反馈到客体对其自身和对这种权力的展示和证明。根据美学和文学类型的不同，展示和证明是多种多样的。但是它们设置了某种文学思想。外在性方式提出下述问题：如果存在着某种文学权力，这种权力与其他权力的关系是什么？每个人都知道这些问题是常提不衰的：如果文学拥有某种语言学身份，那么这种身份与其他语言身份的关系是什么？换言之，什么是可以称为文学的既特殊又具有共同特征的书写和阅读呢？这些问题可以重构如下：对每个人和每种表达有效的语言规则和语言权力与文学权力并行不悖或者拆解后者？正是修辞学的叩问等于提出一个语言节段——作品、文本——自身何以能够是语言这种共同场域的一部分，后者只能是文学的可能性；当作家和读者并不准确了解某语言的权力时，他们可以是某语言节段的一部分的体现何在？这等于把文学界定为言说语言可能性的共同场域。回避文学的某种权力，拒绝考虑文学可以成为命题对象之举，并没有磨灭文学的特性这个问题，反而更加突出了它：如果所谓的文学达到了这样的独特性，以至于不再属于任何可接受的命题，那么这种独特性的问题性质和叩问性质就明显地与它所构成之语言片段以及与它所承担或不承担的言语提取相关联，与作家和读者是或不是该片段之提取部分相关联。文学依据什么把自身变成阅读某种文化、阅读言语之共同场域的可能性的场域呢？

　　文学举措有一种特征，不管该举措来自作家或来自读者：个人的选择举措，选择某种书写、某种阅读、某种言语，前提是它们都可能具有文学性质。换言之，这里构成文学的，乃是某些书写标准、书写实践以及变换它们的可能性。在这种视野里，文学的任何特征都是相对的。这就排除了对文学理想条件的寻找和对否定条件的寻找。这种情况还使文学的路径和实践与日常性的某种哲学定义相重合：从哲学上构成日常性的，恰恰就是我们的种种再现、它们的标准和变换它们的可能性。在任何特殊的功能性特征之外，文学可以界定为承认、接受、变换这些再现、这些标准总而言之把它们外在化的手段之一，所谓标准即尝试弄清楚直到何种地步人们可以言说它们、解读它们，直到何种程度人们可以放弃它们。那么文学可以定义为通过所蕴含之元再现使人们得以到达共同场域、种种再现游戏之末、到达另一共同场域另一再现可以出现之程度的东西。自此，文学成了我们的信仰所展示的与相异性关系的语法变项和观念变项中的一种语法变项，与相异性关系的这些语法变项和观念变项也把我们的信仰展示给某种连续的再创作活动。文学的特殊性似在于元再现：在共同场域中，在言语中，它甚至能够通过有关其自身特性、有关其自身的贴切性游戏，直至展示上述共同场域和言语偶然的非特性，直至发现想象浴。

　　不管我们从一部作品或一系列作品里可能发现的编码如何，不管从形式方面、从审美方面、或根据文学流派的支配性资料界定其特征的作品体系如何，这样一种文学之体都将导致，关于文学的见解不排除关于某种文学编码缺失或某种文学体系性缺失的见解。当作品同时处理文学的似真性和文化的、社会的似真性时，作品的实现和形式首先见证了与上述处理并行不悖的任意性和布局论证的游戏。它们展示设置这些共同再现的某种贴切性，而后者赋予紧扣字面意义以权力，因为这些再现不能在所蕴涵的元再现中制造规则，但是它们是元再现的手段。紧扣作品的字面意义即展示或承认它的信息，即严谨展示或承认它的字面含义，亦即把任何展现投入贴切性游戏、再现游戏、元再现游戏的手段。因为再现及其知识既是它们自身的约定俗成，亦是它们自身的分散性，永远存在着进行交替并构成问题的某种剩余。

　　元再现的蕴含方式是多种多样的。它们形成现代文学的历史。它们通过在我们的信仰所展示的与相异性关系的语法变项和观念变项游戏中的自身变化，体现了某种恒久的悖论性。在言语内部，共同场域内部，种种再现内部，书写或阅读的个人应该把自己设置为原则上不知道这些言语、这些场域、这些再现之范围界限的人，然后才施行它们的可能性，即使交际圈是一个封闭的圈子，它给出的我们的世界犹如穿戴着多种言语，而它所启动的各种言语很快就是无法阐释的，因为它们的多样性。元再现的文学活动由这种悖论构成。在这些言语、共同场域、再现之内并通过它们，个人书写、阅读并定义为任何个人。其个体性的假设把这些言语、这些场域、这些再现的活动介入在内，同时又把这个书写和阅读的主体放置在这些场域的界限上，他正是一种个体性。元再现通过他把共同再现的引入，通过对直觉贴切性之良知的不可避免性的突出——对任意个人的突出和对存在的反馈即设置了这种良知及其不可避免性，呈现为贴切的。那么书写和阅读的假设，即使在对某种特殊动机的明显反馈中，也是问题域的假设，贴切性的构成依赖这种问题域，后者还解释参照自动性之断裂、意义区别的困难性和文学本身。继续文学，即使是在这种歧义之中，意味着文学的某种全能，与现代文学初期赋予它的全能差异很大。此后，文学的全能即体现在这种把文学展示为任意个体性的活动和在贴切性的某种可能的直觉中的位置。把文学展示为任意个体性即把任何言语变成文学言语。把这种言语置于贴切性的某种可能的直觉中即承认它的展现和再现功能。把两种举措结合在一起即蕴含着文学的元再现和与直觉性贴切并行不悖之种种再现的元再现。那里有着重复日常性、越过现代初期所描绘的文学瓶颈并喻示文学再现游戏、其他再现游戏的某种方式。20 世纪的文学，尽管它建议了反应性游戏，尽管它似乎凸显了语义的违规现象，仍然不排除直觉性贴切性的良知，也不排除对元再现的蕴含。这样，文学和所谓的文学言语就变成了真正的象征性：它们是言语本身的演示（样品）；它们展现着展现、再现和元再现联结的缺失和可能性，但是这种安排并不一定是明显的，而不可知性也没有占优势地位——它们给出了直觉性贴切性的肯定性。

把作品的修辞时刻认同于它在文学似真性——其端极由德·吉优迪斯和卡尔维诺的例子来界定——内部所展现的问题域方式，等于把文学置于通常被认为是现代特征的种种游戏之外。

分配型文学（littérature allotélique）与自在型文学（littérature autotélique）的分野；有机型象征与文学的否定性危机的分野；预示着主体构成的文学与无视主体构成的文学的分野；某种摹仿说文学与拆解摹仿说之文学的分野，但参照系的问题并没有消失，它被定义为真实对象征化的抵制；肯定其时代和其自身的文学与某种审美意识之文学的分野，审美意识文学既是一种主张唯有语言整体性的文学，也是一种承认文化世界之多重性不可压缩的文学；摹仿说文学与言说文学的分野，言说永远不可能回收摹仿说。这些二元对立的分野，其对立因素可以走向极端，也可以走向它们的取消。因此，文学还可以在纯粹的虚构范围与不断地在生活与作品之间相互穿梭之范围区分，这种虚构（前者）仅仅展示上述二元对立，而后者则是把这种二元对立现实化的努力，或者经常是对这种分野和这种游戏的寓意。

尚需要指出的是，这些不同的界定，通过它们的肯定意见和它们所描绘的历史系列，意味着永远存在着某种文学的似真性，但却没有具化这种似真性，或者用另一种方式表示，即人们永远思考着文学的某种情理性，不管这种思考属于文学还是属于批评界。它们因而更少具化的是，文学的情理性问题乃是它的任意性和其布局论证的问题，而不是它的真实性问题，也不是其单一的任意性问题，也不是文学的终结问题，因为文学不再可能在想象浴内部、在各种共同言语内部把其任意性差异化，或者它只能通过持久地承认和展示虚构把它差异化。

还需要指出的是，由于没有按照元再现和问题域游戏具化文学的情理性，文学被界定为不属于任何交替的东西：它与任何非它构成某种彻底的二元对立方式；它的审美特性、批评权力和消失的可能性都来自这种彻底的二元对立。在那些凸显自在性的论点里，这是很明显的。当那些与现实主义捆绑在一起的论点把现实主义定义为与真实相关的创作类型时，在它们那里，这也是显而易见的。当学术界争论文学言语与日常言语的优劣标准时，或者依据解构论点，文学言语成为日常言语的衡量尺度时，上述情况是同样明显的。

最后还需要指出的是，被确认的各种分野导致了下述结论，即文学试图在其自身的言语基础上建立种种再现，建立文学本身，但是这种方式是不确定的，或者说它会走向解构所演示的悖论——文学试图在其自身的言语基础上建立，然而以可能什么也建立不起来为代价——，或者以虚构概念的一般化为代价——以文学为基础来建构在这里的代价是所有再现和所有言语都可能实现不了的某种情况。还存在的另一个悖论是，这些文学路径被视为能够评价其他言语，其他再现。文学可以使我们与语言会面并言说语言。这可能导致某种失去真实的结局。

我们知道，在言说这些二重对立时，我们实际上是从文学审美系列如浪漫主义、现实主义、象征主义、各种现代派和各种后现代主义去阅读现代文学史的，从现代派与后现代主义的对立中，按照种种悖论去阅读现代文学史的，这些悖论如今可同时凸显文学的保留和终结，凸显作品和想象浴。我们知道，关于文学的某种比喻性修辞运动的见解与这些分野相关联。一种持久的见解是，这些不同的界定全部设置了第一种分野，即浪漫主义与先前文学的分野，它们设置的第二种分野是浪漫主义与其后文学的分野。换言之，第一种分野是分配型文学与自在型文学的分野，后者的首次实现可由象征之浪漫主义思想的支配地位来演示。这种思想主导着现实主义与自在型文学的第二种实现的矛盾，由象征主义带来的这种实现连续地有时矛盾地一直延续到最近的当代文学。

更简约的方法即指出：任意性与布局论证在形式的历史系列中相会，正如它们在文学的种种形式定义中相会一样。形式既是任意性的标志，也是布局论证的标志。形式定义依然从这种文学情理性之连续性的内部来界定。需要指出的是，任意性和布局论证乃是元再现和种种再现的游戏①。

---

① 任意性和布局论证这两个概念强调了文学创作和文学批评的两个方面，前者的实质是主观任意性或主观随意性，后者亦可理解为素材布局方面的论证，即要有事实为依据。——译注

为了界定修辞和比喻性时刻，且不把它限制为某种反布局论证活动，也不张扬为某种自行创作举动，只需言说并纠正当代批评中常见的关于夸张的此类界定。这种界定是矛盾的：在某叙事中发挥并用来展现某种教益的比喻；该比喻有助于某种遮蔽性表达，但使教益的信息处于不确定状态。从这种矛盾性中，得出了夸张的神秘状态。同样可得出的结局是，通过比喻，把一定的教益、一定的意义置入情境之中，这种做法不是置入情境行为的终结，而是这种行为的现在化（现实化），它同时设置了教益的情理性和置入情境之种种手段的合理性。夸张的神秘性减少了，而交际发生所依据的条件的明证性增加了，这种交际是某种双重游戏：教益论证比喻；比喻论证教益的展示。或者还可表示如下：教益应该走向共同场域，并从这些场域中产生它自己的场域。

　　从历史的视野看，较少需要承认关于象征和文学的浪漫主义思想的某种影响的连续性，而应更多地指出：从浪漫主义向现实主义和象征主义的过渡明显地介入了文学的贴切性问题。浪漫主义与想象的某种乌托邦分不开。从非现实中、从未来的历史中期盼的理想目标是无法实现的；但是人们可以想象它。真实可以拥有理想的理由，但是它无法战胜语言的展现和言语赋予这种理想目标的贴切性。想象的这种乌托邦肯定是受限制的且包含对其自身的批评，但是与想象部分关联的这种语言的贴切性从来不曾明显被拆解或被解构。在拒绝这种乌托邦或将其置于某种批评视野时，现实主义和象征主义明显设置了信息的现实贴切性问题，并把它们的美学和诗学变成了这种展示的手法。变贴切性问题为某种现实问题最终等于放弃了与言说任何未来贴切性举措相适应的作家形象。浪漫主义：文学因作家、诗人的主观性而具有贴切性，它是文学权力和文学的公共权力的占有者，一个独特个人给出的艺术的表达和自由对于整个社会和社会的每个阶级都是好的，因为这个独特的个人承认想象的乌托邦并表述任何贴切性。现实主义，象征主义：不再有文学权力的明显占有者。如果文学是亚里士多德意义上的某种实践，正如19世纪的现实主义者和象征主义者所擅长的那样，它从根本上还是通过信息权而体现文学权力的，这种权力赋予作家和读者以平等的权力，两者集于写作中具有幻觉的作家一身。这等于赋予特别显现为作家特征的主体话语既是其本身又是日常言语的权力，在这种话语的特殊修辞中和对想象乌托邦的拒绝中。这样争论文学权力，永远都只是争论文学的差异性，以及文学处理差异的能力，对前者的争论可以发展到否定文学的程度，而文学的能力则包括文学自身的能力和它的对象言语和种种再现的能力。这样言说权力和差异等于开展有关文学之意识形态定位的争论，一点也不是根据某种意识形态的表述言语，而是根据文学的公共贴切性问题。当想象的乌托邦被拒绝时，一如浪漫主义的主体那样，那么把作品之元再现变成种种共同再现的某种相互间再现的可能性，换言之，某种真正的共同场域，也就被拒绝了。当文学甚至已经不再建议共同场域，因为文化不再提供可显示贴切性问题的差异时，这种真正的共同场域应该是文学的建构。

现代文学的开始阶段把这种共性作为一个问题：人们可以写作和阅读到何种程度？直至信息的客观性；具体言之，这是现实主义的问题：人们不知道在完美幻觉的尝试中是文字附加于真实之上，抑或它从深度扼杀了幻觉。直至艺术的明晰性；具体言之，由艺术自身来演示艺术不必一定回到艺术的事实本身。直至信息的神秘性；具体言之，它是不可释读的。或者一直需要解读到读者？但是，根据马拉美（Mallarmé）的强烈暗示，读者可能显示的这种平常性，事实上是从读者所扮演的角色、从作品的阅读去解读的。或者直至日常性本身？然而这种日常性只是其标准和范式的变化，一如语言所显示的那样，语词的不纯粹即证明它们属于这种日常性。或者直至文学本身？然而文学只是打开这些问题的东西；它从这些问题中读出了自己的活动性以及造就这些语词、言语和日常性的标准和范式之变化的展示。作品的修辞时刻还不能认同于某种问题域。这种时刻与文学的动机却是矛盾的。福楼拜：应该只相信书本，但是却把变信息和这种信息所显示之真实为其梦想并介入现实主义的特性或非特性的权利留给了阅读的读者。为艺术而艺术：人们可以信仰文学，但是这种信仰仅是对共同语言中共性的信仰。马拉美：在诗中，抽回自己对日常语词的信任，但却信任读者，后者首先是日常语词的读者。

这就使人们这样理解，即初期的现代文学甚至还不能依靠它所承认的共同场域。我们权且假设，任何小说都出自某种结论性的和颇具说服力的论据，恰恰因为它把玩场域的建构：它从展现方面让任何其他小说处于沉默状态。我们权且假设，马拉美所提及的弥撒礼仪是一种一般性的礼仪：那么共同场域将不再是辩论、也不是书写的机遇；它不断地呈现为它自身的现状。现代文学没有证明这种界限：它展示了它。它在展示这种界限时也昭示了自己的认识论界限：只需重复下述事实，即在泰奥多尔·德·邦维尔（Théodore de Banville）的某首诗①里，动物的统治和人的统治联姻是不可想象的；只需指出，现实主义的设想乃是现实主义的界限，意思是说，现实主义在其贴切性的游戏中走向这种贴切性的无差异化，后者也可以是想象的无差异化。只需指出，象征主义围绕语词把玩额外的诱惑力，后者亦是同样的认识论界限。这是纯粹指称的悖论：在马拉美的术语中，"以某种二对二形式建立秘密的对应身份"既是尝试这种指称，也是在文本中设置某种认识论界限。贴切性被认为是可以展示的，旨在证明不是信息展示了贴切性。早期的现代文学还让我们懂得，它把种种真实的差异虚构化，如身份的差异，各种支配力量的差异，各种贴切性的差异等。

这些歧义主导着某种强势的阅读态势，即福楼拜表述呕吐想象时所承认的态势本身，即马拉美在"模拟"中所设想的态势本身，即泰奥多尔·德·邦维尔诗作中各种不同支配力量的联姻所蕴含的态势本身。这种强势的阅读态势可以阐释为有关贴切性和信息之游戏的结果。它还是构成问题的文学之悖论的再生。现实主义与阅读：现实主义的客观性设想读者把玩两种目光。他眺望自己看不见的东西，因为作为读者，他在后者中没有任何存在；反之，他看得见自己不眺望的东西，因为作为读者，后者到处都有他的影子。象征主义与阅读：阅读首先是一个视力动作，不管人们赋予语词的独立程度如何，视力动作把这些语词看作某种场景；读者阅读他没有参与的东西；他阅读自己通过其阅读行为参与的东西；他即是这些语词所显示的精神。文学的写作遵循两种视野，遵循两个世界。假设这两个世界可以在一个世界的视野里合二而一，这两个世界的任何一个都不可能被完全占用：它们因而进入了一种虚假的视野。因此，现实主义走向某种牛角尖；象征主义走向神秘；为艺术而艺术走向自身的否定。

这些见解概述如下：向某人出示他无法看见的东西，向他言说他不能理解的东西，向他证明他不可思议的东西，这种思想何以能够走向文学呢？答案是：看得见者自己是其自身的场景；不理解者却是言说者本人；不能证明的人正是思考设置之人。那里明显处于沉默的交际一极似乎被颠倒，因为它设想了场景被分享、语言被分享、知性被分享诸情况，因为它设想了它无法表述的共同场域，除非拆解作者的处境，如果他想成为一个

---

① 泰奥多尔·德·邦维尔（Théodore de Banville）：《野猪》（*Le sanglier*），见《流亡者》（*Les exilés*），俄耳甫斯出版社1991年版，"差异"丛书，第30页。初版本，1867年版。

独特性的作家，就只能神秘地安置该场域，除非拆解问题游戏：差异被虚构在某种虚假的身份里，即作品、读者，更莫说永远在表述差异的共同语言和共同场域。

　　文学交际一极的颠倒证明了文学与可能是其场域的东西的距离没有得到控制。然而在交际两级的颠倒中，却存在着贴切性的推定，后者找到了某种悖论性的构成方式：对于一个主体而言，似真性的可能性，即某种文学言语与该主体之再现的似真性的可能性，既是文学意味的东西，也是文学安置的东西。那里有书写的歧义性和阅读的歧义性：如果意味存在，那么安置就无从清晰地表述。感觉和想象的权利——如感觉被投毒迫害，想象自己被投毒——事实上反馈到阅读的权利和神话：这种被书写、正在被书写的投毒只是书面的投毒，它展现在我的实际处境之外，属于分派在我头上的偶然事件，但在书中却栩栩如生，竟至呕吐的程度，因为书写文字给了我现实的表象和信息，但却没有给我从前者预知后者的规则，只有对想象的连续性阅读才能给出信息的贴切性。马拉美不能根据某种从诗之必然性预测世界之必然性的规则去书写：这种情况主导着凸显诗之神秘与凸显偶然性两者的联姻，而不排除这两种凸显的共同信息：从诗的独特性中读出偶然节段；诗作的阅读也是诗的必然性和贴切性的阅读。这是现代派初期的文学瓶颈：贴切性和共同场域只能是对作品的考验或理想。文学不是其自身的整体；文学的整体是缺失的；它相对于作品中缺失的这个整体、共同场域而被书写和阅读，一如马拉美所知晓的那样，一如现实主义用钻牛角尖所标示的那样，一如把艺术和审美作为目标的动机通过这种动机所承载之界限所体现的那样。缺失的整体可以是任何事物任何言语，因为它们的任意性，所以也是缺失整体的形象。

　　这样，在共同场域的这种歧义游戏中，前期的现代文学就是走向某种紧扣字面意义方式的文学：现实主义的语词乃是现实主义的语词，它们或可按照词与物的某种对应来阅读；走向文学编码之弱化的文学：这是掌控共同场域并让它们在作品中发挥功能之困难的结果，在泰奥多尔·德·邦维尔的作品中，无法掌控诗作给予之象征顺序即体现了这一点；走向文学媒介被带向其界限的某种活动，这是马拉美所演示的。当前期现代文学把共同场域指示为其他者时，就含蓄地提出了共同场域的界限问题。

　　前期现代派的文学还指示着它自己的界限。不管是现实主义还是象征主义，真实和其他言语的设想是必不可少的，以期作为某精神物质——准确地说文学客体浮出的背景或停滞时刻。没有这种假设，作品大概会成为定义上的形式，但是没有宾语，它的语义也会像作品的客观性一样成为畸形，而其想象和它所诱发的想象游戏成为种种实体的某种自由繁殖。没有这种假设，幻想性质、寓言性质的作品都不会呈现其本来面貌，即对用人们一向搁置一旁的另一事物代替它的潜在肯定，而这一事物可能是另一部作品，另一个故事，或简言之不是该作品、该寓言的东西。

交际一极的颠倒说明，从如此沉默但被展示的问题中，诞生了对文学习俗的叩问。采用紧扣字面意义的这种阅读从任何情境的视角看都具有任意性。通过紧扣字面意义本身的这种阅读，就其权力而言，并非有别于某种日常阅读，后者通常进入某种情境之中。《包法利夫人》（*Madame Bovary*）可以解读或不解读为有伤风化。这意味着存在某种文学权力，而不存在特殊的文学领域。这还意味着，紧扣字面意义，文学可以不约而同地维持、增加或减少对紧扣字面意义的参与。并使下述问题处于开放状态：共同言语中什么可以是文学信息（或被承认如此）的权力？或者换言之，文学如何能够在保持某种文学权力的同时重新获得日常性呢？

文学，元再现，贴切性的通常直觉

20 世纪的文学明显走向这些见解，并且展示了它们。它以功能的方式继承了前期现代文学的瓶颈。紧扣字面意义、文学编码的弱化、文学媒介被带向其界限等，成了它的种种手段和目的。它由此而安置了作品布局论证的任意性问题、该作品所蕴含的元再现问题、它的贴切性问题。它把作品的修辞时刻变成了把整体形象记入作品的手段，这种形象可以是共同场域提供的形象；但是它通过蕴含元再现的游戏来限制这种形象。它不把这种游戏变成可能成为某种退化的游戏，而是变成某种根据共同性、根据共同性之浮现基础的游戏，这种浮现基础可以是任何现实、任何言语、任何生存经验。它由此而与文学权力的合理性和歧义性继续发展。交际一极的颠倒只是未来想象浴游戏的形象。

应该重复德·吉优迪斯、卡尔维诺、佩罗等作家。德·吉优迪斯：文学从某种悖论开始。从想象开始写作，这只能是从再现的汇流开始写作，它让我们看到的想象乃是过渡到他者、过渡到任何他者、这个通过该汇流而呈现为某种整体的他者：这个永远已经开始的故事。这还是最贴近已经给出的东西，以某种紧扣字面意义的方式写出这个故事。但是，这意味着作家言说该汇流、这个整体、这个故事的近似之物，意味着他把关于整体的见解既转向某种纯粹的换喻游戏，后者呈现为时间的联结，又转向某种提喻游戏——这个想象整体可以解读为显现叙事故事本身的一部分。关于共同场域的游戏乃是明显的关于某种去个性化之危险的游戏，按照交际两个极颠倒的程序，它也是有关该共同场域之元再现的游戏。对字面意义的拘泥排除对叙事之某种严谨编码的搁置——由此人们再次回到换喻和提喻游戏。它意味着在这里显现为想象、显现为已经开始的与天使的斗争故事的文学媒介，已经被象形到描画绝对关联之某种方式和任何关联之不可能性的程度，任何故事与它所显示的整体一样，都被独特地接用，只有在这种过渡到界限的见解和对上述过渡的限制意义上，它才是关联和场域。卡尔维诺：对文学种种无限可能性的承认乃是对种种共同场域的承认，这种承认也是对元再现所意味的种种界限的承认。这些界限根据种种认识论模式的限制来表述，例如一个城市的模式，根据该模式推论出所有可能的城市，而该模式包括规范的所有例外，一个完全不具可能性的城市模式，如果要应用该模式，则意味着人们要扣除例外，意味着似真性不应该与真实对立，即让元再现的问题处于开放状态。佩罗：作家明显以作家的形象出现时，以一个过着平常生活的普通人出现时，表述着他在其内部写作的种种界限，和他所书写的各种模式、场域。此即明确选择共同场域及其整体。这也是对最大程度地拘泥于字面意义的选择：对作家之语词、对这些日子的语词的选择。那里，这些界限和这些模式所意味的展现编码的不确定性开始了，而文本甚至不表述过渡到这些界限的幻觉。这种情况开始了诗作的贴切性问题，与它所承认的界限相关的、与文学相关的贴切性问题。

  这样赋予文学的情境具有双重的悖论。根据作品展示的二元对立：文学的各种再现，日常生活的再现，书写文字的语词，每天生活的语词。根据拘泥于字面意义游戏所意味的二元对立：有关共同场域的明显游戏，有关元再现之可能性的游戏。这种情况既可以解读为文学的某种终结的图式——文学计划只有在某种理想主义（卡尔维诺）的符号下或在对它近乎否定（佩罗）的符号下，在写入言语整体的符号下或在这种言语整体之界限的形象符号下，才是可想象的，言语整体是一种受时限制约的形象（德·吉优迪斯）；也可以解读为文学的某种有限继续，通过并承蒙与限制文学的这种面对面而如此解读。理想主义以无法展现的面貌来表述，如看不见的城市；在想象浴中，无法展现的东西变成了可展现的东西，似乎超脱于某种凭空编造、某种创造的游戏之外。这里德·吉优迪斯的观念喻示着文学和艺术可能是这些超出可展现性、超出共同场域的新展现的当代虚空性和当代幻想。总言之，这是把某种歧义性的策略纳入文学的似真性中：在作家的语言中描画某种无法估量的方式（卡尔维诺）；用作为私人的作家的言辞重新描述经验，这些言辞并非必然都是不可估量的（佩罗），或者当人们从书写的视野考察想象浴时，与想象浴所构成的不可估量性有关（德·吉优迪斯）；并因而把文学界定为对某种差异的维持，后者不反对它的各种共同场域。

　　然而在这些文学范例中，有一个常项：它们明确承认现存的社会认同、文化认同方式，其中应该算上文学认同和作家认同的方式；与这种承认认同方式相反的是，它们并不试图喻示对未来的承认——它们没有谈论这些认同方式的任何时代过渡。通过认同方式的这种承认和对未来承认的这种缺失，通过一部作品乃是生产出来的这种事实，上述文学范例证明：认同方式构成的这些共同场域是一种可能性，从真正修辞学的意义上说，是继续写作的可能性。继续写作恰恰就是留用所有认同方式，共同体的认同方式和个人的认同方式，理性的认同方式和变化中的认同方式，如同卡尔维诺在《看不见的城市》里所做的那样，如同收入作品中的那些认同方式，那里"一切都被明言"与某种事情被表述的标示并行，哪怕仅仅是根据独特性的认同方式、根据该言说的独特性的认同方式来标示的，如此类推。在同一部作品里，以这种方式描画各种共同场域，描画各种认同方式，包括文学的认同方式，等于虚构它们的差异。《看不见的城市》之不可见性让人们理解的正是这一点，《一种平常生活》中反应性的缺失让人们理解的正是这一点，反应性的缺失等于为了差异而给出差异，为了这些差异的虚构而给出主体及其作品。文学的似真性就是这些差异之一，且不可避免的是，即是它自身的虚构。这种虚构衡量其他认同方式的文学似真性。这就是似真性的两难窘境：可能性的前提并未必然得到验证；因而城市是看不见的，文学与日常生活混淆在一起，而永远已经开始的故事未被重复。这就是这种两难窘境与之分不开的贴切性问题。

　　这样把玩文学的再现，把玩日常性，等于告诉我们，存在着可以拒绝的似真性，那些仅属于文学似真性的似真性。例如：从熟悉到陌生——这是《看不见的城市》里的不可能性；把熟悉作为一种完整的场域——这是"恶毒目光"里的不可能性；把主体作为一个可以把玩这些似真性的场域，直至它们被描述为自立的，被描述为富有它们自己的想象——这是《一种平常生活》的不可能性。这还等于指出，早期现代文学的瓶颈恰恰因为相信文学似真性承载着成就作品的可能性而滋生。20世纪的文学深知早期现代文学的这种瓶颈，当它继续把玩文学的似真性时，即思考自身的瓶颈。在普鲁斯特（Proust）那里，记忆的故事只在标示从熟悉到陌生的虚空性，并努力维持从熟悉向陌生的离题做法。选择明显的虚构故事，把虚构呈现为虚构，等于既显示熟悉之场域，同时指出，该熟悉的存在之处是无法表述的——在乔伊斯（Joyce）的《尤利西斯》（l'*Ulysse*）里，内心独白即是这种虚构的显示，它显示熟悉，因为是内心独白而把玩自身，但是由于同一内心独白的缘故，却不能显示上述熟悉的准确场域。把主体作为富有其自身想象的种种似真性的场域，按照帕韦斯（Pavese）的说法，呼唤种种想象关系的不规则游戏①，以及它们可能激发的参与问题——似真性游戏不可能没有自身的论证而开展，后者可能恰恰就是抒情主体。但是，想象游戏的偶然性标准是无法确定的。于是，当文学不反思它的贴切性界限时，就会出现某种文学的瓶颈。

　　20世纪文学的这些特征，面对与文学定位相关的种种常见定义时，体现了它的独特性，这些常见定义从真实视角观照——文学等于其观念的无限性，它与某种外在于它的真实相关联，也从集体交际的视角观照。早期现代文学的特征在于与观念和文学的浪漫主义思想相决裂，与文学依赖某种既定真实的思想相决裂。它明确提出了文学的贴切性问题并走向可能完全显示其贴切性的文学的瓶颈。后期现代文学把贴切性作为一个问题，作为它的问题，从某种问题性的角度解读早期现代文学的瓶颈，并把贴切性作为既属于文学作品之独特性的东西，亦作为展示或衡量集体交际条件的东西——我们在那里重新发现了文学的似真性问题。说文学是某种思想事务，这只是说，它自知这种贴切性的问题，它把它变成自己的布局论证。并发现早期现代文学的努力——把文学变成承载着某种属于它自身真

---

① 塞萨尔·帕韦斯（Cesare Pavese）：《工作导致疲劳·死亡来临且俘获你的双目》（*Travailler fatigue. La mort viendra et elle aura tes yeux*），巴黎伽利马出版社1979年版，"诗丛"，第177页。初版本，1943年版。

实然而这是一种可辨认之真实的书写——偏移了：文学的问题，同时通过它所承认的不恰当的认识论和它为这种不恰当所设置的界限，而成为其属性问题。应该把20世纪占支配地位批评方向如马克思主义、精神分析批评、阐释学、解构批评等解读为有关文学自身真实性、文学与外部真实之关系的某种争论的一再继续，争论涉及了该争论用语所造成的矛盾性，但是没有指出，一个世纪以来，文学恰恰试图走出这些争论。当代美学的悖论概括为关于文学语言退化的见解和其语言和言语无差异化的见解，应该把当代美学的这些悖论解读为文学把玩其独特性和共同性的迹象——这种让人们重新回到贴切性问题的游戏。从普鲁斯特和乔伊斯直到佩罗和德·吉优迪斯。

第 二 章

文学的贴切性：其手法及其验证

贴切性的理解如下：作为文学给出的东西永远具有某种信息价值，即使仅仅是有关文学的信息价值；与任何表达一样，文学表达包含其自身的贴切性推论，并由此而等于某种理解要求和某种效果的许诺。这只是界定修辞方面的目标和有效性，将其特别化：它们在被肯定的同时，也包含着自己失败的可能性。倘若说服计划得以搁浅，那是修辞学的某种收获。而这种失败的可能性如果从贴切性或贴切性的缺失角度阐释，那是文学现代派的一个特征，它就这样把修辞与文学的定位、修辞与文学的可知性关联起来，以期强调修辞程序与它所形成的问题分不开，与叩问作品所构成之元再现的特性分不开。要使这种叩问明显化，就需要把修辞游戏视作某种不终结的断定过程，但是它由此而找到某种贴切性方式。当代文学所接用的现实主义目标和象征体系成了这种不终结过程的标志，我们仍然应该通过它所形成的问题表述这种不终结性的某种特性。现实主义：文学的元再现可能包含它最初没有纳入的种种展现、种种再现吗？象征主义：文学的元再现可能包含它没有明确尝试象征的东西吗？尼诺·朱迪斯（Nuno Judice）的某首诗见证了这些问题："在 Honfleur/下雨时，轮船是否/更蓝？/在丹麦，没有/哈姆雷特，城堡是否/打上另一标志？/不要回答/没有答案的问题；/江河不会/为此/流得更快。"①

这些问题没有答案。一个答案有可能终结文学尝试，并非因为文学是谎言，可能与某种修辞失败的信息混淆在一起，而是因为在现实主义的假

---

① 尼诺·朱迪斯（Nuno Judice）："谜团"，见《时间厚度中的一首歌》（*Un chant dans l'épaisseur du temps*），后接《关于废墟的沉思》（*Méditations sur des ruines*），巴黎伽利马出版社 1996 年版，"诗丛"，第 113 页。初版本（*Um canto na Espessura do Tempo*），里斯本 Quetzal 出版社 1992 年版。

设与象征主义的假设中一样，它是元再现的贴切性问题。诗作如此表述的场域问题，弄清现实主义和象征主义是否属于共同场域的问题，共同场域应从两个方面去理解——形成作品之展现的共同场域，作品通过其修辞目标和其元再现构成的共同场域。现实主义和象征主义可以属于与这些问题不对应或者从两个方面回应这些问题的共同场域，这两个方面是，按照元再现之贴切性的可能性和按照元再现之贴切性的不可能性。这种可能性和这种不可能性具有双重有效性：它们喻示世界的肯定性和不变性，因为它们的问题与这个世界能否属于该元再现相关；它们喻示着这些问题是作品和阅读自身的问题，作品因此而不可分割地成为它自身以及读者接用或不接用这种元再现的能力。尼诺·朱迪斯言外之意的这种双重禀赋乃是对文学双重能量的回答，文学的双重能量是回应和不回应世界——至少是从外延方面考察。文学的问题在这里从外延方面界定一事反馈到元再现的有效性和对修辞游戏的叩问：直至何种程度共同场域可以作为它能够变其为共同属性的所有身份的场域呢？直至何种程度它能够拆解其再现、展现、对象及其元再现的距离呢？某种场域的修辞学不蕴含某种比喻的修辞学吗？后者能够使前者所承载之问题明显化。

超出早期现代文学之后，当代文学的特点是，把这些贴切性问题变成文学问题，文学的定义问题，一如作品所蕴含、批评界所构建的定义问题。这些定义的版本还因而从肯定意义走向否定意义，从承认文学的目的性走向拒绝文学的目的性，从其体裁的确定性走向某种不确定性（至少相对的不确定性），从某种明显的文学的历史图式走向下述喻示，即文学既不再属于某种明显的历史——风格系列、形式系列、该系列所蕴含的各种决裂，也不再属于它从这种历史中找到的贴切性。从对文学本质和其约定俗成游戏的关注或无动于衷中，文学每次都根据某种悖论性的情境而给出：它的差异性或相对的无差异化形成了文学的距离问题和它的贴切性问题，这些问题仍然与各种再现、与文学史相关，与种种共同言语的贴切性相关。

重要性不在于二元对立的术语中，而在于下述事实：这些术语的每一种都把文学的承认与某种相同的贴切性假设关联起来，也与某种相同的双重阐释动作关联起来。这些二元对立术语的每一种都假设，文学自身的交际活动构成某种最小的贴切性场域，书写文字且由此而拥有肯定无疑的贴切性，这即是说，书写文字即使没有充分编码且全面迂回，即使它没有承载明显的文学标记，即使作品和文学的意义属性问题依然存在，交际的可能性是确定无疑的。阐释等于选择阐释的语境，后者能够从给予的信息——文学的信息、书写文字的信息，这是最低程度的信息——抽出最大数量的推论，并由此而进入阐释，按照较少的认识努力，按照承认文本内外联结的经纬。每个二律背反术语都假设书写——这个词也指文学和作品——的实现参与上述这些程序。现代文学首先是作品和写作的问题，它们自身进行这种双重阐释。自身进行这种双重阐释并非一定要进行某种自我认证，亦非一定要去文学化、一定要找出某种意义、一定要发现无意义，而是要明确落实其贴切性的条件和界线。这种落实意味着文学文本呈现为某种元再现并把这种元再现与其再现、与任何再现及与任何展现的距离变成一种论证某种比喻游戏的变量。这种比喻游戏是在共同再现基础上的游戏。它把共同再现指示为自己可能的阐释语境；它在作品中把元再现界定为这些展现、这些再现的语境。这些可能性没有被引向它们的终点。因此写作的继续、文学的继续是一种反射运动，从展现反射到再现，从再现反射到元再现，也是对展现所设定之贴切性的寻常直觉的回归。

  这种变量在两种极端之间发挥作用。第一种极端：文学构成的元再现不能描画其种种再现的明确的共同场域；它把文学明确给予成分离型的，它所给出的元再现指的是等待共同场域的某种共同场域；它最终赋予这种元再现的举动本身以引用权。第二种极端：文学构成的元再现明显把玩其信息以期回到共同语词、回到它们的信息、回到通过比喻游戏把这些语词展示为它们自身的事实、回到不把这种比喻游戏与某种本质比喻相分离的事实——言说本质比喻等于言说在比喻游戏中展现。这样，元再现就不脱离贴切性的某种寻常直觉——不脱离再现游戏，后者回到展现，回到不拆解再现可能性的展现。描画共同场域要根据元再现的双重安排——各种再现的过渡性，通过贴切性之寻常直觉的展示回归再现。指出这两种极端等于描画当代文学之修辞游戏的演变。这种演变的条件是，作品及其元再现犹如比喻游戏的能指一样，这种游戏首先是对贴切性属性的叩问。

  分别呈现为后象征主义文学和最近文学之特征的这两种极端，接用了源自现实主义和象征主义的文学问题，一如尼诺·朱迪斯所表述的文学问题。自称具有某种贴切性的再现与元再现的悖论在于，它们并不允许预测它们的贴切性，也不能使人相信它们意味着对真实的某种继续阅读。当诗表述神秘时，例如尼诺·朱迪斯所做的那样，自此便有了这种贴切性问题，文学不应该像承认各种不同的展现那样进行，而应该把玩从展现到再现的运动，以便把自己变成元再现，并把再现变成它们可能的贴切性和它们可能的共同场域的问题。

元再现的不可能性和虚空性：
福楼拜,马拉美,瓦莱里,史蒂文斯,布朗绍

赋予元再现的举动本身以引用权，意味着文学的元再现、诗的元再现成了其自身贴切性的问题，这个问题首先根据对真实的某种反馈游戏构成，例如它是某种寻常直觉的对象，例如这种寻常直觉被接用到再现之中。这样一种引用权可以解读为，对现实主义和象征主义证明无法根据寻常直觉、根据再现建立贴切性的回答。

我们可以像保尔·瓦莱里（Paul Valéry）和华莱士·史蒂文斯（Wallace Stevens）那样，一方面言说文学的某种约定俗成，言说文学的某种肯定性，而另一方面以完全对称的方式安排文学的贴切性问题。瓦莱里：分离文学、分离诗等于指出，文学的贴切性问题存在于它所描述的由它构成之种种本质论——南方——[1]与沉留在确定时间之存在中的东西之间的距离。这样界定诗之视界的问题就具体化了——诗能够成为某种元再现方式以反映自我和这种距离吗？华莱士·史蒂文斯：自知为诗、自知为虚构的诗——"终极的信仰在于虚构，我们知道它是虚构"[2]——，诗与任何真实很接近的体现在于虚构之语词的实现。而诗作的贴切性则存在于诗缺失的东西中。诗是隐性的元再现：诗的条件即是能够使诗写成并蕴涵其他再现的条件，而不致使其自身的条件或其自给自足的情况被拆解。关于诗的这两种命题在关于诗乃是元再现的辩论中，把诗定义为分离由诗所建立之象征性表达与来自共同体的种种言语、象征性表达和再现的东西。为了使诗之元再现问题得以提出，诗应该按照其元再现的不可终结性

---

[1] 保尔·瓦莱里（Paul Valéry）：《海滨墓园》（Le cimetière marin），见《幻美集》（Charmes）。关于这一点的评论，参见伊夫·博纳夫瓦（Yves Bonnefoy）《瓦莱里与马拉美》（Valéry et Mallarmé），收入让·海诺（Jean Hainaut）编《瓦莱里：南方的分享·南方的正确性》（Valéry: le partage de midi. Midi le juste），奥诺雷·尚皮翁出版社1998年版，第59—72页。

[2] 华莱士·史蒂文斯（Wallace Stevens）：《遗作集》（Opus posthumes），纽约艾尔弗雷德·A. 克诺夫出版社1957年版，第163页。初版本，1954年版。

来表述；诗还应该从这种不可终结性出发，面对其他象征世界、再现、言语而定位自己的象征世界。

　　回应游戏是一种比喻游戏。瓦莱里：诗仅存在于与其他象征世界的毗邻游戏中，因为它不是对这些世界的掌控。元再现只是由它所意味的与象征、与再现、与它可以使用的展现——例如关于太阳的展现——的决裂而成为这样。诗只是一场既不能想——元再现没有终结——也不能质疑的和谐梦和体系梦的对应方。它是一场寻求贴切性的活动，这种贴切性悖论性地显示了它与寻常直觉的距离，并且不能落脚于自身的情境。审美的不同成了某种图式和装饰之交替的同义语。华莱士·史蒂文斯：不管诗自我认同的自身能力是什么——例如它表述它的虚构——，它与其他象征世界的关系是一种提喻的关系。元再现永远是相对的：它回归到与我们的种种再现相切（切近、衔接）的状态。因而诗不能为其虚构增加它自身的寓意：它不能展现其虚构的思想形象，因为该虚构的思想不是它自己所独有，而是根据提喻形成之关系的思想。通过把虚构与某种最高虚构相同化而肯定诗及其自立性，把这种虚构等同于精神所看到的东西，它与眼睛所看到的东西同样真实，这种做法不啻于承认某种相似游戏——，该游戏因诗人、说话者的思想、也因为下述事实而可能：在诗的行为中，精神并不重新收归为自身，而是如《男人与蓝吉他》[①] 所喻示的那样，发现诗作所构成的阐释，该阐释根据诗作，根据诗作的缺失——真实的展现——以及根据它所意味的对真实的回归，来调整表象。应该首先把诗作界定为某种方式的宏大身份，即虚构所指示的东西。界定为从换喻游戏——诗作与其虚构被作为与真实的展现与言语相毗邻的东西而给出——向提喻游戏、然后再向总体上的隐喻游戏过渡的东西。但是，诗作的虚构既是根据知性与任何事物的这种相似性，也是根据对某种未来或对某世界的趋向张力、根据某种投射的一种相似性，此种投射只是一种精神上的投射。相似性意味着若干身份的相同，而不能定位这种相同。相似性意味着诗作的现在性以及过去游戏与现在关系、现在与未来关系的明晰性，并让现在处于某种方式的未实现、未现在化、处于单纯信息状态。因而，在相似性的凸显中——精神与世界的相似，世界与精神的相似——，应该读出诗作及其虚构之换喻界

[①] 华莱士·史蒂文斯：《男人与蓝吉他》（*The Man with the blue guitar*），见《诗集》（*Collected Poems*），纽约艾尔弗雷德·A. 克诺夫出版社 1955 年版，第 176 页。

定与提喻界定之间的犹豫，在诗作及其虚构中，读出精神图式与从时代矛盾中拿来的某种图式，即某种贴切的可能整体之图式与某种不贴切整体之图式的矛盾，后者的不贴切性在于面对任何真实它都无法呈现为或解读为这样一种整体。那么就仅剩下换喻的解读。元再现的贴切性无法记录在任何地方、任何属于我们大家共有的再现中。这就使诗成了纯粹的虚构。这种发现还残留着双重性：虚构的能量使它的贴切性问题处于完全的开放状态。这里的虚构界定为由某种完成之元再现的承担与虚构所构成之完成的展现不相符合的事实。华莱士·史蒂文斯所表述的类似性可以重新阐释为诗作之展现与可掌握之真实的展现之间的简单符合。

在保尔·瓦莱里和华莱士·史蒂文斯赋予诗的对称安排中，贴切性根据精神或根据展现而存在。在诗作行为中，它不是根据连接诗作所构成之元再现和可掌握的再现和展现的游戏来判断的。用于诗中的虚构术语反映了实施这种连接的困难。然而在精神的坦诚中，在虚构的承认中，存在着对文学是根据对真实的简单展现或对文学的简单展现而达致贴切之途径的拒绝。

于是，现实主义和象征主义就假设了对贴切性的寻常直觉——这是现实主义美学的条件，这是象征主义通过把阅读同化为某种感知所具化的条件，因为读者"脱离平常的联结感知投射在窑洞墙壁上的（语词）"①。但是，现实主义和象征主义远未肯定无疑地落脚于贴切性的寻常直觉，而是根据它们乃是某种场域之创造的可能性行事，一种可能的场域，一种仅仅可能的场域，不管该场域是通过寓言抑或通过对真实的明确承认还是通过其建构的任意性意识而形成的。一种仅仅可能的场域，以及根据它所选择承担之真实的内在约束，它自身因而可能随时出现的问题。这样提及现实主义和象征主义时，人们说，文学作品就在那儿，根据它选择描画那儿的各种手段，而它不在自己的位置上，因为这个那儿可以投资、包含其他场域和我们的生活。这样，把现实主义和象征主义作为大现实主义之种种方式——通过这些方式，人们可以永远宣称任何明晰性——的贴切性问题的运动可以终结了。

在现实主义美学中，贴切性之悖论的更特殊之处，在于它引入了换

---

① 斯特凡·马拉美：《字母中的秘密》（*Le Mystère dans les lettres*），见《全集》（*Oeuvres complètes*），巴黎伽利马出版社1945年版，"七星文库"，第386页。

喻、提喻和寓意之间的某种修辞学犹豫。现实主义是从现实的视角寻找正确的语词、正确的知识。这种正确性相当于把文学界定为某种方式的终极语词，后者把文学和真实都封闭在内——这种封闭伴有表述真实和可能性的某种论据资料，肯定了现实主义自我认可的这种终极品质。在这种运动中，现实主义建构了其贴切性的某种暧昧性。语词不可能只是它们自身和展现，恰恰因为它们试图仅是它们自身和展现；恰恰根据可能的贴切性，现实主义的语词不可能在它们自身中、在它们的系列中描画某种形象的连续性，或者这种连续性仅仅存在于思想之中。像福楼拜那样，强调对语句和风格的关心，强调语词存在于事物之中，因为语词可以是事物之想象的做法，唯在强调，正确的语词是不够的，现实的展现同样也是对现实的某种迂回。迂回使人们明白，如果思想与物体之间没有一点半透明的厚度，文学、小说就只能是历史、风俗画、逸事。现实主义只能通过它留下的问题来建构场域，福楼拜之讽喻或者圣·安托万（saint Antoine）之想象或费利西泰（Félicité）之疯癫所意味之唯名论所维持的这个问题。

倘若展现在坦承其正确性时如此贪婪于其不可能性，或其困难的可能性，与对正确语词的这种追求和这种实践所构成之求是的否定的悖论无关，而与正确语词的悖论性修辞相关：对此正确，对任何与此相当的事物的正确，并因而普遍的独特性图式与换喻图式之间，亦即在各种展现中语词的正确性与根据联结性再现——因、果、场域——之游戏而展开的展现之间的悖论性修辞。应该了解：任何人的全部永远缺乏现实主义，他仅以独特方式与之关联的任何事物的整体永远缺乏现实主义。对正确语词的肯定是对某种知识的肯定。这种知识面向他所选择的任何人；他所选择之任何人的全部也面向这种知识。现实主义作品所构成的元再现，由于它试图正确，它只能是提喻式的，较少是对全部的可能性阅读，更多是对这种全部之必然片段和作品所描画之有限场域的指示。事实上，贴切性的可能性局限于某种重言方式。它表述了关于某独特人士某独特事物的所知部分。知识乃是仅在该知识是某独特人士某独特事物的准确标签、且通过它自身按照现实主义的具体歧义把玩再现和元再现的范围内指示独特性某种片段的知识，所谓按照现实主义的具体歧义把玩再现和元再现意即：既给出属于某种现实主义意向的东西，也给出寓意被再现之物、之独特性的某种意向，只需重复包法利夫人、圣·安托万、费利西泰。

　　仅就象征主义特别是马拉美那里最明显的资料观照，坦诚诗作之建构、指出它想表述的东西都是假设性的，这种坦诚中显现着修辞性悖论。正如十四行诗《面对沉重的云彩，你》① 所显示的那样，假设性存在于所建议的双重书写和双重阅读之中。双重书写和双重阅读乃是象征的构成——从轮船到汽笛，从汽笛到轮船——，象征使汽笛和轮船的画面有效，并由此形成十四行诗所构成的元再现问题。越是建立了双重阅读的可能性，亦即元再现的有效性，越避免了表述的肯定性。这种表述可以显现为某种隐喻游戏的建构——即轮船与汽笛之间的关系。这种关系甚至不描画其场域，因为轮船和汽笛不能一起并行，或者它们一起并行，却只能通过所发生、或未发生事件的不可确定性而并行。元再现承载着它自身的不可能性。它把玩某种特殊的讽喻。"这曾经"——一只轮船沉没了，一种汽笛声消失了——禁止抹掉过去。此地和此时，具体地说，这个大海的场域，这首诗作的场域，因为它们构成了两种形象，禁止把过去神秘化和象征化——此举等于远离它。元再现所认可的矛盾和不确定性，使这种元再现成为某种现在性和现在的某种要求，这种现在性可以从诗作中不确定性的无时性——一艘轮船、一声汽笛——中看出。贴切性的悖论构成如下：诗作说它一点也无法知道发生了什么事；然而它却是一部可认识的作品。在一艘轮船、一声汽笛的形象化氛围中调动记忆运动或见证运动，可以赢得回归场域的时间并回归大海场域。场域既是某种辩证形象，某种过去和某种现在的形象，后者排除对过去的滞留，也排除对现在的高枕无忧；场域也是言说书写之贴切性的唯一方式：它是对这种场域的叩问，在马拉美这首诗作中，该场域以视觉的方式呈现为一个开放场。开放的视觉场还只是悖论性修辞游戏的形象。如果按定义言之，场域是与之相关的提喻——一艘轮船、一声汽笛——的可能性，它因而也是这些提喻的矛盾体现。如果说书写文字最后只剩下了场域，而文字即呈现为这样一种场域，这依然是悖论：一切都毁掉了，而任何东西都没有变动。那里有贴切性的歧义和可能性形象。那里还有辩证游戏的形象：发生过的事件是不可捕捉的，并非因为事件具有什么不可捕捉性，并非因为象征性建构走向它自身的象征，在这种象征中，轮船的标记或将消逝，而是因为过去与现

---

① 斯特凡·马拉美：《面对沉重的云彩，你》（*A la nue accablante tu*），见前引《全集》，第76页。

在处于一种连续性和独特性、换喻与同一的关系之中，这种关系既表述某种时间性也表述这种时间性之阅读的某种可能的贴切性；但是可能的贴切性乃是对换喻和同一、过去和现在之间联姻缺失的发现，然而这种现在却是过去的汇集并与过去相同一。诗作明确处于寓意与真实、过去与现在之间，这是它所形成之贴切性问题的形象化，是任何共同场域之不可能性的形象化，是不可能把诗作赋予之场域认同于在期间再现所有差异性并使这些再现按照它们所意味之直觉——一艘轮船沉没了，一种汽笛声消失了——得到大家认同、这些直觉又反馈到某些共同历史或共同故事之可能性的形象化。

除非走向对文学的重言式肯定，后者以其体裁具体为文学体裁来定义文本的贴切性，文学文本一如它落脚为现实主义与象征主义的鲜明比照一样，试图在这里通过某种比喻游戏标示其自身的贴切性：从换喻过渡到提喻或过渡到提喻的代替，这是现实主义的寓意化游戏，这是马拉美场域的构成。标示贴切性还意味着差异性明确记入同一性之中——例如隐喻游戏把轮船和汽笛变成某种可能的单一场景，例如那些把一个男人变成一个世界、把一个女人变成某种世界方式的隐喻游戏一样，一如人们表述包法利夫人或圣·安托万那样。这种运动是矛盾的，它把独特性的身份给成某种不可能性——一个男人、一个女人不可能成为某种世界；大海的明显特征和痕迹不可能同时是一艘轮船和一声汽笛的痕迹；诗——保尔·瓦莱里和华莱士·史蒂文斯——只能是分离的。作品的共同场域与贴切性的目标混淆在一起，其表述是悖论的：如果它继续明确标示距离——保尔·瓦莱里的"南方"，华莱士·史蒂文斯的"最大虚构"——，继续把玩场域——如马拉美——中的不确定性，或从换喻向隐喻过渡的可简约性——这是用马拉美肯定场域、用保尔·瓦莱里重温既定时段以及用华莱士·史蒂文斯表示仅根据诗作行为定义诗的意义——，它描画了可能性共同场域的明证性——重温贴切性问题，这是写作的动力。如果我们以马拉美、保尔·瓦莱里和华莱士·史蒂文斯为据，文学的贴切性问题仅是文学可能回归某种场域的问题，它显示为某种空间的场域，可能是贴切性落脚之处的共同知识的场域本身。这就是文学的神秘性：说这种回归及其可能性乃是因为贴切性的某种推定，当文学尝试标示其自身的贴切性时，它就不停地拷问贴切性。这还是文学的神秘性：不分离贴切性问题与这种回归问题，丝毫不是相对于元再现作出结论，而是同样标示让共同场域之形象在元再现里发挥作用的可能性。共同场域服从于某种比喻性矛盾，后者较少拒绝它，而是更多地把它作为让这种场域所缺失的东西浮出水面的手段，自此文学把它作为自己不可能的对象或其争论对象：让文学标示其比喻乃一种本色比喻，一种依据共同再现、依据寻常直觉的比喻，这些共同再现保证了这样的直觉。

现代文学试图标示贴切性的某种损失，贴切性推定中的某种损失乃是贴切性及其悖论这种展示的准确的极端发展，现实主义和象征主义让人们读出了这种展示。只需像象征主义那样，把隐喻向提喻的这种过渡解读为作为过渡对象的术语和主题的失效化。只需把差异性记入同一性解读为任何身份、并进而任何知识、任何能够与文本形成之元再现并行的贴切性的歧义。这是莫里斯·布朗绍（Maurice Blanchot）的《阿米纳达》（Aminadab）所建议之场域形象的悖论组织①。场域理解为这部小说给出的这个场域——一座房屋。场域根据该小说场域形成的形象来理解——这个场域里有大量的思考会面——它们是小说人物的思考，且几乎全都一直与该场域即这座房屋相关联。场域可以根据大与小的二重性、根据背反者、相似者、种种定义的二重性，解读为某种关于各种可能性的修辞游戏。场域在这里还是一系列房间、从一个房间过渡到另一个房间的图式，是从这些房间之一辨认出整栋建筑形象的可能性，以及指出下述运动的可能性，这种运动是可以回溯的或应用于另一旅程以期喻示贴切性的任意性，可能与这种组织、这种比喻游戏相关联的贴切性：换喻——系列房间，提喻——某房间确实可以反馈到整座房屋，隐喻——建筑是这些房间的身份。仅从其神秘性方面关注场域——建筑物，按照布朗绍的说法，乃是用某种表述，比喻游戏所指示的贴切性的虚空性，并且等于在象征主义的继续中让汇集在同一身份——这座建筑物——内的异质多元的差异性发挥作用。然而，莫里斯·布朗绍结束《阿米纳达》时却用了一个清晰的问题和一种对澄清的期待，这种情况在布朗绍的术语里体现了对贴切性形象化所建构的这种歧义的承认，而这种建构仅体现为它所意味和它首先不断注销的问题，体现为现实主义和象征主义比喻组织的联姻和翻转。这部小说的布局很容易重构如下：在存在某种可供使用的场域定义的范围内，该场域乃是它自身

---

① 莫里斯·布朗绍（Maurice Blanchot）：《阿米纳达》（Aminadab），巴黎伽利马出版社 1942 年版。

的问题，因为它只有设置其定义的界限才能满足其定义；阅读来听来的规则和言语是忠实于它们自身的，但是这种忠实性仅开辟了它们的贴切性问题；熟悉的人物只有根据他们所显示的此地和此时才能是熟悉的，但是这种现在化却是在明确的象征化之外指示着某种过去，它以非忠实的方式回到那些阅读过听过的言语和规则。

应该每次都表述某种不连贯距离的游戏——距离不排斥近似，近似不排斥距离。这种不连贯的距离把场域同时变成小说给出话语的形象、对象和物质。形象：因为该场域在其此地中不停地指示局部的东西，这样表述的东西超出了某种贴切性的任何再现——现实主义比喻的翻转；或者仅根据矛盾性或异质多元性——象征主义比喻的翻转。对象：因为该场域是小说持续不断的问题——小说不断地把它作为其居民提问和回答的对应点而叩问。物：因为提及建筑物、场域所描画的视觉场面勾画了这个物质的现实边缘，这个不可想象的场域，因为它超出了任何贴切性。

把这个边界的建构纳入贴切性的形象化仍然是一个贴切性的举动。把场域安排为形象、对象和物，等于把它同时变成内部和外部的形象，变成相对于内部、相对于外部的责任形象，变成整体的形象，我们无法避免整体，没有整体就不再会有贴切性，然而该整体之安排却给出了一个反映出的（自我反映的）场域，在这个场域里，任何目光都是看不到的，犹如元再现的场域，它排斥该元再现、其完整功能的显示。那里永远有一堵墙，在清晰的肯定氛围中问题却是终极的，这些现象喻示着，小说之场、语言之场也是贴切性世界的形象，喻示着这个世界的命名——问题——开始于发现小说外围、发现场和它所承载的全部形象结束之时。小说外围的发现是明显的：建筑物的发现，那里表述那里听到且循环往复之言语的发现，它们因寓意化的中断、因不断地被置于回复状态而循环往复。语象和形象的发现也是明显的：从换喻向提喻的过渡，后者在对女性的最后展现中，同时把玩身份游戏的寓意化和畸形；把差异性纳入同一性的过渡，例如从同一女性形象和那些接受该建筑物的外来者的形象中可以读出；场域仅是差异性消失和重温的场域——场域仅因差异性的符号、仅因它的翻转而存在。这个场域也是某种比喻游戏的总汇；它定义为按照贴切性而界定的某种共同场域的方式：贴切性应该考虑到所有的比喻安排；它无法描画；然而应该与之相对应——作品通过标示对内部、外部的责任性，即通过叩问何谓该场域之思想的形式，即是上述对应。

这种接用了现实主义和象征主义元再现之界限的图式，喻示着对尼诺·朱迪斯在《谜团》中所界定的这些界限的标示和再现超越了一步。仅指示文学信息的可能外延问题等于无视该信息的某种功能，《阿米纳达》提供了这种信息功能的明确故事。在某种修辞学视野里，这个比喻的总汇场域在它所安排的换喻与提喻之间、贴切的可能整体图式与讽喻之间，建构了辩证游戏的某种方式而不作出结论。这可以把马拉美那里的共同场域形象重新解读为这样一种悖论性的居间调停：让轮船与汽笛接近和让它们遥远的东西。再次解读为保尔·瓦莱里和华莱士·史蒂文斯界定诗之杂乱方式的某种悖论性的居间调停。前者的"南方"与后者的"最大虚构"即是这样的居间调停位置，原因是，对于前者而言，它们是诗与其他象征世界毗邻游戏的条件，对于后者而言，它们是诗与其他象征世界提喻关系的条件。场域在小说《阿米纳达》中真正成了共同场域，妇女呈现为"建筑物的神秘的可怜躯体，建筑物似乎与她的躯体相融会"[1]，而比喻的完成即是身份的完成，一个畸形的不连贯的身份，因为身份的实现并未解开神秘性。通过其隐喻性的界定，场域成了不连贯的场域。

在文学贴切性的这种隐形的显形的检视中，在这种接用现实主义和象征主义教益的游戏中，文学作为某种瓶颈方式和打通某种瓶颈——贴切的无处安置，贴切性的缺失——的东西而给出。打通这样一种瓶颈意味着文本、文本中显示的作家不停地检视贴切性的可能性。这种检视是现实主义秘密或象征主义秘密的条件，一如它是保尔·瓦莱里和华莱士·史蒂文斯对诗的界定条件一样，又如场域在《阿米纳达》中的再现和元再现的条件一样。这种检视可以从未完成的比喻中获取——从马拉美到华莱士·史蒂文斯的旅程演示了比喻的未完成情况并论证了《最大虚构》（*La fiction suprême*）的标题[2]。在这部一切都被质疑的小说里，它可以展示为它自身，这部小说不得不随着其自身的经验以及它得以完成的环境来创作和验证。然而它是在既定的未完成的比喻视界中被理解的，这种视界与上述创作和验证的运动相重合。那里事实上是把小说变成某种双重的贴切可能性，后者与比喻的辩证游戏并行，也与这种反思游戏并行，并把这些游戏

---

[1] 莫里斯·布朗绍（Maurice Blanchot）：《阿米纳达》（*Aminadab*），巴黎伽利马出版社1942年版，第226页。

[2] 见前引华莱士·史蒂文斯的《诗集》（*Collected Poems*）。

的每一种变成另一种游戏的共同场域。从比喻游戏的背景上阅读反思游戏等于把反思游戏变成某种可能的贴切性的无用图式。从反思游戏的背景上阅读比喻游戏等于根据比喻游戏所描画的不确定性界定反思游戏，并把它同化于某种不确定思想的方式，后者承载着对其可能的贴切性的指示，对某种不确定的存在的指示，这是存在之瓶颈的形象，因为反映思想还是某主体的思想，因为任何比喻也是某种本色比喻——一如最后对妇女和建筑物的标示所显示的那样。

与反思游戏相关联的修辞失败是双重的。这种游戏无法论证它所给出的自己的机遇——本色的明证性，寻常直觉。妇女的视觉是畸形的。反思游戏被置于不连贯交际的氛围中——归根结底没有任何东西是知性的，尽管小说中的所有东西字斟句酌起来都是可理解的。然而它显示了某种全面交际的游戏——个人对个人的交际，集体交际与现实主义瓶颈、象征主义瓶颈决裂的手段，然而它却是其自身的瓶颈，因为它在拒绝按照词与物对应——现实主义——的贴切性、按照纯粹场域——象征主义——的贴切性的同时，没有为自己开辟的推论游戏设置任何界限。任何语词都是与任何其他一个语词的关系，任何展现也是与任何另外一个展现的关系。由于没有这样的界限，自然的明证性、寻常的展现变成了上述推论游戏的组成部分，而它们未能与界定这种反思游戏的某种功能联系起来。这样，它就成了指示贴切性的某种附加瓶颈：贴切性要以对它的共同承认、集体承认不曾断裂为条件。只有为推论游戏设置界限，对贴切性的共同承认、集体承认才有可能——它是设置这种界限的手段。

保尔·瓦莱里、华莱士·史蒂文斯、莫里斯·布朗绍：通过早期现代文学的瓶颈不能仅根据思想的权力，根据虚构的权力，虚构明显把玩与各种共同展现的相似性，把玩反映时刻的展示。这种情况不能仅根据换喻安排，仅根据类似性安排，后者意味着某种总隐喻，不能仅根据隐喻性同一性安排。换喻和隐喻应该互相过渡，思想的权力、虚构的权力与反映时刻和各种展现、与它们相关联的各种再现等，它们之间亦应该互相过渡。贴切性完成的条件是，任何促成现实主义瓶颈、象征主义瓶颈翻转的东西都没有丢失，因为如果我们回到尼诺·朱迪斯的诗作《谜团》，这种瓶颈可以同时根据回归种种展现的问题解读，根据一种再现可以包括它所意味的所有展现的可能性问题解读。

贴切性的承认悖论可以重构。瓦莱里明确建议这种重构：如果说文学应该是种种形象，那么它应该为了自己而成为形象，也应该根据世界和大自然而成为形象。这就提出了一个问题：比喻的辩证法是某种游移精神的辩证法或者它亦形成某种本色的象征，犹如对游移精神的拯救？这种象征仅是回归贴切性场域的问题。在这种不确定的存在中，也可读出上述问题；莫里斯·布朗绍给出了上述不确定存在的形象，并且探索这个世界，按照他的说法，探索这个"神秘的"物质，因为给出的隐喻未能走向对这个世界的肯定。这种探索应该给予逐字逐句的忠实表述。它也应该被界定为对某种贴切性的探索，这种贴切性与某种直觉以及与属于这个世界之基础直觉和共同知识的信仰或思想相符合。这种探索的条件是，修辞游戏成为某种明证性的手段，取修辞学的意义并根据各种共同场域。这种游戏的条件是，当代文学把贴切性的瓶颈作为自己的起点和自己的明确展示，并把这种打通瓶颈的举措作为自己的动机。一旦获得这个起点之后，作品即作为某种反映运动而给出，后者不再根据比喻的方法或加比喻以及它们的辩证法的方法，也不再根据用来衡量贴切性而引入的某种比喻，孤立观照的比喻，以便把任何比喻都变成能够像某种本色比喻一样对待的比喻。把玩神秘性、根据现实主义或象征主义的外延观照它们的特性或非特性，已经不再重要，然而重要的是，拆解比喻游戏的可能语境，以便用另一语境取而代之，另一语境可能是上述游戏的残余并在它之后到来。重提从马拉美到布朗绍、从福楼拜到华莱士·史蒂文斯著作中读出的贴切性的种种悖论，赋予典范瓶颈的形象化以特殊地位——如比喻与不可能回归场域的不可分离性，与排斥明证性游戏之反映思想的不可分离性。于是文学就书写为隐喻、提喻的喻指（le comparant）①，书写为与文学相关并从其自身观照之反映运动的喻指。比喻游戏所展示的贴切性的界限把这种游戏让位于按照基础直觉和这个世界的种种共同再现对贴切性的忠实展示。

贴切性的问题不再通过对文学术语之属性和外延的拷问来定义，而是通过下述明证性，即除非明确选择贴切性的缺失，文学只能根据有利于辨认共同再现的东西、根据这个世界惯常的现在性、也根据这些再现的书写而存在。

---

① 关于比喻概念，通常的说法似乎是"喻体"（le comparant）和喻指（le comparé），似乎不是很准确。现根据语言学里"能指"和"所指"的提示并与其保持对应，改译为"喻指"（le comparant）和"所喻"（le comparé）。为避免误会，特此说明。——译注

像莫里斯·布朗绍那样,坚持书写文字是一种空洞的空间,它相当于拒绝任何媒介,它是一种反意识的方式,它还排斥其象征的完成,这种观念不啻于一方面把书写安排为某种论据性资料,而另一方面等于把它界定为在其实现中处理媒介项和象征项亦即处理书写之贴切性问题的东西。现代文学试图把贴切性问题严重化,用伊夫·博纳夫瓦的话说,以期指示某种无法实践的明晰性,它本身只是对文学之未完成性和特性的指示,这种指示因此而永远可能但亦仅仅可能。指出现实主义和象征主义构成之问题,等于指出,文学在其有效性内可以与任何再现相分离——只需移动文学的时间和场域;或者更准确地说,在某种深处,贴切性得以保证的深处,这种被保证的贴切性将是诗性的贴切性本身,它造就了自己的现实主义或象征主义,文学投身于在其深处开放与——借用尼诺·朱迪斯的话说——展示其场域、其种种场域之神秘性的悖论之中。这意味着传递现代文学某些作品和当代批评某些论点的信息——这种信息和这些论点表述文学的不确定性和过时性、它的负面时刻、能指的简单游戏、把文学时刻简化为感觉(aisthesis)时刻的做法——,并指出,这些观点的每一种都试图丢掉贴切性的推定以及与这种推定分不开的问题域,但是它不能丢掉它们。

共同场域的悖论,日常性的权力:
约翰·阿什贝里,博托·斯特劳斯,安东尼奥·塔比奇

约翰·阿什贝里(John Ashbery)的某首诗,《接触,这些相似物》(*Touching, the similarities*)[①],把玩过去与现在、现在与其明证性、这种现在的寻常性。根据某种比喻游戏的假设赋予现在某种贴切性,只能走向三种发现:发现(丧葬用的)柩衣,发现比喻的畸形,发现这种畸形的不可阐释性,并把贴切性的可能性置于死亡、畸形、晦暗的氛围中。任何东西都可以落脚于对贴切性的否定,然而它们却犹如贴切性所认可之界限的最后评论。柩衣与死亡氛围:贴切性的可能性不仅是对文本、诗作所构成之

---

① 约翰·阿什贝里(John Ashbery):《接触,这些相似物》(*Touching, the similarities*),见《你能听懂鸟语吗?诗集》(*Can You Hear, Bird · Poems*),纽约 The Noonday Press 1997 年版,第 134 页。

元再现的有效性的叩问；它把贴切性的世界翻转为不可能界限的某种方式，例如从在场到缺席，把缺席变成在场的汇集，这样一种不确定的方式，并把象征化的游戏定义为从反论到隐性比喻的弧形运动。然而从比喻游戏的任何路径都是某种本色游戏的视角看，这种运动乃是某种残余——应该回到《接触，这些相似物》的标题上来。诗、比喻与畸形：这个命题可以紧贴字面意义来阐释——任何比喻都是畸形的，那里只有比喻之语义偏移的某种定义。这种情况还可以阐释为诗之不可避免的运动，以便让人们看出只有视觉才能让人看见的东西——畸形是某种可客观化现象的方式。两种阐释共同发挥作用：畸形的不可能性又只能是明证性，例如比喻即是这样；畸形的明证性又只能是不可能性，例如比喻的明证性即是这样。

　　回归寻常性之标示的情景提供了衡量贴切性之可能性的某种喻指，以期发现比喻的畸形，指出把贴切性之可能性放进死亡形象的虚空性。终极的贴切性是那些就在那儿、有名有姓之事物扎实存在的贴切性——如一堵墙，一些物质。贴切性的问题甚至可以拆解它之展示能够支持的象征体系——作为在场与缺席、现在与过去之界限和汇集的诗作。拆解象征体系等于回到曾经是这种贴切性之场域的场域，曾经是生活、诞生、死亡可能性的场域。这种场域颠覆了诗的世界，使这个世界以其孤立的无法解释的清晰性面对之：日常生活的清晰性。然而这种日常性的可掌握性却是存在的——这就是为什么这种清晰性是无法解释的——，它是对诗作所建立之知识和贴切性的违背。从比喻向日常性信息的过渡是连贯性地完成的。日常性的信息呈现为诗作之建构的反论。

　　这样，如果存在着一个诗的世界和这个世界的某种清晰性，当诗作记录主体之死时，贴切性既由它所形成的问题界定，也由下述三重效果界定：使自己的对象成为争论的对象；把很难迁回表达或编码的东西，即约翰·阿什贝里话语里的比喻，变成以其信息而有效、并因而相对于任何信息、在任何信息内有效的东西；使客体和贴切性游戏以及元再现继续存在，即使当支持它们的主体成为一个过时人物或已经死亡。倘若过去把诗作造就成某种方式的坟墓，这并不排除诗作、文本在它们自身所造就之元再现的现在性，所造就之场域被承认为对现在的回归。上述说法准确地接过了尼诺·朱迪斯的问题并将它们重构：文本可能成为畸形之贴切性大概体现为可应用于其语义的外延问题。它也是按照文本深处、诗作深处、按照视生死同一的隐喻中可能变诗作为任何事情与任何时代之汇集的东西而建构并展示之某种贴切性所形成的持久问题。在诗人的话语中，贴切性按照两类面对面而描画：畸形类型和日常性的类型。按照辞退与诗人行为——比喻相关联的贴切性。按照在那里、在日常生活中碰到之事物的共同时间处理。诗与其比喻不造就共同时间，唯有后者还能把诗与比喻集合在一起。诗人最终表述的与日常性的面对面无法这样反映它——日常性的共同时间是贴切性无法解释的担保者。

文学形成的这个见解意味着，可掌握东西的展现，世界、真实、他者等，不是作为元再现之贴切性的对象和担保者的展现。此地、此时、此物、人的这个举动的展现，仅仅是贴切性的形象，而后者又仅是共同时间的知识，是那些整体缺失之种种人和物的知识，并因此而是各种独特性之共同空间的再现。可能性依据日常性而生成。马拉美通过表述轮船和汽笛而喻示了这种思想；他通过轮船和汽笛的隐喻让某种幻觉的整体、即十四行诗《她的纯净指甲很高》（*Ses purs ongles très haut*）所喻示的整体本身发挥作用而不想喻示的这种思想。

明证性，共同直觉：贴切性没有其他可能的倾斜。在其独特性中对日常性的展现是贴切性唯一的场域和唯一的可能性。因而那里有可能出现世界的某种缺失、各种存在的某种缺失，借助语言形成的缺失，并非根据符号的任意性，而是根据思想的规律，这是对贴切性问题的某种遗忘以及通过贴切性游戏的颠覆而对文学布局论证的无知。阅读信息肯定是阅读信息所承载的思想，也受信息所展现东西的关照，而这种东西拷问信息本身。文学的贴切性就是对独特性的这种回归，但元再现却未受到拆解，因为不管文学的审美计划是什么，它都无法计划真实、独特性、再现的类型，除非否认自己是文学，除非试图证明真实、独特性之某种类型何以缺失，除非明确地且系统地自我展现为某种幻术游戏，阅读可以拆解这种游戏。

文学成了独特者的问题，成了任何面容、任何看得见之物的问题，但是它无法超越这个伴随基础直觉和认识这个世界的问题。独特性是其自身的场景时间，它的唯一的现在时间，和它的贴切性的唯一时间。不可解释的共同时间乃是根据记忆、根据现在的时间，根据衡量该时间之各种场域的时间。倘若需要根据对这个世界的共同认识行事，但却没有共同场域的科学，一如没有共同面容的科学一样。正如博托·斯特劳斯（Botho

Strauss）指出的那样："在这个没有谎言的符号场里，细节的任何衡量都会碰到一个活人的幻觉整体。然而我们将碰到另一张面孔，碰到外部的秘密，带着某种挥之不去的知道和评判的愿望，我们首先尝试用老生常谈的游戏、用相似性和一般性的高密度的混合物戳破这个秘密，然后迅速得出我们关于一个人之特殊性、之'内容'的结论"。贴切性因而与相似性并行，同时排除相似性的整体，且知晓它的悖论性：对于任何来者都有效，但却不能对该来者形成之整体和与之形成之整体有效。博托·斯特劳斯所强调的"面容是每次会见中梦的语言"[①]，把面容变成了某种面孔或影子的堆积，后者以其奇异的高度而尊重原型。通过面容对他者的再现变成了贴切性的盲目问题而记入文本，变成了编织贴切性的东西。它把面容变成了安置期望获知如何重新构想某种知识场域和独特性场域、期望变面容为某种空间的东西。更为本质的是，与他者的会面，对他者的再现，从认识论上是违背常规的；它们不假设畸形比喻的实践，而是假设了客观知识，这种客观知识，加上对贴切性的追求，在这里找到了其界限的例子。把面容的会见主题化不啻于把元再现游戏置于某种欲望的氛围和告别贴切性的氛围。需要理解的是，在现代文学里，这不是对人类学（人学）参照的放弃，而是把它转换成无法与某种明显的或可表述的寓意关联起来的艰涩的目光游戏。显性——面容——可以变成某种隐性方式；它可以在某种面具和某种整体的设置中改造自身的明证性。某种面具：因为面具既不属于知识也不属于想象的范畴；整体：因为面容既是其自身的整体又是构成面对的东西。这里所显现的对面容、对显性的标示喻示着，贴切性是根据独特性的悖论和对任意事物的回归而存在的。这就是博托·斯特劳斯对我们喻示：人学的基本内涵存在于对人之参照激励其贴切性之非贴切成分的这种悖论性权力。言说目光，只不过是言说贴切性游戏的悖论性颠覆：所谓贴切的东西，被赋予某种贴切性的东西，最终拥有了直视我们的权力，就像我们这些作家、读者盯着尼诺·朱迪斯的神秘性一样。

当比喻游戏试图对自身做出证明时，应当把例如重新描写假设中的比喻游戏、明显的贴切性游戏，解读为人和自然所显示之状态的徒然模仿，而只有人和自然的状态才能成就书写文字的贴切性。"假如"的假设超过

---

① 博托·斯特劳斯：《过往的配偶们》（*Couples passants*），巴黎伽利马出版社1983年版，第68页。初版本（*Paare Passanten*），慕尼黑卡尔·汉泽尔出版社1981年版。

了"犹如"的假设，应当把前者读作某种倒错：即一直根据对幻觉的承认、根据与语词并行之思想的权力解读贴切性的东西。它由此得出的结论是：贴切性问题成了文学无法放弃之物的问题，不必最终仅回归比喻的不连贯性——畸形的隐喻、仅回归比喻的连续性——换喻系列、仅回归思想游戏即可读懂的东西，思想游戏指的是同时显示独特性和共性、显示贴切性之拷问对象本身的游戏。与独特性是试图自我表述之贴切性的界限一样，同样，日常生活的可能性乃是文学中反思游戏（反射游戏、反映游戏）可能给出之贴切性的界限。保尔·瓦莱里和华莱士·史蒂文斯接近了这种界限，但尚未指出：完整贴切性的缺失与承认任何日常真实分不开，后者自身即构成自己的可能性和贴切性，并因而构成作品拷问对象的形象。叙事是这种隐性或显性颠覆的某种准确演示。

叙事相对于它无法明确表述的东西——缺失的过去——设置某种贴切性；它根据历史与历史外的同一性显示贴切性，同时它又把历史与历史外相区别，因为它应该把自己呈现为某种元再现。叙事中可以表述过去与现在、叙事的历史与该叙事的历史外之间明显的辩证性，该叙事的二重性建立了现在向过去的反馈和相反运动，建立了历史向历史外的反馈和相反运动，该叙事的现在时本身只不过是这种辩证性的时态：过去与现在、叙事的对象与叙事互相排斥又混淆在一起。这种运动所设想的叙事的贴切性是无法展示的，即使叙事没有明显的秘密。如果不再有辩证游戏，也不再有历史与历史外之共同场域的明证性，它将是可展示的，然而贴切性正是通过辩证游戏通过共同场域的明证性而呈现为永远的可能性。叙事的反映运动——批评中叙述者的所有界定方式都反馈到上述运动——与贴切性的这种形象化、与其展示的不可能性、并因此而与它的可能性分不开。当代叙事，尤其是展示其贴切性缺失的自我反射叙事，把玩这种运动并明显走向场域问题。通过自我反射游戏，叙事把历史与历史外相分离，并且区别其结构约束的明证化与其贴切性问题，区别它对自身行动和自己的展示与可能性的展示——由不可避免的对贴切性的设想所蕴含的可能性，用过去、现在、未来术语表示的对这个世界及其可能性的直觉所蕴含的可能性，而这种直觉只能有悖于或超出叙事的反思游戏被引用。一种文学形式，例如这里的叙事，并不一定显示其自身的贴切性或它的贴切性问题；一种文学形式徒劳地建构衡量、"观照"贴切性的种种手段。

叙事的这种建构，当然，这里的叙事可以是小说叙事，把它显现为修辞学症结。言说过去之某物，只能通过假设该过去之物的可能性来表述，这种可能性与其他叙事所展示之可能性相仿，或者与已经证实的过去事件和行动系列相仿。因此，这种可能性的假设完全是相对于叙事建构其辩证游戏之某种共同比喻的可能性方式而言的。倘若该叙事把其可能性与基本上属于文学性质的游戏关联起来，共同比喻的可能性就消失了。正如安东尼奥·塔比奇（Antonio Tabucchi）的《印度的夜晚》（*Nocturne indiano*）①所显现的那样，这只是昭明了任何叙事的辩证性游戏，它根本没有出路，除非以过去和现在、叙事对象和叙事、亦即贴切性之缺失和其可能性一起出现来终结叙事：因为对叙事和其对象的这种涵盖而缺失贴切性；因为这种可以拷问历史与历史外之关系的涵盖而拥有贴切性的可能性。这种运动是寻常的，没有意义，正如安东尼奥·塔比奇让其人物之一所表述的那样，因为这是任何叙事的拱墩。

因此，我们可以在《印度的夜晚》里表述黑夜和影子，这是神秘性的另外一些称号；我们还可以表述关于表象的某种游戏；还可以标示在场和对己对他人皆缺席的愿望，并把这一切解读为说话者不可能听见自己在说话，解读为黑夜和影子乃是这种不可能性之隐现的标示。那里有对叙事特征性反思游戏之贴切性的拒绝。叙述者不能同时既想要历史内，又想要历史外，正如他不能同时既要该叙事的场景，又要叙事可能性所蕴含的这个场景的全部——印度。我们从那里还可以读出下述意思，即一部叙事不是一个世界的建构，也不是一个世界的投射——它只是对其可能性的拷问，而一个世界之建构或投射的假设有可能掩盖这种可能性。当叙事以其自反性游戏根据叙事本身拆解了可能性的任何比喻，这种可能性即呈现为日常生活的最明显的展现风貌：对辩证游戏的最终拒绝，对元再现有效性的叩问，呼唤着对日常性、对寻常生活——一个男人、一个女人、一家宾馆——的简单标示，对印度的展现。

以平常言语为特征的对印度的展现按照叙事的论据进行——寻找一个男人。由于这种寻找以某种方式组织从而显示了其贴切性的缺失，那么印度场景的表述就根据叙事所承载的论据式歧义而进行。由于对一个人的这种寻找既可能又不可能，场景显得很富有存在事实和不存在的事物，似乎

---

① 安东尼奥·塔比奇（Antonio Tabucchi）：《印度的夜晚》（*Notturno indiano*），巴勒莫塞尔里奥出版社 1984 年版。

是按最多和最少、按照系列场域和场域之和去表述的。这仅是共同场域常见的可能性。例如类似性：有可能存在两种同样平庸的对印度的展现，一个是旅游者的展现，另一个是印度散乱提供的对它自身的展现。例如同一性及其变种：行人，怪物，这种与可能性相悖的纯粹的幻景，只有幻觉才能让人看见的东西原是人类历史上的一次行动。例如大与小，隐形与显形：印度似乎具有超越自己的显现能力，多展现或少展现自己的能力。例如换喻和提喻：毗邻的场域——场域的众多场域——，和整体的场域，在那里整体成为部分、成为一种场域，后者仅是其组成和其外延的这些可能性的空间。贴切性的界限最终显示为无法呈现历史与历史外分割的场域。叙事的空间与叙事的不可能性重合；然而它却显现为自身——叙事的可能性乃是本身既不能属于叙述举措也不能属于它所再现之行动的东西：这种场域的提及属于某种复调比喻修辞，且仅给予平庸的表述，因为它是反思游戏的唯一可能性和剩余物。

　　与发生过或偶然发生之事相关的叙事的贴切性，不如其场域的可能性重要，该场域构成为某种共同场域，它的可能性即是过去、现在、它所叙述的行动的可能性本身。就是它颠覆了马拉美关于海边场景的叩问，然而正是该场景让人们设想了这些可能性。正是它把《阿米纳达》（Aminadab）里女性躯体和一座建筑物所形成的秘密推行到底：这里不要表述某种秘密性，而作为共同再现的场域构成以其为对象之叙事的各种可能性本身。这些可能性按照修辞学的二分法分配，如可能性和不可能性，存在之物和不存在之物，先前性和后续性等。场域乃是共同场域的形象，由日常的民族空间形成。叙事应用于时间的多重性；它的构成说明它的贴切性是不确定的。那里可以叩问真实的或想象的过去之真实性的问题，变成了较少叩问叙事的外部时间而更多地呈现为其可能性之条件的风貌问题：日常性包含的所有条件，共同场域之某种切题学所包含的所有条件，这种切题学不仅是以论据为目的的切题学，而且也是以展现和比喻为目的的切题学，自此它应该安置时间的多重性。或者还有：任何叙事不可避免的不连贯性按照共同场域造就其叩问对象，这种共同场域既是该叙事的结构性风貌，也是通过修辞游戏本身对某种可能场域的展现，通过修辞游戏本身回归日常性的可能性。在当代文学中，这只是把叙事的框架游戏——即指示叙事得以可能的这种场域——引向极端，亦把现实主义的假设引向极端——叙事所蕴含的参照游戏不如其场域构成提供的可能性图式给予叙事的现实感多——，并最终把某场域与信息的关系引向极端——弄清信息外延的问题把任何司空见惯的场域变成了共同场域及其可能性的形象。叙事既不是依靠历史和历史外之游戏、也不是依靠共同场域的游戏来表述它永远已经开始了的形态——其贴切性的悖论即蕴涵着这种形态本身。因而，它仅仅依据共同场域所构成之外貌而与时间的重塑关联起来。正是较少解构叙事、而更多地依据其场域的条件重建叙事的当代自我反映式叙事的悖论，特别是安东尼奥·塔比奇所演示的悖论，呼唤着种种可能性、各种可能性的记忆，呼唤着其他场域和这种呼唤由此造成的平庸性。

贴切性问题的偏移概述如下：文本的文学建构和比喻建构本身就是某种畸形或虚浮方式，它通过其反思游戏只能标示出贴切性的界限——约翰·阿什贝里、博托·斯特劳斯、安东尼奥·塔比奇。在上述几个作家那里，这种界限的标记并不对其自身有效，而从福楼拜和马拉美到瓦莱里和史蒂文斯、布朗绍和尼诺·朱迪斯，它对其自身有效。它仅因为对这个贴切性问题相关内容的标示而有效：文本赋予的客体；该客体既是独特性客体亦是共同客体——如种种日常场景、一幅匿名面容、一个仅是它自己又是共同的场域等。它因此而超出某种知识的展示——这并不排除作为贴切性游戏之标志的某些知识因素的存在——，也超出了某个想象者的运动——根据书写文字的症候重新抓住他、并把这种症候变成对整体之提喻、对所有想象之提喻的东西。这样，贴切性就因为动词之外延的秘密、因为文本可能展示之提喻性场域的中断以及上述秘密和上述中断的结果而成为问题和辩证性：贴切性以内在于文本的方式显示它的问题，把文本作为贴切性时间的深层思考和形象化，并通过这种运动，把文本的对象给成兼有共同和独特之身，既可以是任何贴切性的客体，然而又脱离了文本形成的任何反思游戏的客体，后者并因而成为元再现的某种组成成分。在它的贴切性游戏和贴切性叩问中，现代文学颠覆了现实主义和象征主义这些早期现代文学的初始命题：只有回归某种场域，信息才是有效的，这是一种徒劳的运动。

这种颠覆的条件是，与可能的贴切性活动组合在一起的比喻游戏按照贴切性的直觉来衡量，即按照这个世界的通感和经验所提供的直觉来衡量。让比喻游戏和文学形式所承载的反映性发挥作用，反对贴切性的明证性或依据贴切性的明证性，告诉我们，文学不断地把贴切性作为思想的对象，它的思想对象，并且在很具体的范围内保持某种比喻修辞游戏，在这个范围内，这种游戏可以是自然、事物和明显时间的某种游戏。

然而这种游戏依然是歧义的：它脱离了贴切性展示游戏的界限；它不排除神秘性。倘若贴切性的明确性就是与某种面容的面对面，印度不计其数的面容，是对某个夜晚之静默的浮现，这种明确性以自己的方式成就了某种未完成性，因为这种对平庸事物和对不构成问题之事物的回归，乃是明显象征之外的休憩。这种回归不能界定为以世界为基础调节作品的手段。把共同场域等同于贴切性的平庸直觉和它所承载的各种可能性，是和现代文学的歧义玩游戏：径直奔向思想，试图由此而重新找到世界，例如借叙事的反映活动之机，并在这种运动中，把思想留在其贴切性的歧义中，然后通过违反思维法则、思想法则地——忘却人们看到的人和世界——安排贴切性而传播这种歧义性，并根据平庸直觉安排与这种直觉相配合的贴切性范围。这还是某种比喻活动。回到贴切性的平庸直觉似乎也意味着，任何符号，哪怕是文学符号，都立足于我们的世界和我们的知性，亦即立足于源自这个世界和这种知性游戏的元再现。然而这亦等于，按照最宽泛的包容再现的可能性来安排元再现的可能性。显现平庸性时的共同场域活动和比喻活动即喻示了这一点。可能作为某种贴切性之形象的独特性即喻示了这一点，因为它拥有把任意差异性组合在一起的可能性，例如梦那样。把隐喻作为对象、拆解其比喻性的比喻活动以某种时间的修辞学为条件：当时间按照某种共同的方式、按照共同场域来观照时，时间的修辞学即描画了时间的可能性；时间的这种可能性本身就是一种矛盾，它用既是现在的明证性也是任何过去的明证性和这种过去之任何可能性的明证性造就了它们的共同性。共同场域的整体并不因此而描画任何整体性，也不描画任何没有界限的推论游戏。这就是为什么它可以根据日常性和平庸性、根据它们的标准变化的原因。

共同场域，忠实于字面意义，语词的定位：
娜塔莉·萨洛特，雷蒙·格诺

在贴切性问题的这种修辞学视野的设置中，源自解构的当代概念书写和阅读，可能要与常见定义以及它们所建议或所呼唤之分析背道而驰地去解读。在现代性的印记下，把文学界定为尽管主体因死亡（因堕入彼世）

而缺席但仍然运行的某种符号①,并指出文学于是可以表述为书写,这种做法的言外之意是,在去语境化的游戏中,从书写结果的贴切性方面和尽管某参照者和能够引发书写和参照系的主体之缺席书写结果有能力运转两个方面去理解这种游戏,文学和书写一直是贴切的。这就同时设想了文学、书写的某种物质性方式和某种精神化方式,设想了意义内涵的某种理想化——即使人们得出无意义的结论,因为这种无意义乃是经常性的现象——,并最终设想了某种可重复的外部,这种外部对于构筑参照者之缺失、主体之缺失、连续贴切性的缺失都是必要的。文学和书写在这里被作为万能活动而给出:它们自我交际并设想了写作主体的界限——他应该消失——,设想了阅读主体的界限——他的任何试图弥补写作主体之缺失的尝试都是徒劳的。这个写作主体、阅读主体在写作的继续中是一个很独特和微不足道的部分。然而,他根据对文学、书写文字之全能的这种承认,根据符号双重界定所喻示的这种贴切性的不可避免来写作、来阅读:符号在主体终结后依然运作,它在某种可重复的、因其现在化而持久的外部中运转。

　　文学和书写文字的这种全能、它们的连续贴切性的这种观点,要求我们重新审视它的两个关联点。第一个关联点:符号可以在主体缺席下运转导致下述情况:语用学考察的意义也可以在主体缺失的情况下被分享,即以偶然性的方式被分享。第二个关联点:超越主体在场而运转的符号属于永远可能的贴切性,然而这种贴切性也永远是受限制的,并因而是多重的。总而言之,只有当符号是独特的时——处于某时某种场域,才有它的贴切性。贴切性的活动是点状的和偶然的。只有对无意义的承认才会悖论性地出现贴切性:从定义上说,阐释能力存在着某种界限,这种界限与作为阐释支撑和对象的网络的多重性相关;标示意义的缺失等于指出,赋予文学、书写文字的贴切性程度可与意指网络的寄生幅度相仿。

　　不管书写文字具有何等的偶然性,也不管其实现和阅读多么分散,书写文字都不排除其偶然性、其实现、其阅读构成某种共同场域。言说书写文字的全能性等于言说某种共同场域——贴切性的可能性和概率。言说持久的但其实现永远受限制的贴切性等于说,任何书写文字都是该共同场域

---

① 达尼埃尔·吉奥瓦南热利(Daniel Giovannangeli):《书写与重复·德里达的路径》(*Ecriture et répétition. Approche de Derrida*),UGE 出版社 1979 年版,"10—18"丛书,第 140 页。

的一处准确情景，在它们的系列情况下，这些情景是互相回应的。持续贴切性的假设还要具有下述条件，即符号被隐形地界定为共同场域的某种方式——外部的各种现在化和各种贴切性都寄托在符号之上。共同场域并不排除二元背反现象，因为贴切性的任何活动都是有限制的活动。这种路径可以概述为双重命题：符号永远可以是某种贴切性活动的对象；它为任何应用于它的贴切性活动提供背景。在这里引用符号等于走出了符号学——叩问不再关注符号何以有效的原因。更准确地说，指出符号功能的常态和贴切性的常态，等于指出，符号永远回应它自身的情境，它是某种问题—答案方式：赋予书写文字的任何情境都是某种贴切性的情境。这意味着，导致书写文字回应其自身情境的问题没有被独特化——指出符号超越主体之死亡而运行喻示的正是这种独特化的缺失。这样，偶然性——文学、书写文字——似乎就不反馈到任何问题。承认偶然性意味着将其视为某种问题—答案。它回应其自身的情境，这种说法与书写文字、文学的自立性说法相重合。这种回应与导致书写文字进入任何时候、任何场域下都回应其自身情境这种游戏的问题没有被独特化的事实分不开。

  在这种把符号置于其自身源泉之外、置于其自身语境属性之外的解构方法中，书写文字可以等同于某种性能，既等同于书写时刻的性能，也等同于阅读时刻的性能，这种情况并不拆解贴切性的假设。性能是书写文字的现在再现；它还相当于符号、书写文字之任意情境、该符号该书写文字形成之任意展现的某种元再现方式。那么性能——后者也可以是其自身的性能——所瞄准和不瞄准的种种再现的距离、差异性成了问题之所在，这种情况是显而易见的，一如马拉美所知晓的那样，并产生了再现和元再现游戏的后果，再现和元再现游戏是性能之作为的形象本身。在这样一种解构方法和这样一种性能标示中，文字被书写、阅读为自足的这种做法并不拆解意指，而是把意指置于某种持续的超级编码中，或把意指缩减为简单的语词系列。那里也有元再现游戏——超级编码或系列——和再现游戏——赋予作家的这些语词，作家再把它们给予读者。于是存在着这种游戏的问题，它可以是所谓的审美游戏并属于某种幸福论。承认这种审美和这种幸福论还指示着元再现问题，并悬置有关元再现之有效性的任何评价，并给出一种自由的元再现。希望成为或成为纯粹现在词的书写文字——超越主体之死而运转的这种符号——，事实上参与了一个关键时刻：它是对场域的回归时刻，不是可指称为超越主体之死而运转之符号的过去场域，而是回归禁止忘却先前、禁止把现在仅仅给予未来、且把现在变成准确的现在和某种传奇的场域，后者即应该阅读的东西。阅读仅是回到这种现在的贴切性问题并拷问这些再现，它的再现是这些再现的门槛并因而是它们的场域。

根据共同场域的这种知识、根据贴切性之悖论的这种知识对作品的明确建构，没有把作品变成展示其自身不可能的东西，而是变成展示其言语之庸常性和不确切性的作品。庸常性：共同场域意味着种种言语的共同性。不确切性：如果这种共同场域还应该是它展示其条件的某种辩证游戏的场域，它就把共同语言变成了不可能性的某种方式和共同独特性的某种方式。文学文本大概不能使自己的元再现有效化；但是它却可以依靠最日常的语言游戏或不承载明显文学形式标志的书写文字把这种元再现置于贴切性的悖论中。贴切性及其问题的这种货真价实的文学展示从书写文字的某种定义中找到它的相似者，以悖论的修辞言语和任何可能形象及任何可能言语的对立面所表达的解构论的定义，这种定义反馈到根据某种最低贴切性、亦即根据某种可参与最大比喻游戏之差距、参与主体死亡后符号运行之差距的联结原则永远书写和阅读的可能性。这里一方面指出：即使语法上正确的书写文字，并未完全进入编码，也不能完全迂回化，而另一方面标示修辞贴切性之内涵的某种结果：没有肯定无疑的运筹，没有文学效果，也没有文学的贴切性——甚至没有文学的最低贴切性："自我交际的文学就是这样"。但是这里也喻示着，文学是与完全编码化和完全可迂回表达言语之距离的问题域和这种距离的否定——例如在隐喻中。文学由此而界定为这种编码言语和这种迂回言语的阐释者，意思是说，它把后者置于辩论之中，并因此而构成后者的某种再现和再现的某种缺失。

文学和书写文字的这些界定与参照对象之自立性的断裂分不开，对主体消失的标示蕴涵着这种断裂。书写文字通过把玩语义、行动元、叙述的双重性、把玩参照之歧义，有意建构这种言语。这些界定因而是悖论的。一方面，它们意味着文学、书写文字的构成言语不指示其贴切程度和交际程度的成层现象。另一方面，它们的条件是，假设这种悖论可以选择——人们可以根据此种悖论写作——，假设这种悖论是把拼写法简约为无主体符号之功能的结果——人们发现的任何字母都可以夸大上述简约。

书写单纯的日常性、单纯的庸常性、单纯的直觉和共感言语，不把它置于某种比喻游戏和某种反思游戏之下，不把它置于比喻游戏与论据游戏的不可分离性之中，按照约翰·阿什贝里、博托·斯特劳斯、安东尼奥·塔比奇让我们品味出的走向日常性运动书写，肯定不会拆解共同贴切性的明显性，但是打开了其明证性和这种书写文字的定位问题，后者如此制造贴切性，难以对其自身有效，如果它对其自身有效，就把这样一种明显贴切性的功能问题变成了贴切性本身的问题。

当我们考察明显贴切并被置于文学范围之任意言语提出的拷问时，明显贴切性的功能和习惯这个问题就成了毋庸置疑的了。这种具有明显贴切性的共同言语，并不仅仅根据这种贴切性而给出。贴切性的明显性要有两个条件：该言语产生意义，即可以明显根据种种再现而解读；除非被当作严格的私人言语，这种言语应参与集体交际。要让它达到参与集体交际的程度，它应该按照三种功能被接受：它构成某种交际标志；它体现某种交际动机；在它设置了可能阐释和可供阐释之界限的范围内形成意义。交际动机的承认以来自接受者的某种反馈游戏为条件；阐释界限的条件是该言语与某种共同知识有关系。把这样一种言语变成明显贴切性的阐释机遇等于声明，它可以按照上述三种时刻的可能分离来阅读并进而来展示。在文学中，这种展示有两条优势途径：把任意言语展现为文学言语；对信息的比喻性处理，这是展示交际活动这三种时刻的方法。

把任意言语展现为文学言语。该言语没有发生形式上的质变，它被作为文学言语而给出。作为文学言语而给出里安置了明显的且恰好是文学的交际动机，相对于该言语及其明显的贴切性，它发挥着反映范围的作用。该言语因此而可以被作为某种文学标志来处理，作为同时涉及该言语之信息和与文学相关联的这种信息的某种推论游戏的对象来处理。然而该言语并不因此而仅表述它所说之事物，它是与某种共同知识相关联的。在文学语境内对共同言语之贴切性的叩问昭明了交际层次，这种叩问是根据这些层次有关言语的游戏，并用共同知识来限定该游戏。

如果我们重新考察约翰·阿什贝里、博托·斯特劳斯、安东尼奥·塔比奇，穿越早期现代文学之瓶颈乃是根据交际游戏层次的这种展示而展开的活动。肯定无疑地把引用权给予日常生活、给予平庸性是把作品置于共同知识氛围的方式。并非把这部作品给成始终体现上述共同知识的明显性，按照其文学形式给出，用博托·斯特劳斯的话说，按照人的面容所显示的某种明证性给出，等于把它作为交际的某种标志给出。被字斟句酌忠实表达的这种标志和共同贴切性，蕴含着某种反思游戏，它可以被作品主题化，例如比喻之比喻，叙事的反映运动。展示文学动机的这种反思游戏自身是根据共同知识运行的。神秘性已经不在于能否把再现指示给种种展现，不在于把反思游戏给予它自身的运动——莫里斯·布朗绍——，而在于共同明证性的双重用法，——它属于共同再现，人们接受到的种种文学再现，例如侦破小说——，这种双重用法接受反思游戏和推论游戏的界限。这样，贴切性就获得了双重面孔。该现象导致它既不能认同于作品显示的整体——现实主义，也不能认同于根据该整体重构的语言形象——马拉美，反思游戏所引入的二元性也不能仅仅变成作品的机遇：从贴切性之明证性的视角看，作品于是显现为某种停止的运动。

　　信息的比喻性处理。在文学中，只需以共同的方式把玩人人皆能理解的某共同语词，例如"爱"。如果我说"爱"，我表述了"爱"所包含的全部内容，然而我同样表述了所有与"爱"共生的东西，例如烦恼，犹如我说"爱"在不同环境下可能是因或果一样，例如悲伤或尴尬，我还可以言说与"爱"相悖的东西，爱与恨。书写即根据比喻的明显变化让语词运行。正如娜塔莉·萨洛特（Nathalie Sarraute）在《语词"爱"》[①] 中所写的那样，这些变化全都是"爱"的变化，是其语词、是其忠实性的变化，然而它们却显示了语词"爱"的唯一真实性，显示了它唯一与众不同的地方。书写只是重复语词"爱"的忠实性并变化语词的定位。承认这种文学活动，且不把它与来自解构的标示——符号超越主体的缺失、死亡而运转——分开，等于指出，现代派以降，书写展示信息贴切性的不同类型，这些不同的贴切性类型是分不开的，因为信息发出者和信息接收者之位置的任何踪迹都是不确定的，或者因为这样一种不确定性——爱情的陈述因而被排除——显示在《语词"爱"》之中。

　　标示陈述游戏，像同一部《话语的习惯用法》里取名为《我死去》一文所做的那样，安置了某种类似的修辞情境。如果《我死去》是这样一种陈述，它原则上是一种无借助也无呼唤的陈述。作为陈述，它自身也是不可思议的，因为它喻示着主体准确知道自己的死亡时间。因此，这是一

[①] 娜塔莉·萨洛特（Nathalie Sarraute）：《语词"爱"》，见《话语的习惯用法》（*L'usage de la parole*），巴黎伽利马出版社 1983 年版，"Folio"。初版本，1980 年版。

种可以具体成为断定式和讽喻式的陈述。因而被展现为某种断定形式的这种陈述呈现为某种提喻——它仅是指陈其原因、某位医生之知识、那位知道死亡、知道自身死亡的医生的表达。它还作为某种换喻而发挥作用：用德语发出的表述是用他者语言发出的一种表述，它与他者相符，就像它与任何听见该表述的人相符一样。契诃夫（Tchékov）的这段陈述超越主体超越陈述者之死而运转：叙事展现了该陈述的重复。这种陈述是可以重复的，因为它是完全独特的并可以按照某种共同的修辞游戏去听。悖论之处在于，它通过某种隐喻和换喻游戏而发展到标示共同性："我们之间不能说'我死去'，只能说'我们死去'……"①《我死去》所拥有的讽喻性——文本使用了"讽喻"这个词——，既是对任何形象的颠覆，也是对该形象及其颠覆的指示。《我死去》的不可能性构成了某种交际标志并意味着叙事展示的某种反思游戏。该叙事从这句话发展开来，它是对上述标志的接用；它是这样一种标志、一种反思游戏，它把它们限制在对死亡表达的共同见解方面。

在这种视野里，隐喻之忠实意义的缺失应该给予重新阐释。这种缺失并非来自相似性的无尽游戏和层次——活的隐喻和过时的隐喻——，而更多地来自下述事实：悖论方式的隐喻本质上不是一种相似性活动；这种相似性来自隐喻的阐释且不能确立它。换言之，隐喻的书写是建构性举措，后者以这种身份拥有自身的功能和价值：它所进行的乃是所考察术语之定位的变化，指出贴切点相互发挥作用，这些贴切点与其他贴切点相关联，但是文本的信息没有被拒绝。隐喻自身是一种自我语境化的活动，并由此而是对其自身贴切性的预期活动。这种贴切性由于隐喻应用的可能性而建立；这种应用中有某种经济学原理，意思是说，应用的规则既不是先天给予的，也不是随着隐喻给予的，而是隐喻根据推论之有效性的最大程度来解读，亦即根据推论对那些可能导致某种明确再现的种种推论的限制来解读。悖论以某种肯定约翰·阿什贝里见解的形式而存在，阿氏指出，隐喻把人变成了某种怪物和某种矛盾体，并把人的命名变成了命名世间任何事物的机遇。

在一部文本里，贴切性的推测是很广泛的：在雷蒙·格诺（Raymond

---

① 娜塔莉·萨洛特（Nathalie Sarraute）：《语词"爱"》，见《话语的习惯用法》（*L'usage de la parole*），巴黎伽利马出版社 1983 年版，"Folio"。初版本，1980 年版，第 15 页。

Queneau)的诗作《隐喻的解释》① 里,这种推测通过游戏,让我们解读了一些隐喻,解读了全世界。正如文本具体解释的那样,这种贴切性是暂时的——文字的任何忠实性都没有被拆解,从贴切性的推测到贴切性的承认的过渡属于阐释范畴。当书写和阅读停止时,这种承认也就消失了。不可能存在贴切性的持续性链条;这种贴切性的某种系统性活动被排除。在这些条件下,与贴切性之承认以及与隐喻的阐释分不开的问题域的功能是,让瓶颈之间互相交际——人的不同命名与人的再现之间、这些不同命名和再现与真实本身的命名和再现之间、这些不同命名和再现与各种不同言语之间的交际。我们从其中再次发现,可以有忠实性与隐喻性原则上不区分的良好用法。忠实性与隐喻并行不悖:这是有关瓶颈游戏的条件。这种举措的经纬——书写和阅读,把书写变成阅读,根据某种贴切性的可能性,根据其自身的忠实性——由下述事实来定义,即如果我表述这个人的谱系,我就进入了某种贴切性游戏,该游戏通过此人的姓氏并向世界的名称开放,向这个世界的种种名称开放。读者一人——这里指的是作家兼读者格诺——通过自己的阐释创造了隐喻,并表述这些贴切性,后者忠实地通过并保留人的姓名。最终存在着贴切性的推测和名称和语词的任意语境中人的姓名所构成的问题,这些名称和语词保留着它们的忠实属性。

悖论就在这里:因为隐喻活动不拆解任何忠实性,处于有关人之答案—问题活动中的书写文字成了某种共同场域。准确地说,书写文字和人的姓名,因为它们展示了忠实的语词和可以担保贴切性活动的问题,这些忠实性通过贴切性活动而关联起来,书写文字和人的姓名形成任何语词、任何再现的背景,同时它们又标示着这些语词、这些再现的距离和瓶颈。书写文字把一个不可能的场域变成真实的场域:在这个场域里,人和世界的语词和再现按照某种关联发展,而这种关联表述着贴切性活动。贴切性活动只是对这个场域的指示。娜塔莉·萨洛特和雷蒙·格诺所展示的比喻游戏把贴切性问题变成了任意贴切性游戏的问题,由此出现了这样的设想,即贴切性活动只能根据把贴切性游戏变成某种共同场域的比喻修辞来界定,共同场域可以简化为一个语词,如爱、人等,条件是语词较少描画某种真

---

① 雷蒙·格诺(Raymond Queneau):《隐喻的解释》,见《决定命运的时刻》(*L'instant fatal*),巴黎伽利马出版社1992年版,"诗丛",第75页。初版本,1943年版。

实身份，而更多地发挥反馈到对其他语词并进而对任何再现引述（mention）之语词的作用，后者把这种引述变成可根据共同场域之贴切性接受的某种引述。

对解构论点的某种阅读、有关语词之活动和忠实主义所喻示的走向贴切性，也是悖论的。我无法立足于书写文字想象书写文字，立足于语词"爱"和语词"人"想象它们，除非失去它们。忠实主义、比喻修辞、书写文字的共同场域是对这种不可能性的回答，因为它们导向某种贴切性。这种回答乃是反对符号思想、反对爱的思想、反对人的思想的回答；它不是根据思想的某种不确定性、展示为自身之反思游戏所导致的不确定性的回答；它是根据共同场域之神秘化的回答：共同场域可以是贴切性的方法，正如它可以是生产种种新引述的手段一样。有关语词的游戏就是这种活动本身，它不排除贴切性，不排除任何有关人、有关爱之思想都无法形成的元再现。

这种情况排除了文本形成之元再现呈现为对贴切性构成问题的某种掌控方式——这里我们跳出了尼诺·朱迪斯所描述的"谜团"游戏，正如跳出了现实主义和象征主义承载的对贴切性的拷问所意味的反思游戏一样。语词（爱，人）也停留在它所激发的破解活动之外，而这种破解活动可能披着话语用法的外貌或隐喻的外貌。然而，这样从莫里斯·布朗绍过渡到娜塔莉·萨洛特、雷蒙·格诺，且重温了从约翰·阿什贝里、博托·斯特劳斯和安东尼奥·塔比奇那里可解读的东西，还需要指出的是，信息以及与之相关的命名活动的可能性永远存在。文学文本的贴切性回归于"有"——其最好的演示就是共同和平庸的独特性；因为它的这种回归，它与这种"有"和这种共同的独特性之任何再现同外延。现实主义和象征主义所建构的纷杂但却可以竞相阐释的各种比喻举动是这种同外延性的可能性，自此，现实主义和象征主义或明或暗的反映运动被放弃。"有"和对独特性及平庸性的回归仍然是依据某种比喻修辞进行的，这种比喻修辞是一种自然的比喻修辞。这样，自然的比喻学就与信息的展示、任意言语的展示依据相同的逻辑。由于它所造成的歧义，它是交际的标志；通过比喻游戏，它带动了某种反思游戏；通过对自然之明证性的标示，它成了这种二元性的界限和把比喻的文学表达置于修辞学意义上的明证性氛围的手段。

贴切性问题，交际的展示，交际思想

　　现实主义和象征主义的这段神秘性，例如尼诺·朱迪斯所标示的神秘性，例如保尔·瓦莱里和华莱士·史蒂文斯所估计的神秘性，具有下述条件，即作家写作时要考虑到他所恢复的东西——具体为书写文字——和他没有想要的东西——语言和语言的全部承载。这种双重态度应该以与我们不再考察媒介、而是考察内容的展现游戏的同样方式来界定。例如摹仿说的种种美学：说文学"再现"，等于说作家知道他所恢复的东西是幻觉，知道他不想要的东西是真实。面容、独特性的展现问题很典型：独特性场景的共同时间，这种可辨认但却不可如此认识之物的共同时间，即是文本所显示而它不能用贴切性话语归于自己的东西，除非未考虑它不想要的东西。这种情况可重构如下：人们不可能同时用书写话语和阅读话语激活无限评注和再现，除非拆解了知性和贴切性的进程，这种程序既是恢复某种贴切性的活动，也是弄清人们不可以或不能希望恢复之内容的活动。这些评注和再现是它们可以部分进入的信息视界，如同自然比喻修辞中这个世界本身及其独特性是它们可以部分进入的信息视界一样。

　　上述这个段落告诉我们，现实主义和象征主义的神秘性应该重新阐释：激活无限互相关联的评注和再现，由于这种关联，只能以比喻的形式进行。这恰恰等于把玩某种不贴切性和贴切性的某种可能性。把玩某种不贴切性：具体地说，从语言介入、认识介入、再现介入的视角看，书写资料知道自己是部分的。把玩贴切性的某种可能性：通过忠实语词、评注、再现的矛盾现象和推论而表述、而读出的上述不贴切性，因而也是任何形象的空洞指示，如果它带动了某种比喻游戏，带动了不拆解任何忠实语词的某种共同场域的图式，那么它也是某种贴切性的可能性。从人的名称到《我死去》，文学实现犹如一台普遍性的简化器而运作——把世界上的场景名称都归结到人的名称上来，把日常生活的场景名称都归结到《我死去》上来，且两者同时进行，因为这种简化是以复调比喻形式进行的，把这种简化变成分散性亦即评注和再现游戏之界限的明显图式。现代文学思考它回答表述和再现举措之界限的定位。这样思考其定位时，现代文学走向了唯名论和共同独特性的标示——这是它在其贴切性游戏中不能想象的东西。书写文字思考它回答符号、陈述文、陈述行为超越主体死亡之运行性——这意味着符号、陈述文、陈述行为可以被无限提及——的定位，通过匿名形式的明显标示（娜塔莉·萨洛特），通过叙事的建构，后者保持外在于它所激发的破解活动的形态——叙事不能承担它引发的评注系列——，通过以畸形和不可理喻的形式对隐喻的独特化——同一性中的差异游戏把评注的掌控置于独特性的氛围中。那里有无法实践的现代派的明晰性，它反映了文本展示的距离：从书写文字恢复的东西到它不想要的东西之间的距离。

　　基于上述发现，有关文学和书写文字的贴切性原则可以更广泛地界定。对文学交际性和其贴切性之推测的假设、断定、承认，一旦它们获得以后，就成了给予读者的推论游戏的一部分。书写、提供一部文学文本，等于向读者建议一整套推论，还要加上从承认文学动机中或从某段陈述文被认同为文本中的书写中抽出的推论。这种动机和这种认同反馈可能性推论的全部。因此文学是无法运筹的。不可能运筹文学也只是文学对其贴切性问题和界线的一种回答。那里有对文学的比照界定。在"正常的"言语中，说者放弃能够预先监控他对读者产生的交际效果，他主要关注信息效果或者安排商谈该效果的方法。在文学言语或被认同的文学言语中，信息效果的假设未被排除，但它还要服从文学文本语词定位的变化性，服从于文本和文本身份或该文本的文学承认所引发之推论承载的相互性游戏。由此应该这样理解，即现代文学把其贴切性问题变成了双重问题。它把元再现变成了某种与信息本身相关的问题，也把这种元再现变成了向其信息的贴切性问题开放的方法。只需重温约翰·阿什贝里。

　　文学这种修辞形式的极端典型是由自反式作品提供的。后者确实呈现为文学文本，呈现为完全从其言语、评注和内部再现的界限和推论关系中撷取而来的文学文本，并在这些界限范围内包含了它们的文学作品的界定。在这种经纬中，有对限制作家举动之事物的回答：限制一再增加评注和再现的可能性。在其界限下，在其展现的界限下，自反式作品的条件是，任何东西都可以相对于作品中其他任何东西而被重新描写、重新表述、再次叙述。文学文本只能由其非文学属性的东西来链接，它由此而是任何再现任何贴切性的可能性，呈现出这种贴切性的暂时性特征。塔比奇通过调查游戏展示了这种暂时性特征，调查本身是不贴切的，它衡量了叙事起初试图表述之内容与它不想表述之内容——它的平庸性、任何平庸性——的距离。把书写等同于某种超越主体之死而运转的符号的假设提供了文本的某种特征化,这种特征化与自反式作品所提供的特征化相对称:在主体缺失因而任何可明确指示的活的参照系缺失的形态下,任何言语都可以从贴切性的任何关系游戏中获得,如同它可以是贴切性的任何关系游戏的背景一样。这喻示着一种平凡的结论:作家与他的同时代读者,对未来的贴切性都是盲目的,对未来可能造就的作品中的可读性是盲目的。这还喻示着,(未来)对贴切性的重新描写只是对书写及其平庸效果的承认——书写文字可以是任何重新描写。

现代文学的批评话语可以重构。对文学和书写的肯定,按照最经常参照修辞学的展示者的意见,回应某种双重目的:安排某种真正的文学交际性——人们所说的不及物性就是指的这一点;保留语言的二元性和矛盾——它们是共通的。然而,这种双重目的没有按照它设想的贴切性来分析。需知,区分文学和书写的特征化与考虑到这些概念本身之修辞贴切性的特征化很重要;前者与文学和书写的想象分不开,当不及物性和隐喻被界定为书写的手段时,它们的标示反馈到文学和书写的想象。上述贴切性的标示很明确:文学交际性的假设和书写之某种最大不同的假设,乃是某种持久语境化和某种持久可阐释性的假设。这种情况相对于语言的二元性和矛盾应该保留的意见而构想:没有原则能够拆解语言的二元性和矛盾,因而它们是贴切的,同样的道理,如果不可能建立忠实性与隐喻性的原则区分,关于这种区分的拷问就应该放弃,而忠实性和隐喻性同样贴切。在文学交际中,这种同等的贴切性允许文本、作品、交际语词定位的变换。

文学是一种其用语可以变换定位的交际活动;通过其语词定位的这种可变化性,它显示了下述结果,即信息发出者和信息接收者之位置的任何踪迹都被抹掉了,交际用语的不同贴切性程度相互关联。肯定文学,亦即肯定这种现象。这种情况还可以构成如下:在当代批评中,例如布朗绍的批评,文学的定义如此宽广,其宽广性遮蔽了文学。这等于说,文学只是一种共同场域,它的语词恰恰可以变换定位,而根据这些语词被作为交际的标志、作为某种推论游戏之构成、作为共同场域之标识的不同处理,上述定位激发不同的参与态度。这就解释了由解构所定义的广义的书写概念:这种概念最初设置了书写的最低身份并进而设置了它的最大不同,后者由此而与几乎全部写作相对立,并最终指示它们。通过这种指示游戏,书写乃至言语内部可以变换定位并因此而重新找到文学之特殊修辞条件的部分——它的可能性恰恰是一种修辞的可能性：根据共同场域，根据人们对它们之所知，根据它们的分散性。因此文学只能根据这些场域和它们的分散性来展示自己的掌控性。

在其忠实主义里——这种关于某语词如人、死亡等的游戏——，在其关于文学媒介之界限的工作中——它以语义的畸形而结束——，在编码的缺失和它所设置的系统化的缺失中，例如，叙事不能破解其自身——，呈现为其自身信息的作品，不断地指示文学的寓意作为一种方式，同时，通过指示这种寓意的某种方式，它也不停息地标示独特性作品的某种权力。在文学的再现中，这种独特性是交替出现的，它因这种替换游戏而显现但却呈现为与其相区别的风貌。它是共同场域的重复，然而它试图与其相分离并显示为问题。这样，作品就同时在重温其场域中建构，后者是某种严格的互文性，展现为某种书写的独特性和某种共同信息，并由此而描画贴切性的可能性。

这就使人们较少把现代文学之体视作某种自我认同之体，更多地视为按照种种回答之问题和多重性的经纬，按照某种自然的比喻游戏，根据停留在书写并与书写相关联——任何言语、任何平庸性、任何展现、任何再现——的指示，永不枯竭地竭力赋予思想生活以内涵之体。因此当代文学的条件是，明确知晓种种再现，知晓它自己的场域，不是为了解构它们，而是为了同时把它们安排为作品中不可避免的某种展现和通过作品所展示的贴切性游戏获得某种双重定位的东西：它们被展现，它们是贴切性的途径。然而它们显现为贴切性的此岸：贴切性因作品进行的元再现而成立，元再现又等同于思想运动，与它所承认它所给予的似真性分不开的这种思想。

相对于前期现代文学，贴切性活动的颠覆很容易读出来。在早期现代派尤其是在尼诺·朱迪斯提出的谜团意见中，种种再现，文学的再现，思想，书写的思想等，始终是面对任何事物并面对想象运动的某种存留物，那里有贴切性的瓶颈。因此华莱士·史蒂文斯的虚构既是诗的某种虚构，又是诗之分离的某种虚构。因此，在现代主义与后现代主义的常见区分中，文学仅仅被描述为可以自立的东西，现代主义的常见界定没有考察贴切性自身的这种瓶颈，仅仅被描述为不再有能力自立的东西，除非把这种见解作为其自身的论证，除非指出它将与任何差异任何矛盾并行，除非把文学与想象浴混为一谈。

其实，当代文学中的贴切性活动是对种种差异进行某种特殊圈定的活动，各种不同再现之间形成的差异，如同各种不同言语之间形成的差异一样，各种不同时段形成的差异。如尼诺·朱迪斯所界定的谜团让人们理解到，贴切性的瓶颈是贴切性之目标的结果，是与其相关联的畸形努力的结果，一如约翰·阿什贝里所指出的那样，是源于这种努力之盲视的结果，是叙事特有修辞之种种可能性的结果，如塔比奇指出的那样。贴切性问题的解决在于贴切性的悖论自身：它设置信息与某时代、某种文学之种种共同再现之间的关系；它设想，只有在这些再现让贴切性的平庸直觉游戏自由发展的范围内它们才能造就规则；它主张，各种意见和文学所承载的思想应是根据文学信息、根据这些意见以及根据贴切性之平庸直觉的思想。从这个意义上说，与诸如批评圣经有关博尔赫斯（Borges）的说法相反，没有等同于对贴切性运动之某种监控的超级书写；或者等同于贴切性问题之无差异性的书写——无差异性应该理解为对这个问题无动于衷的态度或者对不同贴切性游戏相互之间没有差异的标示——，与承认当代文学中某种自我创造运动的同样平庸的种种阅读相反，或者与那些认同某种依据不同再现并依据理性之微弱实践或某种被奇怪地称作横向理性的运动的解读相反。理性的微弱实践，横向理性：我们用这组术语指的是，作为交际活动的文学，与交际型思维没有差别，且不要把美学文字看作独立于这种思维和理性本身的东西。然而，问题不在于决定审美与理性之间是何种关系，特别是在当代文学中，而在于走向文学即问题这一事实的意指：展示交际活动和交际思想，不以论据型方式，而以共同场域的惯例。

于是，贴切性的这种悖论根据当代文学的虚构游戏自身界定它，而并非根据该游戏与某种理性或反理性的关系界定它——应该把塔比奇的叙事读作对外在于这种关系的证明——，亦非根据它与被专门考察的精神的某种思考权力之关系来界定它——应该把约翰·阿什贝里的《接触，这些相似物》读作对外在于这种关系的证明，并把尼诺·朱迪斯的谜团读作对这种运动之虚空性的标示。这种虚构把思维性与展现性——任何感性材料、任何言语材料、任何意见主张类材料——关联在一起，反对人为建构的思维性与展现性或者相反方向的任何类比，反对此与彼或彼与此之间的任何断裂，而是依据把我们放置在一起的再现的调节，且这种调节把虚构变成这种再现的共同期待。这种期待显现为把再现简化为主语与谓语的某种分离游戏——塔比奇的叙事和格诺提出的有关人之姓名的活动演示了这种分离游戏——，显现为主语与谓语不同联姻中这种分离的接用，上述联姻与贴切性的平庸直觉是分不开的——应该重温约翰·阿什贝里——，也与回归单纯的信息——人的姓名、行为者的姓名、场域的名称——是分不开的，这种分离和这种联姻的信息。虚构为了贴切性的游戏而展示它，后者可以从感知活动和意向构成的展现开始，也同样可以从再现活动的展现（娜塔莉·萨洛特、雷蒙·格诺）开始。那里有对种种共同场域的论证，也有对被拷问对象的论证——展现相对于再现形成的这种对象，再现相对于元再现形成的这种对象——，还有不可避免的元再现，后者只是期待贴切性中对这种游戏的继续。

第 三 章

忠实于字面意义

　　这个话题继再现的知识之后到来并不意味着对再现的某种拒绝,不管是文学的再现,还是文化的再现,而是把文学表达推向这种独特性,在那里它好像是对自身的回应,因为它呈现为其自身的信息,且在那里这种回应因其独特性而不排除与种种信仰和再现的某种特殊关系,从作品中可以读出的实践(praxis)与诗(poiesis)① 之间某种分离的关系。应该理解:作品并不根据可掌握的种种再现的明确展示而构成;而是这些再现的可能性造就作品的可能性本身。这种分离在象征主义的诗中可以读作根据形式与再现的必要结合、根据作品的再现与世界的再现的同样必要的结合而建构象征的失败,亦即在某种运动中从诗过渡到诗之再现的失败,在这种运动中诗之再现似乎在建构规则。假设这种举措可以成功不啻于假设文学可以是某种完整终结不留剩余的交际活动。这种分离也是悖论的:因为信息本身即是共同的信息,即是可以逐字逐句阅读并由此而得到承认的东西。这种忠实主义导致书写双重地提出其贴切性的问题。以自成语境的方式:在必然提供、既未完全编码、亦未完全迂回的东西里,有着语词和句子的链接问题。以语境化的方式:即使再现的明确语境没有给出,书写承载之这种最少贴切性——即自我呈现出交际性——的经纬问题仍然存在,它还是这种与种种再现相关之所知、之所言的忠实主义的贴切性。按照这样一种仍然拥有某种贴切性推测之书写的歧义来结构文学,使得文学的中介被带向它的边缘。把中介带向它的边缘在这里不指示任何冒犯文学的特性,

---

　　① 这是亚里士多德(Aristote)的一组术语。前者通常指实践、行动,后者原意为制作或诗的制作或诗。为了显示两者的明显区别,我们把前者译为"实践",把后者译为"诗",后者用其制作意义或生产意义时,实际上还是指的诗的制作或生产。——译注

而是指出，文学通过这种有关中介界限的游戏，提供着交际型和认识型贴切性之解决方面的冲突。向冲突如此提供营养的事实说明，自从有了忠实主义，亦即信息和这种信息之阅读的肯定，文学的、书写的介入就是某种纠纷型的介入：争执的目的既不是要终结某种形式或者发现它的终结，建构某种意义或坚持意义的某种缺失，也不是把玩忠实主义、界限游戏——有关进入和可能走出再现范畴的争执本身——的歧义，那里永远都会有贴切性建构方面的争执。忠实主义把文学书写带向共同信息，带向某种独特性方式，后者有或没有形式方面的特征，但是它恰恰仅是这些字母。它由此而明显拆解了对实践的要求。然而它并不因此而排斥文学的再现。它由此而把信息变成任何从诗向实践过渡的共同的衡量尺度。

忠实于字面意义，象征、叙事、阐释的疑难和抒情型简约

要使文学明显走向这些问题和这种定位，它应该同样明显地表述它所造成的疑难，出于实现目的或非实现目的的显性文学象征化、叙事的有效化、阐释的有效化——贴切性的明确承认——和主观性的有效化方面的疑难。贴切性的平庸直觉无法成为诗学的一个术语，因为恰恰是它让任何诗（诗的制作）沉默。这种平庸直觉是对书写的检验，而不是对书写的拒绝或书写给出的结果。现代文学在展示忠实主义及其条件，在展示这些疑难性游戏时，勾画了某种贴切性目标的考古学。不再有可能设置文学的特性或叩问这种文学的特性。这种设置和这种叩问要有预设条件，即作家和作品被阅读，它们首先让读者们读出主语和谓语的游戏，仅仅为了指出愿望的不确定性并进而指出主语、行动和谓语之关系的不确定性。这正是马拉美的策略；这也是华莱士·史蒂文斯之最高虚构的策略。有必要回到主语、行动、谓语的世界，给出它们的分离性，并指出修辞项的这种分离允许或照亮的东西。这种分离是某种准确的场景化。作品的陈述者是持久的。他通过这种场景化指出对贴切性的检验，并指出，修辞发挥着双重作用：根据种种场域的安置，它只是主语、行动、谓语关系的可能安排和可以赋予这些修辞项之每一种的特征化的系列；根据比喻系列，后者既不应解读为某种身份之悖论性特征化的手段，也不应解读为拆解或创造主语、行动、谓语关系之种种再现的东西，并非为了给出这种缺失或这种创造自

身，而是为了喻示这种被拆解关系或创造出之关系的深层本质，它是所有这些关系的共同场域。

诗与实践的分离在作品里以再现的方式，体现了把作品的主题与某种既定的再现关联起来的困难，以及勾画诗与实践之共同场的必要性，这种共同场不等于诗和实践的某种共同再现，而相当于前者和后者之再现以及与前者和后者相关联并由分离所开辟的反思游戏所许可的推论游戏。这种分离因而让人们明白，实践的运筹不能始于诗，而诗在实践中是读不出来的。（那里肯定有 20 世纪对亚里士多德的遗产——如亚里士多德所定义的摹仿说——的最明确的拒绝，恰恰把诗和实践联结起来。）这种分离还让我们明白：诗和实践的展现来自作品，在作品之中；作品这种客观存在把上述分离主题化，且没有把它与贴切性游戏分离开来；它同等地给出诗的展现和实践的展现。这种平等展示的最容易引用的演示即是任何书写。这种书写自身即是对共同再现和共同信仰的展示。它以自身设置了某种诗的动作，当然是最低的诗的行为，即把某言语、某系列言语隔离起来的举措。这种平等性的演示可以是所有书写类型，所有文学体裁。它们可以称作把玩诗与实践之间某种准确相似性的体裁——如侦破小说——，并把这种相似性变成拒绝诗的某种方式——恶、善、天网恢恢的再现导致诗根据这种再现发展，尽管侦破小说的谜团以属于诗的某种发展和展示为条件。关于命题小说也可以表述相同的东西。然而，分离的意义在于它给予每种展现、诗的展现和实践的展现的贴切性，亦在于可能与分离和平等展现游戏相关联的某种最终贴切性的可能性。

实践与诗的分离记入 19 世纪早期给予象征的定义之中。黑格尔（Hegel）：制作是某物质的生产者，该物质的再现目的对于物质的制造者依然是模糊的[①]。德国唯心主义与小说的特征：小说是所有思想的文学体裁和失去了任何特殊诗的体裁，或者实践似乎通过了其诗的衡量尺度的体裁。现实主义和象征主义努力掌控这种不和谐现象，并把诗变成展示实践的手段。这些极端分离的后果是，缩小诗的特征或特性，把诗本身变得模糊不清，也把实践变得模糊不清，在这些极端分离之外，在未能勾画从诗到实践这种肯定无疑的过渡的现实主义和象征主义的瓶颈之外，作品是对前者

---

① 法文原文如下：le faire est producteur d'un objet dont la visée de la représentation reste obscure au constructeur de l'objet. ——译注

和后者的展现，但是从前者向后者的运筹未能建立。作品的话语很容易定义如下：诗的展现没有他者；实践的展现没有他者；作品即是根据它从诗的展现中、从实践的展现中发现的贴切性给出的信息，这种信息形成了诗与实践的分离问题。

　　诗和实践的展现就这样各自标示着自己的界限并相互标示着它们之间的界限。由此，文学作品的疑难就可以根据象征、叙述游戏、意义的游戏、明确陈述游戏的歧义来定义。象征：诗与实践的分离本身是反象征的，因为它同样有力地排斥寓意的运筹和解读的运筹，同样有力地排斥形式思想的不确定性和思想本身的不确定性。在平等给出诗的展现和实践的展现的同时，作品却构成了某种新的象征类型——它通过自己的信息构成此展现和彼展现的明证性，亦构成这种明证性的问题。叙述游戏：叙事仅需展示，作为叙事，它不是它所瞄准的再现，尽管它承载着这种再现。意义游戏：意义的展示证明它由诗所形成之意义展示和实践形成之意义展示所分担，而这种二元性不会导致无意义的结局。当代的现实主义美学可以按照同样的二元性来描写：实践试图成为明显贴切性的实践；诗可以界定为与这种实践相关的某种非贴切性。陈述游戏：由于明显的主观陈述，便有了诗的特殊约束；存在着不能把对主体的某些展现与这种陈述游戏关联起来的可能性；作品的贴切性只能由从这种陈述和这些展现开始的共同推论形成。

　　由作品承载的这些二元性开始定义的文学游戏给出了作品自身，后者还激发了某种思想——面对两种贴切性的发现，这种思想是一种额外产物——，但不能决定作品是不是我们的再现的回声。在诗和实践的氛围中，我们重新发现了交际之展现和交际思想的歧义。诗与实践的分离造就了作品。根据其信息，这种作品是它们的共同问题，是对诗可能喻示之推论游戏的限定，是对实践可能喻示之推论游戏的限定，也是对分离的限制：按照两种展现之一对作品的任何承认都要把另一种展现介入进来。这是约瑟·安热尔·瓦朗特（José Angel Valente）在《黑暗的三种启示》（*Trois leçons de Ténèbres*）[①] 里证明的，也是彼特·汉德克（Peter Handke）在

---

　　① 约瑟·昂热尔·瓦朗特（José Angel Valente）：《黑暗的三种启示》（*Trois leçons de Ténèbres*），巴黎伽利马出版社1998年版，"诗丛"，第41页。初版本（*Tres lecciones de tenieblas*），巴塞罗那La Gaya Ciencia出版社1981年版。

《喧闹国家的旅行或问题的艺术》(*Voyage au pays sonore ou l'art de la question*)① 里证明的。这种带入把诗与实践的分离变成某种共同的展现——诗变成问题的明确构成,实践变成任何信息的明显的问题域,而两者还分别变成对方的形象化。

象征之疑难游戏的特征化,亦即某种贴切性之展示的特征化,阅读有可能追踪这种贴切性,可以建立在时间参照系的悖论性使用上。倘若象征的贴切性问题是一个现在的问题,拆解贴切性的这种推测以期导向明确的叩问,具化为把玩象征的现在性,把玩它的从定义上讲应该是跨时代的属性,并把诗作变成某种时间矛盾的历史,一种无法展现时间、无法以矛盾的方式操控时间的历史——或者更具体地说,无法把这种操控变得矛盾或不运转的历史——,无法让计时器自相矛盾般走动、无法进入某种悖论性修辞动作的历史。只需言说费尔南德·佩索阿(Fernando Pessoa)的某首诗《反象征》(*Le Contre-Symbole*)②:时间造就现在并因而造就过去——让日子流逝的阴影——和表述为期待的未来;它同时造就了——在这点上开始了计时器的矛盾——这种现在时态的准普遍性,后者成为跨时间的时间,并把这种现在时态的场域给成这种跨时间之时间的场域,并因而给成一种普遍场域的时间:这种场域仅是其计时器和矛盾使用这种计时器之后果的场域——于是只剩下了"自从轮船走后死亡码头的/历史"③。这种违反时间定义、违反主体场域定义的活动让诗仅处于其信息的形态,后者恰恰是可以重复的。在《世界产生之前》(*Avant qu'il n'y ait le monde*)④,叶芝(Yeats)拒绝任何按照寓意——轮船的持久形象——提及轮船,假设这种轮船应该在世界诞生之前表述。其潜在的论据是典型的悖论:看(一位女性的轮船)是拥有的某种方式,然而只有当看不是某种逝去之相似性的踪迹时——换言之,只有当诗完全是它所显示的那样,这种方式才

---

① 彼特·汉德克(Peter Handke):《喧闹国家的旅行或问题的艺术》(*Voyage au pays sonore ou l'art de la question*),巴黎伽利马出版社 1993 年版。初版本(*Das spiel vom oder die reise zum sonoren land*),法兰克福 Suhrkamp 出版社 1989 年版。

② 费尔南德·佩索阿(Fernando Pessoa):《反象征》(*Le Contre-Symbole*),见《歌集》(*Cancionero*),布尔古阿出版社 1988 年版,第 99 页。

③ 同上书,第 99 页。

④ W. B. 叶芝(W. B. Yeats):《世界产生之前》(*Avant qu'il n'y ait le monde*),见《四十五首诗》(*Quarente cinq poèmes*),巴黎伽利马出版社 1993 年版,第 145 页。译自《威廉·巴特勒·叶芝:新编诗选》(*W. B. Yeats: The Poems, a New Edition*),纽约马克米伦公司 1983 年版。

能得以表述。为了没有逝去之相似性的踪迹，就应该设想某种前世，这种设想本身只能是对现在和已然表述的轮船的现在性的否定——对提及轮船和爱情的诗作之现在贴切性的否定。

这些诗作向它们的展现疑难引入了一个与疑难活动分不开的问题：如果诗作不能书写这种奠定其贴切性的跨时间性的虚构，如果诗作自引入这种发现后不能局限于对轮船依然出发、对轮船可能已经遇难的简单标示——这些标示仅是先前重笔的附属——，那么诗作就是它无法确定之物的问题——脱离了某段历史之重复的重言式、脱离了现在这艘轮船之重言式的东西，后者很可能是某遇难轮船的形象，脱离了这次提及之意义所在的东西。它只是诗作与现在给出这种形态即它被展示并进而抛给自身之形态——一个码头，一张女人面孔——的关系问题。疑难没有把诗作、把其核心标示为一段神秘，而是标示为一段现在形态、一个日常场景。它们犹如一个自足的但被悬置的总计划，它是贴切性的途径。过去的途径和未来的途径是不恰当的，它们不能作为处理这些导向现在之展现的因素的手段：诗作所把玩的时间矛盾，诗作对其贴切性的运筹本身，首先是喻示这里的游移性本身的手段，通过仍然构成某种悖论的东西：自身并非游移性的一个码头、一张面孔。象征的时间简化等于指出，作品不承载时间的任何留置游戏或预置游戏：任何信息都是时间错乱的信息。在这种形态下，它可以逐字逐句地忠实阅读，且任何时候都可以阅读。它由此而自成一套时间体系，即任何可能的时间贴切性。那里有对我们在平庸性中碰到的共同时间的具体阅读，这种共同时间成就了约翰·阿什贝里的诗作《接触，这些相似物》的贴切性的可能性。佩索阿和叶芝的诗作按照某种从定义言之是其自身之现在性的诗境发展，按照时间本身之再现的某种实践发展。拆解大概相对于时间、美之某种寓意的象征，等于把诗的这种现在形态给成与时间相关的推论游戏的界限，并且悖论性地把时间的展现变成脱离了时间悖论的某现在物体之展现的对等物。

如同信息是一种时间体系因为它不是按照某种动机和某种预置的一种再现一样，这种信息只能在寓意和比喻的联姻（后者在修辞学中构成象征）被拆解的范围内才能获得某种再现功能。这是卡夫卡（Kafka）的活动。他安排并排除依据主题和思想之贴切性的寓意和结论的可能性。他安排并排除超越寓意被理解为属于它所代表之整体的部分的最大形象化的象征的可能性。这种双重排除反馈到共同语言、这些共同场域的某种忠实书写和忠实阅读——众所周知，这是《在流放地》（*La colonie pénitentiaire*）的共同场域，在那里，判决不是用话语传达给犯人，而是用针刻在他的背上。相类似的是，《城堡》（*Le chateau*）里的 K. 在学校里什么也没有学到，他与妻子弗里达回到学校并住在学校里，他的妻子与学校无关，学校仅给予了忠实的表述。象征化简约在《诉讼》（*Le procès*）里 K. 的人物的特征化中也是很明显的：法庭同时代表穷人和领导阶层的成员、代表世界的成员；它是某种隐喻方式，这种方式既不传达给任何象征也不传达给任何贴切性，除非是人物让我们读出的贴切性，而人物让我们读出的贴切性又明显是社会场域和与它们相关的这种言语的贴切性；人物 K. 仅是法庭显示的种种身份的忠实的而非隐喻性的接用。在这里，象征性简约是描画某种贴切性的手段，这种贴切性可谓服从于某种暧昧性或某种双重价值，后者可以更具体地解读为场域信息的指示，这种信息只能按照字面意义表达，因为它让相对于真实事物或设想事物（在虚构中）的各种态度发挥着犹如面对再现的态度一样。按照字面意义接过这些再现和这些态度，等于在场域的构成中将它们置于某种反思游戏之下，后者不拆解它们，但是将它们置于种种部分的知性之下——由于这个原因本身，它们被给出并需要得到补充。忠实于字面意义封闭了推论游戏；它体现了对贴切性的更大期待，并把对共同场域和言语的承认展现为认同这种期待的机遇。

如各种文学客观主义告知我们的那样，对信息的承认程度不是对某种真实的可能阅读的程度，而是从信息过渡到某种贴切性之重建的程度，这种重建本身可以有多种程度或多种复杂性，它还可以呈现为关于贴切性之程度或关于它可能引入之虚假分量的某种争论。这种情况体现为把贴切性和场域问题变成参照系问题，并以否定为结局。没有对信息的单一能指或某种想象的明确选择，然而某种否认游戏仅仅标志着对贴切性和场域问题的回归：如果人们不能言说什么是真实——质疑参照系的可能性——，那么人们就不能顺理成章地言说什么不是真实——这就可能产生绝对言说虚假的情况；然而却可以言说是所不是的东西——换言之，可以从是出发，或从共同场域出发，从种种真实身份出发，进行推测并把玩下述情况，即真实和贴切性可以或多或少地得到承认。

如果现实主义被定义为对某种真实的现在引述，它是贴切性的保证，又如果它想赋予真实的任何独特性以权力——单独观照的真实只不过是任何人或任何物，它进入相似性虚构的悖论之中。这种相似性应该没有原型，它不应该没有贴切性。这里有多与少的游戏，这种游戏也可以是虚构性构成的特征。在某种现实主义美学的范围内，对贴切性之庸常直觉的标示或期待意味着对虚构性构成的某种承认，并非相对于某种真实，而是相对于修辞举措——多与少的游戏，进而是关于不恰当性和指出可能的恰当性的游戏："然而，归根结底，任何格式化（程式化）不是或多或少都有点虚构意味吗，即使涉及某种真实事件？如果人们仅满足于叙事，那是或少；如果作者刻意寻求最准确的格式，那就是或多，不是吗？也许虚构愈强烈，故事才对另一人变得更有趣，因为人们更趋向于认同格式化，超过了对叙述的简单事实的认同？"[1] 存在着虚构的某种夸张和婉约，或者更准确地说，真实的任何述及都存在着夸张和婉约，它通过这种不可避免的程度游戏，事实上乃是善于通过这种游戏运筹的某种虚构。这种运筹从古代文学的修辞实践中，特别是从史诗的修辞实践中，找到了它的对应物——对比高雅、中庸或低俗并把它们联姻起来——，这是一种与真实的游戏，否则后者将无法言说。修辞上的歪曲就其二元性而言是矛盾的，它是任何歪曲的此岸："我想写得让最不怀好意的精神都找不到任何可歪曲的东西（因为有一个点，在这个点上，歪曲面对真实而消失）。"[2] 由此现实主义的歪曲与性情游戏并行。

在这种运筹中，思想无法完全走向自己，正如它无法完全走向真实一样——书写的东西，书写之物所瞄准的东西处于某种"时差"方式，后者把书写等同于字面意义。然而这种情况是思想的一种特殊介入，即使对于写作者亦如此，正如彼特·汉德克指出的那样："字面意义，亦即逐字逐句地抠，这是当我不能完全被思想所充实的时候我的思考方式。"[3] 那里还应该承认对非知性的最可靠的赌注。那里，在彼特·汉德克的话语中，如果是第一种情况，还应该确认任何语词、言语、论据之抄袭的危险性，当这些语词、言语、论据缺乏其对象的独特性、缺乏这种庸常性的独特性时，应格外注意，因为我们处身于现实主义的假设中，它让任何问题都销声匿迹。那里，还在彼特·汉德克的话语中，如果是共同场域时，应该确

---

[1] 彼特·汉德克：《无以复加的不幸》（*Le malheur indifférent*），巴黎伽利马出版社 1975 年版，第 32 页。初版本（*Wuloses Unglück*），萨尔斯堡 Residenz 出版社 1982 年版。

[2] 彼特·汉德克：《铅笔的历史》（*L'histoire du crayon*），巴黎伽利马出版社 1987 年版，第 182 页。初版本（*Die Geschichte des Bleistifts*），萨尔斯堡 Residenz 出版社 1982 年版。

[3] 同上书，第 74 页。

认任何问题消失于日常性之中的危险性。存在着因非知性过多或缺失而形成的某种不完整思想，正如存在着虚构的某种婉约和某种夸张一样。这并不能得出相对于真实言语乃是谎言的结论，但是它从修辞角度讲是不恰当的，意思是说，它不能占据真实的场域，它深知非知性的风险。在现实主义及其虚构中，贴切性问题永远是暂时性的问题，是再现的问题，再现因其不恰当性而导致不再有任何东西可再现、而且贴切性问题垮掉的程度："再现要形成时却突然发现不再有任何东西可以再现了。于是它像一个动漫人物发现自己从一开始就走在空中一样垮掉了。"① 现实主义的文学虚构仅仅是知道这些边缘的虚构：过多知性的边缘，过少知性的边缘；真实过少、过多的边缘。

这些边缘的确认意味着某种书写承认场域、寓意、意象、真实问题。场域：彼特·汉德克在指出现实主义的虚构是某种明证性的客体时，重新找到了古代修辞学术语的暧昧性——不是更多地表述某事物、某行动，而是展示它们，这也许意味着想象，但不唯如此："任何东西都不是事先就活生生的，也不是可以随手拈来用于描述的……为此而编造一句话、许多语句让一切都获得生命；亦即不要挑衅任何语词的力量；从诗的角度讲，任何东西都不是坐享其成的——你应该首先从思想上唤醒它，就像一位女引座员指示座位一样；引座员式作家。"② 语词使用的特征化不会让它处于模糊状态。它赋予某种忠实语词字面意义和语词的链接以地位；它排除语词本身的权力——这就缩小了向想象的反馈；它根据思想规定语词的某种地位——这里应该承认可应用于语词的共同场域的某种游戏；它通过这种规定还假设了其他东西，而不光是从语词到观念的简单过渡：贴切性因语词属于语言这种属性的明晰化而成立，语言在思考但却不是思想的全部。寓意："是的，它有可能通过思想而完全融化在其他东西之中，通过变形把它们整合在一起。为此，它只需要这个时刻，那时它们都处于开放状态，充满信心地静静地把自己交出来，且进而呈现为'丧礼'、'生气'、'高兴'、'渴望'的寓意形象：于是它永久地抓住它们……"③ 对于寓意，应该理解为，被表述的主题完全展示出来，脱离了什么也不是的

---

① 彼特·汉德克：《铅笔的历史》(*L'histoire du crayon*)，巴黎伽利马出版社 1987 年版，第 130 页。初版本 (*Die Geschichte des Bleistifts*)，萨尔斯堡 Residenz 出版社 1982 年版。
② 同上书，第 32 页。
③ 同上书，第 66 页。

处境，那么思想乐于为主题服务，然而主题是根据某种场域、以贴切性的方式被思考的，而没有仅仅变成想象的对象。这些手法与真实的经验是分不开的，真实的经验本身即是某种问题和某种可能的叙事："而我怎么能知道我经历了真实呢？——我需要叙述它。"①

表述我们如何经历真实，不啻于又回到刚刚表述过的现实主义虚构的条件，具体指出这些条件不能构成某种思想的全部，并且反对它们自身的命名权力——虚构或者是某种过度，或者是某种不足。那里有对贴切性之庸常直觉的期待，后者较少理解为明证性的标示，更多理解为意象的标示，寻常直觉体现了对语言的不信任。在彼特·汉德克的话语中，意象解读为属于某种冷静目光的描述，并非更多地反馈到想象，而是对宣讲言语之权力的反对，它喻示着事物、这种真实的纯粹此种状态，后者不可能是其他状态。意象是对婉约和夸张运筹的补充。它不设想词与物之间的对应；而是假设语言可以运筹虚构运筹之外的东西，亦即虚构中的思想运筹之外的东西，而它犹如这种运筹、这种思想的贴切性。应该仅说"犹如"：这是修辞语汇中明证性的双重价值，它把依然终结之贴切性游戏中的思想悬置起来，并排除这种思想的明晰性。通过某种悖论性的颠覆，应该把明证性界定为有关婉约和夸张之运筹所产生的虚构。这种虚构只能以紧扣字面意义的方式解读；它设想了贴切性的庸常直觉，却没有回到那里去。贴切性的这种思想只能以间接的方式构成——从确定不足和确定有余的思想开始，从诗开始，诗是其描述的鲜明对照。

现实主义走向对字面意义的忠实，因为它试图从所是开始书写。幻想作品和科学幻想作品同样走向对字面意义的忠实，通过审视所是不是什么。忠实于字面意义的这种束缚较少阐释为否定游戏的结果，更多地阐释为贴切性之承认活动的结果，这种活动被带向某种悖论：表述对贴切性的承认乃是以偏移的方式表述这种贴切性；制造叙事乃是制造再现的他处。人们通常指出幻想的不可再现性、让人们准确看见妖怪的不可能性。人们还习惯于叩问读者应该介入的积极想象部分。而更有效的是指出，在并非把玩非是，而是把玩所是不是什么时，人们从这个简单的游戏开始叩问任何共同身份的贴切性：妖怪之所以是几乎可客观化的，那是因为语言不可

---

① 彼特·汉德克：《铅笔的历史》（*L'histoire du crayon*），巴黎伽利马出版社 1987 年版，第 77 页。初版本（*Die Geschichte des Bleistifts*），萨尔斯堡 Residenz 出版社 1982 年版。

能绝对表述虚假，而在这种不可能性中，它只能回到对某种共同身份之贴切性的叩问。因此，表述所是不是什么，很简单，就是把所是置于某种悖论性的贴切性之下，它只是所是的再现问题——不可能终结的问题——，后者呼唤对贴切性之程度的标示。人们通常指出，科学幻想只是虚构所为的完美典范，建构了种种世界。由此人们表述了这种建构所意味的想象性投射，不管是在书写方面，还是在阅读方面。投射的假设是众多阐释学博士论文的一个常项，它有两个预设：某（虚构）言语的真实效果——当人们言说投射时，就应该说真实效果，因为投射是一个真实主体的行为——在它向其他人再现的其他内容中占据着重要位置。其言外之意是，面对这种真实效果，不再有思想分享其力量。或者换言之，投射论点的接受，投射的实践，意味着思想的某种失败，意味着对可能的贴切性的某种放弃。这只是通过科学幻想的这种特征化和赋予投射的这种优越性，指出了文学的某种可能的专制活动，后者可以阐释如下：在某种虚构世界的接受中，毫无争议地有着对虚构的所有场域的接受——像保尔·里科尔（Paul Ricoeur）所做的那样，把这些场域认同于受苦受难但不息奋斗的人的人类学形象，这其实只是回到言语关于人的某种专制主义的方式，由于言语采用了某种真实效果的方法，其专制主义的方式就更加有效。这里边承载着贴切性的某种不可能性的图式：虚构创造世界和它与某种投射游戏分不开的假设，其实等于说，它不可能是某种现在的贴切性，某种现在的回答，除非把它的专制主义视为一种回答。

如果我们再次审视科学幻想的典范，如果我们重温人们只能表述所是不是什么而不能表述非是是什么的观点时——投射的论点等于承认语言可以表述非是——，创造世界并不是货真价实地创造世界，而是明显安排另一种展现，后者把玩这种举措：展现这个世界（我们的世界）不是什么，只能为其自身、在其自身范围内给出这另一种展现，但是，在另一言语跟前、其他展现跟前再现这个世界（我们的世界）的展现——因为它们是极端形式的他者，展示了这个世界的任何再现的歧义性。科学幻想就这样准确地把玩喻示：叙事一直是它所描画的整个世界的暗示；它还是对这个世界的再现的暗示，以某种明显的方式，该方式仅是虚构的局部方式。这两个层面并不必然描画出某种和谐；然而它们一个层面相对于另一个层面发挥作用，犹如某种可能的贴切性的交互图式，它只是这个世界（我们的世界）之再现所承载的贴切性的可能性的图式。另一种展现不造就世界，因为它是绝不再现任何东西的言语之组成的一部分，但是仅再现这个世界，只要这些言语在它们将其种种共同场域、将它们的知识变成的纽结内部其中一些言语对另一些言语再现这个世界。没有终极贴切性的图式——在这样一种贴切性的假设里，这另一种展现于是将成为它作为其对应方之世界的法律。也没有贴切性缺失的图式——这种缺失将肯定，在科学幻想里，这另一种展现将是彻底的另一世界，或者把此世界变成一个服从于另一世界之非知性的世界。可能的贴切性从暗示的结构中读出：这个世界（我们的世界）的展现使另一种展现有效；这另一种展现通过言语和知识、信仰、再现的纽结提供它自身的有效化游戏，这种纽结构成了展现。贴切性的歧义就在这里：一种有效化如何包含另一种有效化没有显示。在虚构世界里的某种投射的标示重新阐释如下：它只是对有效化某种直觉承认的期待——面对这个世界（我们的世界）之种种再现而发生的直觉承认本身。虚构和科学幻想仅仅是贴切性之庸常直觉的典型期待。幻想和科学幻想喻示着：即使忠实于字面意义地书写它们，阅读它们，它们也不可能是我的思想的全部——不再可能有对贴切性之庸常直觉的期待。

　　幻想和科学幻想在贴切性方面的这种形式还可以解读如下：终结性的贴切性只能是打歪了的空间和时间方面的贴切性，那里所有的关系都是恰当的。这种空间和时间被虚构性地给予现实主义虚构的此地此时之中，给予幻想虚构的畸形之中，给予科学幻想的另类展现中，等于指出，任何身份都是偶然性的——妖怪即是这种偶然性身份的形象——，贴切性的任何明确展示也是这样的。这种空间和这种时间如果是在另一时间、另一场域中虚构性地给出，等于指出，贴切性的任何明确标示都是偏移的并肯定是虚构。那里有论据证明信息的某种属性被虚构偏移了，在这一点上，科学幻想和幻想就是证据。那里还有对19世纪所理解的任何现实主义的拒绝。用某种双重方式表示，即设想信息的属性，等于不再承认虚构，而仅承认想象；承认信息的属性应该等于肯定它的不恰当性，等于把它表述为共同信息，等于把任何人和任何事的述及与这种共同的不恰当性相认同，等于永远承认再现的可能性。

　　幻想、科学幻想、现实主义：贴切性的场域另有所在，超出了书写文字的信息；它不能是另一个世界；它不能是肯定无疑的思想属性，忠实地交给了字面意义。不完整的思想是另类展现、意象所显示的这种偶然性的思想，后者只能是多与少游戏中的真实问题——用另一种言语再现某客体的活动，它意味着共同场域、寓意、明显的真实问题。

叙事以某种类似的游戏把自己安排成疑难。作者在叙述。他可以叙述已经叙述过的东西：这只是先前叙事的重复——重复发生过和做过的事情。他以现在形式重复过去的叙事——由此他证明，没有不混杂其他时间的现在，而这甚至构成了叙事的困境。因为叙事在重复的同时不能仅仅重复：它在原有界定的基础上再界定，在原有界定之下增加新注解；然而，它却在自身中湮灭了被重复对象，湮灭了过去，后者成为对另一事物的运筹。于是只剩下了对重复的模糊阐释。这是卡夫卡在《美人鱼的沉默》中的证明①。叙事通过改变尤利西斯的行为而重复荷马，美人鱼的行为在这里变成了沉默。它用沉默把玩对所重复叙事的某种低度界定。它也把玩某种过度界定（复因界定）：沉默是美人鱼的最大狡黠，比尤利西斯的狡黠还高出一筹。因为沉默不需要用耳去听，所以沉默不应该仅辨认为沉默，而应把按照美人鱼之沉默重复叙事的举措看作事实上再界定尤利西斯行为的重复——他狡猾地反对美人鱼和诸神祇本身？这是叙事的一个特征：按照卡夫卡的说法，某评注说："命运女神无法窥见他的内心深处（尤利西斯的内心深处）"，同样，叙述的"深处"也无法让叙事或其读者进入。这就喻示着，叙事甚至不能呈现为其自身的证明，而且在与它的重复行为习惯的低度界定和过度界定游戏中，它只能是其自身的信息，把重复即叙述过的东西延伸到那里，或者把它变得始终犹在眼前。叙事只能是它自身的重言式，或者其现在形态的这种权力。是与其重复内容相关的疑难学。它必须想象出能够接续它的某种言语。是它所回应对象的谜团。是对"场外"的悖论性指示，"场外"即穿越该叙事的东西——用卡夫卡的话说，即命运——，对这种"场外"（命运），从定义上说，它是无法进入的。"场外"只能是过去和未来。仅有的第一层面的贴切性是叙事的信息，然而该叙事乃是某种方式的幕间插曲，像假设的美人鱼的沉默一样沉默。叙事以外的一切都是开放的；叙事只能在需要它重建的某种时间和某种场域内重复：它的沉默场域。在《美人鱼的沉默》一文中，这种沉默之所以能够同时表述美人鱼和命运一事，是因为它告诉我们：可以反馈的无限游戏

---

① 卡夫卡：《美人鱼的沉默》（*Le silence des sirènes*），收入约翰·E. 杰克逊（John E. Jacskon）编：《记忆与诗歌创作》（*Mémoire et création poétique*）的文本和评论，法国信使报出版社1992年版。

使得任何叙事都不能正常地叙述一个故事，且它的独特场域呼唤对完全另一场域的记忆。贴切性之庸常直觉的可能性以叙事之界限问题——重复问题继续存在为条件，重复问题可能以记忆的悖论形式出现。这喻示着叙事不能穿越其信息。

　　文学的疑难因其忠实于字面意义带出了贴切性的某种疑难，后者呼唤对贴切性之直觉的期待，或者还带出了阐释的某种疑难——任何意义都无法确定。这并不意味着归根结底没有按照贴切性之直觉迂回表达的可能性。这意味着，佩索阿、叶芝、卡夫卡所演示的文学的意识方式不蕴含对作品的直接理解，不管作品自身可能承载何种阐释，例如在《反象征》里，对故事的重复发现可以读作诗作的某种阐释，例如在《世界诞生之前》，那些结论性的诗句可以读作对诗作的阐释，例如在《美人鱼的沉默》里，阐释的多重性可以视为叙事本身的某种阐释举动。文本和它的自我阐释游戏既不是寓言的途径，如同我们知晓的那样，也不是某种解释学游戏的途径，后者可以定义为破解本文本的知性创举。这并不意味着文本基本上是不和谐的——这些文本中的任何一本都不是这样，然而任何文本都不回应单一的命题范式。每部文本都把玩继续抽象书写直至无限的可能性——佩索阿："国际港"，叶芝：女性情感的悖论可以抽象地表述，并直到表述前世界，卡夫卡：叙事成为其推测的抽象化。这种继续是不可能的；它拆解书写本身——那里有一座码头，一个女人面对着镜子装扮，一段故事。忠实于字面意义是对思想之驰骋的伤害。它使思想犹如达到其零点，并使文本显现为一幅纯粹的画作，使抽象化的客体重新回到其自然的模糊状态——这座死寂码头的故事重复给一位不确定的旅行者，由于自我表述的缘故，这位镜子里有其容貌的女性，行将进入前世界的混沌状态，这种叙事之叙事和叙事的这些阐释只是被重复叙事的形象，被重复叙事走向某种模糊。疑难是很明显的：如果这些文本展示有某种理解方式，它是不可预测的，犹如某种波浪，这里假设说话之人的意识和知性可能被它卷走，没有任何先兆，带向那些回声如此扩散几近被遗忘的语句。解释学疑难可以定义为对文本中某种合乎情理思想的拒绝。文本停留在它自身的重言式形态。

　　解释学疑难呈现其第二种方式。这里展现的世界明显处于空洞状态——佩索阿：国际港只是被叙述事情的某种场域，叶芝：对某种前世界的提及反映了面容的述及乃是空洞的展现，卡夫卡：叙事对其隐性的展现是空洞的——女巫们的内心深处，尤利西斯的内心深处，命运本身，因为命运是捕捉不到尤利西斯的。语言无法谈论另类的非物质，它比语言及其对象更高，无法谈论任何述及形象、给予某物的任何名称所包含的形象的缺失——尤利西斯仅仅是用蜡堵上双耳的尤利西斯。他不能拥有思想的驰骋。

文本的重言式，思想驰骋的缺失：作品似乎被精神丢弃了，因为它没有精神。文本的重言式，思想驰骋的缺失：这些作品拥有某种特殊的再现游戏。在主体、其愿望、梦想、这个世界的视阈之间，仅有头发丝那么一点厚度；因此，这个人物不需要象征，不需要一个有爱心的人，也不需要知道美人鱼是沉默抑或呼叫。从排除明显解释学的修辞意义上说，这些作品的明证性即是它们提及的不可预测性，主体、其愿望、这个世界之视阈的这种准调和状态的不可预测性。正因为这样，这些作品才处于沉默状态——卡夫卡明显沉默，佩索阿以徒劳地重复某个码头而处于沉默的引申状态，在叶芝那里，女人面对另一男人而沉默无语。这种沉默明显留下了信息和这种信息的唯一贴切性，它是某种庸常的直觉。只需言说整合进《美人鱼的沉默》里的各种阐释所构成的多余：它们只能回到重复尤利西斯真是一个难以识透的人物。但是，在这种贴切性的明证性中，那里也有沉默的问题：尤利西斯面对美人鱼之神秘的碎片，这就是这个叙事之所在；而这种情况可以天真地表述；但是天真不是文学的栖身之地，尤其当文学处理某种诡计时。由于这个原因它尚未成为某种解释学的必要途径，但是却让它关于任何再现之可能性的言语的明证性发挥了作用。

在表述象征、参照系的有效性、叙事的这种疑难，表述解释学的这种疑难时，我们指出，作品自身构成自由媒介的某种游戏，因为它们属于该作品的决定，且它们不展示与穿过它们游戏之物的优越关系——超验性、完全他者、故事。这些成分之所以受到关注，是因为它们是构成媒介游戏的组成部分。因此时间即时间，码头仅仅是码头，命运和尤利西斯是无法探测深浅的，明证性仅仅是明证性。作品可以把来自文学的这些资料、源自某些意识形态整体象征整体的这些资料、源自它所指示之语境的这些资料汇集起来；这些汇集都是从媒介游戏中拿来的独特性汇集，被疑难游戏变得明显起来。文学的似真性就是这样被变得明显起来的——这是卡夫卡接用尤利西斯故事时的设想——，日常生活的展现显现在它的信息里——《诉讼》——，时间的展现，这个世界的展现呈现为它们的样子，这些都在说明解释学的疑难：上述展现都是不可违抗的。它们的不可违抗并不能把它们界定为或承认为诗的积极手法。这些文本具有某种恒久的传奇性，这些展现的任何一种都不能被积极地接用。接用尤利西斯故事是这种坦诚，犹如把码头留给某种游移形象以及把现实主义的明证性给成与某种真实言语不相符这种做法也是上述坦诚一样。

文学在这里把玩某种双重分离。作品的操作者、陈述者——这个假设是必须做的——显现为一个不能把作品变成其自身表语（谓语）的主体。这种情况与叙述者不能承担其叙述内容的明证性的显而易见的情况相似。这种情况与作品不展示主体、行动和谓语之间的关系的事实相似。拆解时间的象征体系，如同佩索阿在《反对象征》里所做的那样，拆解对话者的游戏，一如叶芝在《世界诞生之前》里所做的那样，每次都等于拆解可以安置主体、行动和谓语的东西，也等于把主体和谓语变成了隔离群——一艘轮船，一次出航；一幅女性的面容，美色。这正是幻想文学演示的东西：妖怪的客观性乃是某种不能接受任何可以想象的表语的身份，后者还把任何表语安排为没有主语的表语。诗与实践的分离体现在这些作品提供的展现本身：这些展现排除任何思想，不光排除关于归属的叩问思想。

当代诗所展现的抒情简约演示了这种策略。佩索阿的异语同义词从严谨贴近字面义的角度可以解读为这样的简约；然而这种简约对其自身并非有效。佩索阿给出的这些并列的诗人大概可以进入某种哲学的诗学的类型学，他们喻示着，诗人是其他形象中的某种形象案例，独特者的形象，书写之独特性的形象，由共同生活的独特性促成——不同的异语同义词诗人构成某种共同生活。似乎一般意义上的诗、一般意义上的生活失去了"摄政"的任何权力和任何可能性。一些诗人们，被书写的各种生活，在某种生活中相遇，用佩索阿的话说，他们把诗人变成了某种共同的斯芬克斯（Sphinx）①——他是不了解一般生活但却拥有各种独特生活中生活的多重性。这里的悖论不是面具的悖论，而是无人称类型学的悖论，这种类型学与各种不同生活和各种书写的再现相关联，它们自身意味着某种独特的单一的生活，然而后者却不展示为这些异彩纷呈并完成展现活动的再现的源泉。因此存在着一些身份，如这些异语同义词诗人们，它们可

---

① 意义之一：希腊神话中的带翼狮身女怪；意义之二：古埃及的狮身人面像；意义之三：神秘莫测的人物。——译注

以是种种自我、种种世界，但是它们不能明确承担相互表语的功能，也不能承担陈述者的表语功能，并且排斥陈述者被按照第一人称或第三人称的方式处理——在《不平静之书》（*Le livre de l'intranquillité*）① 里，陈述者明显是按照任何人的方式处理的。需要说明的是，佩索阿在成为作者之作者、许多作者之作者的同时，因为作品已经按照异语同义词的方式被安排，佩索阿永远只能以发言人的身份接触作品，即脱离任何人称方式，或者以公众的身份接触作品，亦即以任何人的面具、脱离陈述者的任何身份、永远脱出陈述者相对于作品之任何表语化的游戏。佩索阿以异语同义词的游戏把诗安排成某种公共语言；通过这种相同的游戏，他阻止诗成为话语。然而，这种公共语言只能是独特化的语言和根据异语同义词之独特性的语言。它按照某种对称形式而建构：共同的但却又是私人的。它只能从其信息方面被使用。它只能根据它所造成的其身份与其表语的分离及其私人的和公共的双重后果去解读。异语同义词语言的对称性是佩索阿语言的对称形象：因异语同义词游戏而呈现公共属性，然而却又是某人的语言，因为这种语言根据诗和再现的情况不能归属于诗人本人。佩索阿在安排这种公共和私人游戏时，也安排了言语之比喻的可能性，同时他还保留了诗的始动风貌，各自独特和匿名的生活就保留了这种风貌。异语同义词以及与它们相关联的种种再现之间的比喻不能形成法律；但是它却是各种不同的异语同义词的不同诗作之忠实阅读的手段——永远独特的阅读，后者不恢复作者之"我"。如果说异语同义词的作品之间的比喻是诗语的对称本身所邀约的贴切性活动，这种比喻既未构成某种阐释环境，也不是严谨的按照某种比喻所鼓动的这种信息的偶发性阅读（一次性阅读、非系统阅读）。这样书写和这样阅读的诗的信息是暂时性的，其时建立了主语与动词和表语之间的关系。在华莱士·史蒂文斯诗作的第 12 节《纽黑文的寻常早晨》（*Ordinary Evening in New Haven*）②，诗作给出的作为诗的直接话语是一种悖论性的话语——彻底的独特性，可以紧贴字面意义给予阐释，但是也可以与展示之物的题铭的书面比喻、与信息本身的比喻来阐释。这个比喻的功能也是悖论的：如果它的身份和物的身份是诗作，那么

---

① 费尔南多·佩索阿：《不平静之书》（*Le livre de l'intranquillité*），巴黎布尔古瓦出版社 1988 年版。初版本（*Livro do desassossego*），里斯本阿提卡出版社 1982 年版。

② 华莱士·史蒂文斯：《诗选》，见前引。

"犹如"引入的表语化和元再现游戏应该排除。"犹如"只是把信息同时变成所给予身份自身的标志和信息进入某种命题游戏、某种再现之可能性的标志。比喻由此而贴得很紧;同时呈现为诗作所形成之元再现的此岸和彼岸,呈现为永远由信息圈定的任何再现的此岸和彼岸,例如时间的再现就被信息和现在之展现所限定。

忠实于字面意义与贴切性,诗与实践

忠实主义因而可以理解为不可避免地从字面意义理解文学。现代文学没有把这种不可避免性阐释为现实主义和象征主义的歧义和瓶颈的结果,而是阐释为现实主义和象征主义之条件的结果:再注解和再界定文学展现,并非为了喻示立即的贴切性,并非为了喻示向思想的过渡,后者可以重新找到共同场域,而是让信息的展现变得明显起来。再注解活动可以界定为拒绝文本中任何隐喻游戏;再界定活动定义为某种隐喻游戏的明示。这是描画作品本体论的两种方法:作品按照其明显的语义;作品按照其语义的复杂性和等级化程度。那里有作品构成之元再现的建立的两条边界。现代文学的特点是,对元再现的这两条边界进行同样的评价:它们都脱不开某种忠实于字面意义,后者使得这些文本的任何思想都是亏欠它们的某种思想。或者:这些文本不能成为界定其准确贴切性的某种积极思维的对象;这些文本自身不能作为任何再现的表语,思维可能停留其间并可能明显地把它作为其对象的再现。

路径是悖论性的。在文学展现的再注解情况中,给予的这种展现与文学展现对象的共同再现大概是相适应的。在文学展现的再界定情况下,这种展现是根据文本认同的思维运动而发展的,尤其是通过比喻游戏对思维的认同,比喻游戏即是思维活动和其寓言故事的手段。然而,每次这些展现所意味的"技术秘密"与这些展现产生的"信任"之间的纽带似乎是中断的;例如,思想与这种思想给出的对感知或其自身运动的再现之间的纽带——佩索阿与迪伦·托马斯(Dylan Thomas)之间的纽带。诗意味着某种思想,但是不让任何思想汇集。在诗与元再现分不开的范围内,思想是诗的条件;思想似乎处于诗之外。这种运动似乎可以解读为既是对诗也是对思想的某种亵渎方式,它们似乎不是同时和相互运转的。那里再次出现了对早期现代文学所理解的现实主义和象征主义的准确拒绝。那里也有把全部文学置于虚构麾下的论证：把"似乎（犹如）"普遍化等于尝试着通过这些二元性和这些二律背反，其做法恰恰似乎诗与信任是并行不悖的，或者假设亵渎是贴切的，因为它显现了诗的条件，后者恰好是某种无法实现的思想，它让诗所产生的言语似乎处于思想与再现之间的悬空状态。继续文学等于继续诗与信任、可掌握的种种再现、主体的再现、某种传统的再现、某种共同体的再现之间的这种中断性，等于把这种中断性变成文学中的"信任"手段，等于在其诗的实现中把它指示为类似于这些可掌握的种种再现的某种再现，并因此而赋予它恰好与这些再现之定位类似的某种共同定位。忠实于字面意义本是贴切性游戏的某种矛盾的结果，因而变成了对文学和再现的似真性的演示。然而书写的思维却依然存在，它正是诗与实践的这种分离，也是在某种特殊的思想游戏中继续文学的手段，通过忠实于字面意义的游戏，它既是诗也是实践的问题域。

诗作通过拒绝非认同性相似性、排除它可以书写自己信息以外的某种方式，而自我认同的容易性，诗作在言说其可能寓言的虚空性时所展示的困难性，安置了同样的困境：诗作说明它不能停留在其信息的范围内，哪怕该信息很明显，哪怕它近乎晦涩。这种情况阐释如下：信息试图提供它之外的东西，提供另一隐性信息，因为恰好精神已经倾注于信息——当他承认不知道自己在想什么，当他说自己正在开始一段寓言时。这里标示了某种双重运动：我可以承认诗作的外部，并进而承认可能的贴切性，但是这并不排除我承认诗作可能的内部运动。我可以承认诗作的内部——它不停地描画它自身的过渡；这种运动邀约我们走向诗作之外和贴切性活动。诗作可以与庸常言语相接，也可以不与它相接；它永远属于这种谜团，后者仅是它的未来的贴切性的形象。这里还有形成诗作之不可违抗性的形象：把文学作为贴切性的共同问题而给出：例如描述树枝上面的月亮仅是诗人赋予其某种客观性而重申的这种共同场域的有效性问题；例如诗作所收寓言且该寓言构成诗作的共同场域，这个寓言只是对诗作共同场域的叩问。换言之，诗作构成的元再现的缺失同样参与了很好构成的某种展现和某种自己选择了变异方向的展现。然而表述这种缺失，例如佩索阿和迪伦·托马斯每人以自己的方式所做的那样，可以解读诗作所构成之本体论方式的功能：诗作是徒劳的知性场域，是非知性的场域，安排知性和非知性的场域，并由此而是解决这种二元性的唯一忠实的方案，指示着推论的必然性，然而却不可能过渡到明证性，不可能过渡到信息。

拒绝继续困难局面或明确选择了无法解读性、选择了阅读的困难性，即反映了这种情况。它们是叩问文学贴切性的诸多方式。只需聆听其异语同义词形式《牧羊人》① 中的佩索阿：

> 透过高处树枝的明月，
> 诗人们齐声说透过高处树枝的
> 明月越来越多。
> 然而对于不知道我所想的我而言，
> 什么是透过高处树枝的明月，
> 除了它是透过高处树枝的明月
> 的事实之外，
> 那就是不超过透过高处树枝的明月。

困境的悖论从语义的容易性或明证性或拒绝任何形象的悖论开始。这里，对象和场域清楚地给出，向着对形象传统的否定方向给出。很独特地给出，这里指的是明月和它所形成的场域；恰恰因为这种独特性，明月和场域具有了普遍性，独特性把这种场域变成某种典范的场域：独特场域是该场域之构成的问题本身——它并不超过"透过高处树枝的明月"。这些见解还可以构成如下：这种场域一旦明确表述之后，一旦显示它是可接触的，它就回到了其明证性的玄乎状态——为什么该场域没有开辟另一场域？这就悖论性地构成了诗作容易性的第一个困难。上述容易性还有第二个困难：诗作的明晰性意味着书写中缺乏思想，亦即缺失明显的问题域，缺少对贴切性之可能性的明确表达。更具体地说，即贴切性完成之后——客观主义意味着这种贴切性，简单地断定"透过高处树枝的明月"意味着这种贴切性——，不再有思想。然而尚有诗人的声音：它无法排除不把语词悬置起来，因为它无法不重温那些不能不在的东西而独自前行，即必须陪伴声音的思想，这里这种思想并不知道自己想什么。简单和容易同属某种悖论性的困境：这种悖论性的困境不在于可读性程度的大小或强弱，而

---

① 费尔南多·佩索阿：《牧羊人》（*Le gardeur de troupeaux*），巴黎伽利马出版社，"诗"丛书，1987 年版，第 87 页。初版本（*Alvaro de Campos*），里斯本阿提卡出版社 1946 年版。

在于在简单和容易的明证性中，在贴切性的可能性本身中，与贴切性游戏并行的思想却是对思想的无知。这种情况可以用两种互相补充的方式来阐释：贴切性的推测意味着造成这种推测的问题和该推测形成的问题；与能指言语相关联的贴切性的这种推测意味着语言发生过了，意味着这种发生的经验，它是其明证性和其特性（属性）的经验，这种属性只能通过某种隐性的问题才能构成——与这种属性相适应的明确思想的缺失。这是对日常说法"一首诗不应该意指什么，而应该是什么"的最准确的评论。这等于把简单的诗作视同为某种方式的本体论观念。思想之亏欠或不知道自己在思考什么云云，乃是表述面对其诗作诗人不啻于一个僭越者，以及有关贴切性的辩论乃是对贴切性之推测和意味着贴切性的问题和贴切性所意味的问题的某种僭越的表述方式。对僭越的这种拒绝形成诗作可能的贴切性，诗作的信息是明显的，无须任何阐释，超出了阅读中贴切性之明晰性的任何建构。

通过另一种悖论，某诗作的困难或晦涩导致同样的结论。迪伦·托马斯的某首诗《因为欢乐鸟叫了》（*Parce que l'oiseau du plaisir siffle*）用诗人的话语喻示着某种寓意方式，该方式只是某种寓意的精髓所在——"盐人和被摧毁的场域/我为它们加上了寓言的养料"。寓意的明示被排除；寓意的思想存在着；设想这样一种思想只是指出，寓意至少部分上与诗作的信息是不相符合的。那么诗作的信息就只能是诗作的信息了；它并不排除无法具体解读的种种隐喻——"……犹如蛮荒的语言击碎了他的墓冢"——，和作为喻指而给出的东西，人们赋予这些喻指某种隐喻功能——人们无法决定它是否反馈到寓言的精髓。贴切性的可能性得到了明确的指示；如果仅说它处于诗作的信息之中，它的场域却无法具体化。诗作明显处于此处——这个信息——和彼处——指示寓言和喻指的这个信息——的游戏之中；它还是此处与彼处的界限；并因此而是思考从前者向后者、从后者向前者这种过渡和转变的困难性——这种过渡还是从矿物质向活物以及相反方向的过渡："盐人"[①]、养料，从矿物质向精神以及相反方向的过渡。其间总有葬礼的发现。

元诗学被指示出来，但是它尚未完成。它肯定喻示着诗作字母和语象

[①] 迪伦·托马斯：《幻觉和祈祷及其他诗作》（*Vision et prière et autres poèmes*），巴黎伽利马出版社，"诗"丛书，第75—76页。

的链接。它由此而成了文本的问题；由此，它在喻示贴切性的可能性时，也标示着它的距离。那里只是把主体与他自己之知性的可能性相比照：通过读者所阅读的信息把这个问题反馈到读者那里，或者通过诗人所书写之信息把这个问题也反馈到诗人那里，因为他自称是寓言的承载者，这两种反馈发挥着作用；诗之场域的明证性于是也发挥着作用；寓言的标示所激发的链接把这种链接变成了某种启发，然而同时亦表述着诗的时间错误。贴切性失效了，这种情况只能重复距离的权力，和对寓言的呼唤，在期盼某种过去被承认并表述为年限的意义中接用时间错误和过去："在老餐桌上，我重复着饭前经。"然而还存在着诗作的现在性，这种重复的现在性，元诗学不适应性的现在性。某种表意言语的明确性被排除；它仅是距离的这种开放。它是形成诗之贴切性问题的一个不可违抗的元素；这种贴切性的可能性只能从双重距离的游戏中读出：诗人、他的寓言与其信息和其过去的距离；不可违抗元素所形成的距离，诗作因为这种不可违抗元素而成为客观性和本体论的某种方式。

  诗与实践的这种分离如果按照某种连续的不停地回到信息并构成明确问题的推论游戏展现，那么上述分离就是贴切的。完整的文学活动具化为首先展现问题，从其最明显的条件即忠实于字面意义出发，显现为它的最明显的形式即叩问形式。忠实于字面意义不能独自形成问题。只有当它显现，信息即使不展示主体、动词、表语被思考时，它在自身中、以其自身也意味着它们时，忠实于字面意义才形成问题。叩问独自也不形成问题。问题形成的条件是，文学是遗忘自身的某种方式，文学形成的展现也是对其自身的某种遗忘，于是它们展示为"某种没有问题的空洞"（彼特·汉德克）。文学是对自身的遗忘让我们明白，文学和诗不能是限制问题的东西，因为它们只是问题的手段和机遇。文学和它所做的再现由此显示了世界的场域，这个世界的言语。诗与实践的分离似乎在把玩对前者和后者的某种限制，似乎在发挥某种必须回归庸常直觉的手段，然而庸常直觉似乎展现为非独特物质的直觉，并因而展现为任何客体、任何场域的直觉。

  忠实于字面意义的游戏——走向拼音字母，但也因此走向它的所有用法，走向所有它所展示的东西——，关于媒介界限的工作——囿于拼音字母犹如拆解语言和言语——，意味着被再现的各种言语是不可以迂回表达的：字母被等同于它的书写的独特性。这种运动是悖论的：回归字母等于把作品局限为这种书写的独特性，但是却把这种字母的虚空性变成了任何情境的可能性。作品被安排为可从一个字母过渡到另一字母的工具,任何陪伴另一言语、对真实的另一次述及、对另一问题的另一次述及的工具。走向这种字母还是走向使用该字母的人。这样,忠实于字面意义就明显成了某种方式的寓言:一个仅是这些字母之世界的寓言,和一个于是成了字母本身之问题的世界的寓言——独立存在的字母可以有何功能,为什么呢?——,在这个世界里,字母似乎显示着自由表语,在这个世界里,因为它们见证了使用,这些相同的字母似乎把主体显示为他自身,在这个世界里,字母的贴切性问题恰恰就是其任意的贴切性问题——各种主体、各种表语——和这种任意贴切性的组织问题——从主体到表语。这里,忠实于字面意义乃是自由贴切性的可能性,乃是文本展示和喻示不同主体、不同表语和他们之关联的可能性,而后者喻示着经久不变的世界思想、经久不变的主体思想。字母只是一种赤裸裸的声音。

    约瑟·安热尔·瓦朗特的诗集《黑暗的三种启示》把玩这种悖论。文学仅让人们依据字母的某种展示去阅读——即忠实于字面意义地阅读,字母是《哀歌集》(*Lamentations*)导引每个诗节的希伯来字母。接用希伯来字母只是接用现在审视的字母,它们的贴切性在于这种独特性和这种现在性——诗集后附录的约瑟·安热尔·瓦朗特的评论文章《黑暗的三种启示:某种自我阅读》即给人这种暗示。这种字母根据其使用习惯被重新置入逾越节弥撒的礼仪中。《黑暗的三种启示》的诗作可以忠实地阅读为某种复活象征体系的展示,后者与逾越节弥撒分不开。然而这种象征体系服从于某种双重暗示游戏:对弥撒的暗示,但是这种暗示仅与诗作的字母相关;它喻示着,这种字母弥撒象征所暗示的语义链接形成了场域。这种情况还可以阐释如下:字母是借来的——希伯来字母;它独自展现着;虽然独自展现,但是它邀约人们阅读某种双重的贴切性,它从暗示中获得的贴切性,它从自己展示的以及上述暗示所演示的直觉性贴切性中获得的贴切性:"我捧着字母的晦涩诗集:我做了一个门,为的是能像瞳孔和眼皮那样关闭和开启世界"(第44页);"手:手与话语的联姻……我的声音并非赤裸的……"(第53页)①。寓言是明显的:字母本身是晦涩的;它是其自身链接的可能性,并进而是某种表语化的可能性,同时意味着一个主体;但是它不能归结为这种游戏的肯定无疑的有效性;它可以归结为把玩

---

① 约瑟·安热尔·瓦朗特:《黑暗的三种启示》,见前引,第44、53页。

该游戏之人和发生了这种游戏的世界的肯定性。言说晦涩，言说声音并非赤裸裸的，形成了矛盾，且并没有让晦涩处于单纯形态。如果说黑暗有什么启示，关于贴切性某种可能性的启示，它是通过忠实阅读黑暗、阅读这些成为它们自己之间过渡并可能提供某种双重暗示活动的字母。这仅界定了忠实于字面意义的一种贴切性使用的形态。

这样言说晦涩的功能，等于仅言说诗与实践的分离只能是共同的分离，对言语、意义进行日常拷问的分离。这种分离部分与可以阐释某言语、承认某意思的种种再现的寻找相关联；它还部分地与使得它不能与晦涩之标示相分离的东西相关联：那里语言、再现的全部都蕴含其中，而这种整体恰恰是无法再现的。

因此，准确审视的拷问发挥双重作用。它以良好的修辞形态表述根本点——例如，如同彼特·汉德克在《喧闹国家的旅行或问题的艺术》中所做的那样，如果述及婚嫁、爱情，它们应该按照造成困境的情况去叙述。困境重复着，变化着，一直吁请人们就造成困境的原因，按照它所设想的婚嫁、爱情的共同场域，按照不计其数的婚嫁、爱情的案例发表意见。困境形成的条件是，假设婚嫁可以不演示婚嫁、爱情可以不演示爱情、人们可以无视婚嫁和爱情语词所喻示或所指示的东西；它还以构成困境的种种共同场域为条件，以这些共同场域可以不符合关于婚嫁、爱情、关于婚嫁和爱情人士的任何表语化游戏为条件。这样，拷问就变成了形成共同场域与其独特化、主体与表语之关系、把再现转移到婚嫁、爱情、众多婚嫁、众多爱情、已婚者、有情人之因素的问题，因为它不间断地坚守共同场域的信息。问题即是贴切性的活动，意思是说，它涉及这些人和这些形态和他们的世界。它还是接用了贴切性的文学贴切性的活动，因为文学就这样把它的似真性和任何再现变成了展示主体到该主体之各种形态的运动的这种相同的手段。

如果任何再现都是对再现的记忆，如果任何戏剧都是先前戏剧的接用，如果文学处于世界之中犹如它处于舞台上一样，那么每个再现和每次书写都是独特化的活动，它们同时表述唯一性话语和共同事物的现在性。因此，共同场域和文学既是恒久的，也是忘却——它们仅仅是角色。这也是一种共同场域，但是它禁止对共同场域之明证性和文学所构成之不真实方式的拒绝，这种不真实方式与共同场域分不开。这种双重价值的场域即是问题。这种场域所形成的运动是对问题的继续。任何问题都是共同性质的，呈现为与表述内容之定位、共同场域之展现的定位并行的东西，它并不忠实地瞄准任何具体的东西，然而却把握着从字面到字面的意义。文学只是独特的情境；然而它也是所有的汇合，就像演员扮演所有角色那样，就像舞台上显示的那样，问题的活动存在于任何地点任何时间。如果问题就这样是一门艺术，是场域的方式本身，它是所有得以表述和展现的东西的唯一身份；它可以属于讽喻，可以标示向另一问题的过渡，指示言语、再现缺失的整体，同时指示世界和文学。它成就这种言语的贴切性，这种言语像舞台上那样只回到它的字词：文学和任何言语的活动成为问题。贴切性让人们理解到，问题意味着该游戏的此岸，它激发着幻觉和命名。

忠实于字面意义,贴切性,亏欠的思想

　　作品赋予它所造就的这种独特思想以及倘若它的元再现应该具有某种贴切性时它向外延伸的这种共同思想以某种平等的展示权。作品排除或者被定义为替换真实、某种知识、某共同场域的成分，或者被定义为仅与真实、真实之承认或某种知识某共同场域之承认并行的东西。它同时解构着替换型言语和承认型言语，同时又赋予自己某种可实现的思想——受元再现限制的游戏。它是对早期现代文学瓶颈的回答：现实主义和正确的语词；象征主义和思想的纯粹虚构。它告诫我们，元再现本身是不可思考而来的。忠实于字面意义相当于某种贴切性思想，它不拒绝贴切性之庸常直觉，但是拒绝贴切性的象征是共同语词以外的其他东西，例如疑难游戏所提供的共同语词，回归忠实于字面意义所提供的共同语词。因此，作品所设想的思想是某种亏欠的思想。它是回归忠实于字面意义、回归疑难游戏的动力；它使得作品应该贴近字面意义去理解——这既是重复贴切性的庸常直觉，同时也指出，字面意义竭力赋予思想生活以内蕴。

　　文学客体一方面以其忠实于字面意义让人们联想到了某种认识论属性；而另一方面又以这种属性场域的不确定性，也把这种忠实于字面意义给成某种方式的无知，但是后者并不排除忠实于字面意义的阅读——承认、认识字母并进而承认和认识该字母的知识，字母属性及其应用问题因之而提出的这种知识。那里有某种寄希望于文学所选择之不可能性的思想经验：无法在到底是文学反映它自身或者这是我们首先看见、说过、听见之东西的回声之间作出决断的不可能性，以及把这种不可能性把玩成关于

其自身思想和关于其拷问能量的某种游戏的不可能性。作品的构成材料乃是思想的游戏，它自由建立材料间、意义间的关系。疑难游戏显示，作品从思想到思想的对象，并赋予自己逆转这种运动的可能性。一方面，它与自己对任何事物的选择分不开，而另一方面，与思想到其对象之运动的再现形式和逆转形式所构成的问题域游戏分不开。逆转可以永远接用（重复），可以变得明显化，但是不排除对内在于作品的制作的坦诚和对这种制作的见证，它们都保留着把玩某种真实思想、某种想象思想和贴切性之可能的庸常直觉的思想的工具身份。这种游戏简单地成为某种抽象材料或某种单纯的想象材料或虚构材料的情况应该排除。

作品的可交际性假设之所以经常与述行性的标示并行——从马拉美到约翰·阿什贝里，假设了诗作的现在性；博托·斯特劳斯关于人的面容的叩问把任何贴切性知识的置入作品现在化了；《印度的黑夜》里的叙述悖论概括为下述标示，即任何言说是其言说唯一的现在形态——相当于叩问语词的权力，后者通过这种叩问被带回忠实于字面意义的某种方式，这样，由一系列语词构成的作品即是这一系列语词的独特性。作品的叩问和回答可以是清晰的，例如约翰·阿什贝里的叩问和回答。然而，清晰并非具有解除性质。作品的客观性由这种叩问、这种回答、由与该游戏其他成分一样的庸常性，以及由尚待决定的贴切性、由作品从庸常性之标示向元再现和向疑难游戏的回归的同时推出来界定。

因而拥有文本的某种信息，它只是文本的信息。文本的这种信息乃是文本的权力。文本的这种信息可以是某种意指、它的意指；由于它可能参与其意指断定的某种缺失，它也可以界定为传达这种缺失的必要性——忠实于字面意义不是为了造就意义而造就意义的某种方式，换言之，而恰恰是为了进入意指的区别和区别因素的游戏。这等于把作品给为意义冲突的谈判，一如这些冲突隶属于一般交际那样，一如它们回归交际内容的似真性和文学的似真性那样。文学客体的形式身份有时并不重要，因为其忠实于字面意义、其独特性和传达它们的必要性构成真正的问题。

在忠实于字面意义中，可传达性原则充分发挥作用并要求阅读根据贴切性游戏进行：即按语词本身允许的游戏进行；即按该游戏相对于当时完成的文学假设所介入的东西进行。那里的解释学蕴含是很少的。因此首先不是肯定无疑地确定某种意思，也不是把文本的字面带向某种意义传统或带向某种富有意义的回答。那里修辞学的蕴含是强势的：唯有与文学原则之可传达性紧密关联的贴切性的推定和效果的推定奠定阅读。通过这种忠实于字面意义，作家自然意在相信文学，但是他把这种相信的决定下放给读者，同时，他把这种忠实于字面意义作为把自己的作品给为客观性的某种方式。把决定权给予读者：即使从费尔南德·佩索阿到彼特·汉德克，贴切性问题被如此明确地强调和处理，这个问题仍然作为文本的问题而存在，并因而作为由读者承担、读者有责任把他的信念带入这场辩论的问题而存在。应该这样理解，即问题归问题，它不应该以读者对它的拒绝为代价而成为问题；当它根据共同场域并进而回归该场域所造就之任何规则以外的共同场域时，其问题就不再是问题。

因此，阅读也应该逐字逐句地忠实于字面意义。它是对字面意义的某种承认，并因而是对作品的某种承认。由此，语词的权力乃是唯一言说内容的权力——这是坚持任何表达及其后果之贴切性推定的最低权力：没有比紧贴语词更好的办法了，那里确有语词的场景化及其承认。在忠实于字面意义的游戏中，人们永远不会完全了解这种阅读点，恰恰因为它是忠实于字面意义的。而是回到与文学可传达性假设相吻合的问题域。没有聆听问题和仅仅言说问题的人，问题就不可能成立。（在彼特·汉德克的言辞里，问题必然被听到。）观者，听众，读者，我服从于问题：我带着问题深入。我（读者）对这种全权的服从无法得到验证，即使我坦承这种服从，因为这种坦承引发对这种绝对权力之有效性本身的某种怀疑。这意味着，贴切性的推定和文学的承认与某种修辞游戏还是分不开的：这里有通过承认而达致文学贴切性的有效性；也有通过这种承认本身之明确性而可能出现的无效化；还有某种期盼无效化的无效化问题，以及作品之承认游戏的肯定性问题。

文学被交际为文学，因为它呼唤真正认识论意义和修辞意义上的这种承认——作为认识和修辞，它可以被承认为某种特殊的思想经验；这样，它就与共同叙事、与虚构、与传奇相区别，后者并不必然设置这种对字面意义的忠实。然而贴切性游戏具有某种二重性：它可以得出自己是文学之真谛的结论，条件是文学把庸常性和字面意义场景化了；它还可以得出下述结论，即书写文字因其忠实于字面意义而等于对任何语词、任何言语之贴切性的叩问，或者更简单地说，对任何语词、任何言语的见识。文学自身以诗语和传统所展示的文学知识与传达这些双重价值的必要性并行——例如作为疑难游戏条件的知识——，那里重现了文学的权力问题：文学给予阅读的内容是什么？它让人们阅读它自身的权力、其字面意义的双重价值抑或某种共同信息？

忠实于字面意义拥有自身独特的后果：它是承认文学作品的手段，并且安排不可避免的辩论，以期区分文学的界限——文学的权力——与忠实于字面意义的进程，一旦人们言说忠实于字面意义时，这些进程本身即开辟了某种推论游戏。这种推论游戏与贴切性的推定是分不开的，后者与文学的肯定和承认并行。文学通过展示其贴切性问题、这个问题所造成的与文学传统相关的问题并呼唤该传统之文学似真性的这种言语诱发对它的承认，传统之文学似真性被界定为能够回应贴切性这种双重游戏的东西。

如果文学可以因其字面意义而被承认，并认可任何属性和非属性，如果那里有肯定交际的某种修辞功能，而不管可能认证或不能认证的种种意指如何，那么，文学的某种权力被承认，同时，通过忠实于字面的游戏，文学可以被认证为任何书写的某种独特性。

这样一种歧义乃是文学之权力问题或其拒绝问题的歧义。它与承认任何书写见证中并进而承认文学与任何书写见证相认同中的忠实于字面意义的游戏分不开。20世纪有关文学之形式标志以及有关某种美学上的唯名主义——每个人都拥有承认文学和评判文学的同样能力，美学上的唯名论与对文学的承认分不开——的所有辩论，其根源都在于这种修辞的歧义，该修辞歧义的演示，忠实于字面意义。这种情况还可以相对于作品和文学之评论的定位而构成如下：在现代文学中，批评也许不再有必要，因为承认字面意义等于不可避免地回归权力和权力之缺失的轮转，并发现作品和被视为文学制品之肯定性的缺失和修辞情势的缺失。这还意味着，批评应该进入其对象的世界并保留某种确切的贴切性，条件是熟知可能与文学相关的某些作品的非贴切性。忠实于字面意义把有关文学权力的辩论带向极端，这从批评的圣经里可以读出。

在其目标基本上不是客观主义或描写的散文体与诗体形式的矛盾、明显呈现为文学的文本中，象征的简化、描写的客观性、然而隐喻游戏和唯一的字面所造成的修辞歧义，可以成为它自身的目的性，为了自身而建构。应该这样言说格诺（Queneau）诗作的散文主义和他字面意义的忠实，后者呈现为某种隐喻游戏的残存。在埃兹拉·庞德（Ezra Pound）的《歌集》（les Cantos）里，应该突出他通过引用游戏、通过辅助性引述对某种书写独特性的持续选择，然而，这种书写的独特性与某种形式、与被承认为文学的某种历史权力、与某种连续的论据分不开。应该根据法国当时围绕新小说而使用过的表达重温"客观诗"（The'*Objectivist Poetry*）或客体文学所选择的歧义：这种文学试图从作家深知他恢复为幻觉的东西里和他不曾希冀的东西即真实、客体里展现客体；作为读者，我所知道的东西，我被设想看到的东西，那就是我读到的东西，但是我仅阅读了字面，这种字面越客观，我越紧贴其字面意义阅读。

忠实于字面意义的歧义可以根据下述二重性重新界定：那里有文学认可的任何比喻、任何编码的界限图式，并因而具有问题的不可避免性；这种情况本身意味着某种分化方式，即文学中精神活动的方式——它可以是思和无思；它可以思考时间和不思考时间，思考明证性和不思考它，思考言语的共同约定和不思考它们。这蕴含着根据同一游戏的某种文学思想。由此，忠实于字面意义在文学的似真性内部就是贴切的。因为文学既是它自身的约定俗成和它自身的分歧，永远存在着交替游戏和进入交替的存留游戏。字面意义这种存留物形成文学分化重塑的唯一问题。从再现及其分化的角度讲，从再现因分化而承载之独特性的角度讲，这个问题永远是贴切的。

直达客观主义和某种书写的独特性，把实践和制作游戏带向其极端并带向某种完全的暧昧性。尽管在各种客观主义情况下制作形式上是存在的，但是散文诗、新小说的制作似乎被取消了——它宣称仅展现实践。因此，在庞德的《歌集》里，作为书写独特性某种语象的引语、制作和实践之间没有矛盾。不管人们留用的例子是何种类型，尤其是在任何独特性的情况下，这种运动同样可以阐释为源自制作与实践相分化的游戏。雅克·鲁博（Jacques Roubaud）的《自传》（*Autobiographie*）的第 10 章[①]是对任意言语的改写，它主要让读者从中读出什么内容呢？通过日常书信的引用或书写独特性可能让人们猜想的制作，引发对庸常日子的信任吗？

歧义与贴切性的承认相关。早期现代文学通过制作手段追求贴切性，或者还追求一定的实践。20 世纪的文学通过对字面意义的坚持，作为对早期现代文学瓶颈的回答，把实践的承认安排为进入某种制作的可能性。这样，忠实于字面意义就结束了它的悖论。文学由其字面本身论证；这种

---

① 雅克·鲁博（Jacques Roubaud）：《自传》（*Autobiographie*），第 10 章，巴黎伽利马出版社 1977 年版。

字面意义由主语、动词、表语、身份和主题化之关系的弱化或取消而论证；这种弱化或取消并不拆解有关身份的言辞，也不拆解主题化的言辞；它们根据某种修辞虚构让读者们解读它们的共同场域——例如，佩索阿关于异语同义词之共性的修辞虚构——，同时，它们根据可掌握的各种再现把任何贴切性游戏变成某种临时性的和自由的游戏。

在这种游戏里，思想最终存留下来的事实，把字面变成了客观性、相异性的某种方式。忠实于字面意义是其自身的事实，它可以解读为某种东西的典范化；文学由此而具有了某种相异性，且依据这种事实，成了相异性的塑形。当文学的名义得以保持并发现了忠实于字面意义时，忠实于字面意义可以在文学相异性的旗帜下显示作品的接用情况；或者当文学走向任意书写的独特性时，可以在某种共同相异性的标志下显示作品的接用情况。这种共同的相异性乃是共同言语及其想象浴的相异性形象：对任何书写独特性之字面意义的忠实见证着个人对这种想象浴、对这些言语的管理。当字面意义走向客观性的这种方式且与某种仅具有临时性质的贴切性游戏不可分割时，当它构成某种修辞虚构时，便把文学变成了文学与文学和与任何言语的面对面。那里有这种客观性和这种字面意义的对接问题。

20 世纪的批评传统走近这些见解，但是没有以明确的方式认证它们。通过同时肯定文学的自立性和贴切性，一如 20 世纪基本上所做的那样，通过为了保证这种肯定而突出参照性的缺失，人们仅为了字面意义而给出字面，我们再次发现了传达其自身事实的某种文学假设。通过文学参照性的这种歧义性缺失，人们打破了面对文本自行回答的可能性，打破了某种确定的外延阅读的可能性，而提供了某种推论约束，通过使文本问题沉默而创立了某种差异——文本——，这里指的是例如建立自行回答之断裂而形成的问题。20 世纪的文学举措，例如同时言说参照系的可能性和参照系的缺失，例如把主体的肯定与无人称性技术联姻起来，例如把某象征的文字既作为损失之运筹又作为似真性与缺席的面对面而引入，都走向这种游戏。在其交际活动中，文学仅言说它所表述的内容，但是这种字面意义不能仅反馈到它自身，因为它意味着问题外与问题内的分享，或者使这种分享沉寂，或者通过粗暴展示不能得出贴切性的结论而显示上述分享。那里有对文学权力辩论的终极论证。通过一般书写形式而肯定文学，人们拒绝了文学的常规性活动，肯定了它的无差异化活动，但是，人们并不排除对文学的承认举措继续存在，那恰恰是保留这种无差异化活动形成之种种问题所引入的某种贴切类型之假设的机遇和手段。

　　有关形式与内容分离的种种论点把这种分离视作文学现代派的典型特征之一，这些论点乃是制作与实践相分离的某种构成形式，后者并不得出这种分离的首要功能。因为在形式与内容这种分离的假设里，全部问题都在于决定作品的定位，除非把作品与它展现为被拒绝的东西相关联：当时与意识形态联系起来的再现。当这种分离出现后，全部问题还在于弄清，某种审美经验可能是什么样子，它既是自身独特的经验，排除一般化思想，然而也是某种普遍性原则并定义形式，因为它不再是某种内容的明显汇集，犹如一个模拟世界——这个世界允许过渡到普遍性的标示——，因而与各种展现和再现分不开。于是文学被悖论性地视作它自身的文字，既从内容中解放出来，然而又是模拟性的，但是这种矛盾却没有与矛盾的术语本身关联起来——形式也是某种内容——，况且这些术语的关系也没有根据某种形式的定义来设想，按照某种分离，这种形式同时且完全是制作和实践。

第 四 章

文学的客观性：文学客体，可能的客体

  通过贴切性游戏和忠实于字面意义，现代文学成了媒介物之界限的游戏，语言媒介物，作品自身构成的媒介物。关于媒介物界限的工作乃是有关贴切性与忠实于字面意义游戏所造成悖论的工作。悖论：忠实于字面意义是对贴切性游戏之发展的某种呼唤和某种限制；贴切性游戏从忠实于字面意义开始，可以超越忠实于字面意义一步，然而，由于事关贴切性，它亦是对文学客体自身的回归，对其字面的回归，对贴切性问题的回归，对该客体构成之相异性的回归。这种情况在雷弗迪（Reverdy）的一首诗《当我们不是这个世界的人》（Quand on n'est pas de ce monde）里有其故事："在暴风雨狂下的整个时间里，某人在遮蔽下喋喋不休地讲话。在他手指指向雨幕所勾画出的光芒周围，人们仔细看时，似乎能看到粗大的黑色字母。很快换上了另一种声调。而墙上的颜色变了。声音似乎来自背后。人们不知道那到底是墙还是屏风。字母消失了，毋宁说它们统一起来并构成一个人们破解不开的奇怪名称。"① 当文学只有其字母时，它似乎处于世界之外——这并不影响它展现一个世界。这些字面是变动不居的，因为它们是根据时代书写的。承认字面即承认这种情况本身，并进而把忠实于字面意义界定为把作品变成某种不可解读之物和展示自身之物的手段。这种不可解读现象显示着有关语言媒体之界限的游戏，显示着书写文字即诗作本身的元再现，然而这种元再现是根据时日、时代、声音的似真性而进行的。这种不可解读现象还是表述诗作之相异性的某种方式和它所

---

  ① 雷弗迪（Reverdy）：《当我们不是这个世界的人》（Quand on n'est pas de ce monde），见诗集《风源》（Sources du vent），前接《跳跃的气球》（La balle au bond），巴黎伽利马出版社 1971 年版，"诗丛"，第 48 页。初版本，1928 年版。

形成的问题：这种相异性可通过其字面意义及其预言的缺失而辨认；在这些相异性之共同的似真性中，它是其他相异性中的相异性，依据这些其他相异性而确定的相异性。这种不可解读现象最终还喻示着，它是文学某种最低限度的明证性：仅仅从其自身出发而被解读的字面的明证性——我仅解读我所阅读的东西——并把玩贴切性的完善与不完善。那里有着依据其共同的独特性承认文学的可能性。像雷弗迪那样，指出文学和写作者似乎都处于世界之外，等于指出，当有关语言媒体之界限这种游戏发生时，书写文字和文字的操作者给予他们自身某种完整的展现。有关界限的游戏不能理解为某种违反语言规则的游戏，或者某种侵犯作品或侵犯作品模式的游戏，而应理解为有关论据化或效果之某种修辞学的可能性的游戏，这种修辞学与作品和作品界定或展示它与语言媒介体之关系的方式密切相关。完整的展现可以达到这种效果，因为它仅通过展示共同场域的歧义来展示贴切性。这种展示既是对共同场域的某种使用，也是有关共同场域的某种论据——回归共同场域的某种推论游戏的手段。

文学的客观性与忠实于字面意义

忠实于字面意义、有关媒介体之界限的游戏与作品之承认的这种关系，可以读作早期现代派有关文学之承认的种种命题的颠覆，也可以读作对 20 世纪文学的典型特征——文学客观化之危机的某种回答。只需重温下述事实，对于现实主义和象征主义而言，文学作品拥有某种明证性并因而获得某种承认，这种明证性与文学的某种虚构模式分不开，后者与传奇、神话以及某种叙述体系或某种诗学体系相关联，它赋予它们某种形式权力和表意权力。可以指出的是，这是浪漫主义的遗产本身。在这种视野里，20 世纪初始英国诗歌的有机论参照系相当于对隐喻的某种封闭式使用，其功能是建立这样一种信任游戏并进而建立一种综合游戏。该游戏造就了文学的明证性，后者本身与某种特殊的语言游戏——隐喻是分不开的。但是，说隐喻活动是一种封闭性的活动，这是一种不确定的假设：隐喻的构成和阅读属于某种阐释，后者仅以贴切性的推定为律条，况且这种贴切性根据阐释而修订，阐释并未因此而得出贴切性之相关主义的结论，而得出后者的开放性和境遇性特征。正如也有某种不确定的假设一样，即在一部作品里，意群的安排，种种再现之结构化的指示，以及广而言之，明显的论据组织或比喻游戏所承载的论据组织——如马拉美的比喻游戏——都要通过忠实于字面意义的约束。

文学客观性的危机可以从两方面界定。通过形式观念的疑难：文学形式并不必然承载意义，或者因为它不产生意指（乔治·卢卡奇/G. Lukács[①]），或者因为它喻示着某种即时性原则，后者不是对意义的某种肯定（彼特·布格尔/P. Burger[②]）；文学不排除形式特征化的某种缺失——散文体、在文学旗号下对共同言语的改写，都证实了这一点，于是人们承认语言退化的首要特点即以这种缺失为后果。通过文学客体定义的疑难：这些定义是自相矛盾的，它们把文学与一般的语言认证关联起来——例如对文本的参照，或叙述安排的分析，后者反馈到叙述事实的语言约束——从而失去了文学的概念，或者以独特性的名义把传统定义现在化，例如伽达默尔（Gadamer）有关再现与模仿的区分，后者重温了从亚里士多德（Aristote）那儿可以读到的再现与模仿的有机统一现象。

当当代批评努力通过文学客观性这种疑难时，发现文学作品的创作与任何艺术品的创作一样，乃是某种相异性的创造，由于尚未到达忠实于字面意义的概念，这种批评在无意义、反摹仿说、书写之述行性等论点与意义论、摹仿说、书写的建构等论点的矛盾中被接用。这些论点的共同点是，假设这种相异性拥有把人们与意义的关系情境化的功能。前一类论点喻示，意义就是这样一种场域，从不外在于某些人的某种场域，对意义的任何肯定都是幻觉的，或者更准确地说是外在性的，而创作作品所构成的相异性拥有喻示这种外在性的功能。后一类论点主张：新意义的生产依据某种场域并相对于这种场域来理解。这些二律背反的论点拥有唯一的预设：文学作品以其相异性告诉我们，相异性是某种社会创作；它显示了这种相异性；它指出，任何社会创作都可能产生某种影响，根据与这种创作所产生之意义的距离，还根据有关这种距离的协商。

这些论点赋予文学某种潜在论据型的目的性，前一类论点以某种反修辞学的方式为条件，而后一类论点则反馈到社会修辞的多种多样本身。这种论据型的目的性与不及物性并不相悖——后者恰恰是相异性创作的特征

[①] 乔治·卢卡奇（G. Lukács）：《小说理论》（*Théorie du roman*），德诺埃尔—贡蒂耶出版社1963年版。初版本（*Die Theorie Des Romans*），1916年版。

[②] 彼特·布格尔（P. Burger）：《现代派的散文》（*Prose de la modernité*），克林克西克出版社1995年版。初版本（*Prose der Moderne*），法兰克福祖尔坎普出版社1988年版。

第四章　文学的客观性：文学客体，可能的客体　99

之一，它邀约我们重申众所承认的文学的主权和全权。如果文学定义为修辞学的某种反论据化，那么它呈现为任何社会言语的他者。如果文学定义为某种修辞学的论据化，那么它呈现为言语的社会创立问题。

书写文字之实现的标示还获得下述情况，即书写文字既是它自身，也是其他书写文字、其他言语并进而也是真实的某种重复方式。在沃尔夫冈·伊泽尔（Wolfgang Iser）的表述中，书写文字的重复具化为两件事情：它把玩语言的参照性质，以描画语义、类型对真实、言语的某种违规场域；另外，它还是形象思维的媒介体，并通过这种媒介本身而去除参照化。因此，重复喻示着书写文字的外在性，它使用可能具有参照性质的种种言语的共同媒介体，并使用形象思维，后者从定义上讲，是没有参照功能的。这种情况可以理解如下：文学的自立性——这意味着它日益增长的并最终面对宗教、政治和社会现实而要求的独立性，这些现实可能被视作文学的某种直接指导——相对于追求文学自身、赤裸裸的文学的展示条件，它们因而是文学感知和解读的条件。此举导致文学与虚构和梦幻的同化，但是这种同化并不排除从艺术创作自身考察它①。汉斯·罗贝尔·尧斯（Hans Robert Jauss）所界定的制作与感觉（aisthesis，感知）的分离依然是喻示对文学的这种赤裸裸承认的某种方式——这种承认不再把文学与梦幻联姻起来，而是把它界定为某种审美经验的手段，此种审美经验"从其交际功能观照，也与受逻辑支配的言语相区别，在于它仅预设了普遍性的交际得到考虑，而没有预设对思维的合理性特征的要求"②。这等于说，文学的相异性本身即是普遍性的交际。

从这些特征化在重温语言规则时所设置的能指、述行性和书写文字之权威性的首要地位来看——不管这种情况表述为书写文字与语言抽象性的认同，还是表述为制作与文学展现的分离——都告知我们，没有主体对语词的贡献，文学依然存在，而在这种情况里，语言独自承担它自身的责任。这就邀请我们得出下述结论，即文学的这些特征化从深层讲，乃是出于某种过大的失望抑或某种过高的希望：相信语言本身，因为存在着世界

---

① 沃尔夫冈·伊泽尔：《展望：从阅读反应到文学人类学》（*Prospecting, From Reader Response to Literary Anthropology*），巴尔的摩和伦敦约翰·霍普金斯大学出版社1989年版，第239页。
② 汉斯·罗贝尔·尧斯（Hans Robert Jauss）：《文学阐释学》（*Pour une herméneutique littéraire*），巴黎伽利马出版社1988年版，若干处。初版本（*Ästhetische Erfahrung und literarische Hermeneutik*），法兰克福祖尔坎普出版社1982年版。

的这种变异性；相信语言，因为它能够提供某种理想的意味，即语言及其语法的意味本身；相信语言，深知它既不是这种理想也不是与世界、与真实世界、与理性活动相认同之世界构成一体的东西。其实，文学的这些特征化或者是通过语言能力本身定义文学的特征化，而没有考察文学目标从哪些方面与这种能力相适应，或者是一些怀疑性的特征化，并非对文学的怀疑，而是因为它们设置了某种怀疑态度：只有有关文学的知识和它对字面意义的忠实。而贴切性的推定以及与这种推定分不开的问题域，其中所蕴涵的可交际性游戏，可能成为汉斯·罗贝尔·尧斯所指出的普遍性交际手段的东西——这种手段不能仅依据普遍交际的承认原则去思考，最好通过贴切性的推定原则去重构等，一概被忽视。这后一种原则可以考察存留下来的思想活动，它是作品呈现为相异性的标志。

　　批评圣经的分歧意味着两件事情：一方面，书写文字根据与语言的某种场域和距离游戏而存在于世界之中；另一方面，它似乎又存在于世界之外，存在于这些场域之外，远距离地存在于不是某种场域的语言之中，存在于梦幻之中，或存在于普遍性的交际之中——每次都失去了应该与相异性标识并行的距离标识。超出隐性或显性的论据性假设之外，这些命题都把语言媒介界定为走向其界限的东西——不安排某种现在的贴切性，与这种贴切性的问题无关，而仅仅属于书写文字的实现。只需重构这些命题。例如，有关文学和梦幻的见解就喻示着：通过文学自立性的标识，当我们让文学独立于任何问题时，除了这种标识所承载的问题，怀疑主义的问题，我们不啻于提出了文学可能回应之东西的问题，而文学不可能仅是它自身，除非说它把唯有梦幻可为之事情场景化，除非拆解文学的宗旨本身。例如，分离制作与感知，并把感知与普遍性交际关联起来，此举与建立相异性所形成的东西分不开：不管是从书写文字的实现视野看，或者从阅读和批评的视野观照，在贴切性的推定中，书写文学的书写和解读都犹如某种变异性——具体建构的变异性——它因而也是对任何变异性所形成问题的某种回答。以夸张的方式肯定语言与书写文字的关联，就把文学变成了某种讳言变异性之标识的东西，并约请我们重复贴切性问题：后者在文学中只是对语言所建议之现存认同方式的某种变化的认同，或者它意味着明显形成贴切性问题的元再现游戏？

　　换言之，文学客体应该能够反映读者走向文学的事实。这种情况可以根据书写文字的完成标识而成行：书写文字是种种言语的复制、炫耀，也是读者观察这些言语的可能性。很显然，这并不排除读者的标志和作品的建构。叙述学的论点即相当于对书写文字之完成的这样一种定义，所有互文性论点或言语间性论点亦如此。这种情况可以在承认游戏的范围内分析，例如忠实于字面意义所蕴含的承认游戏。

相异性，诗学，共同场域

接用诗学功能的定义对证明是足够的。需要说明的是，这一定义同时表述了文学实现向象征行动或交际行动的嬗变以及这种象征行动或交际行动向文学实现的过渡，它考察语词，考察放在语词上的重音——那是突出语词某种肯定力量的方式——而且它把这种强调同时与某种中断游戏——对语词的强调是悖论性的，因为这种游戏意味着形式上的继续和语句的形式关联——和某种选择游戏关联起来，后者如范式，它以应用标准和贴切性标准的名义切割中断游戏。这种描述与某种问题分不开。在文本中扮演语境角色的成分——具体为隐喻范畴和换喻范畴——而这些成分又同时以揭示文本形成之语境、且当重心放在语词上时又以该语境的断裂为特征，它们会发生什么变化呢？把诗性认同于语言转向它自身的事实，要求做某种具体说明：这种转向以某种语言、题材、参照风貌为对应物。可以说，书写文字所做的有关语境的游戏只是该文字与其风貌游戏的类似物。同样，书写文字通过突出语词，自身便拥有了这个语词面对其他仅属于意群范围之语词时的某种相异性方式，如同它改变自身的语言环境、主题环境一样，它把书写文字安置成某种类型的相异性。

通过这种游戏和这种二重性，一部文本可以呈现为文学的批注，即使它并没有承载这种明显的批注游戏。例如雅克·鲁博（Jacques Roubaud），他在《自传》（*Autobiographie*）第 10 章，构成一部诗集，并在其中加入一些散文形式的休憩时刻（《自传》的副标题为：诗作及散文休憩时刻）。在这些散文形式的休憩时刻里，文学的批注可以反馈作者的姓名，反馈所收集的诗作。它还可以通过诗作与散文休憩的毗邻游戏表述得更直接一些：语言成了文学的体裁，并非取其回归语言的不可减缩性意义，而是取任何语言都既是语言同时又是文学、甚至可以追忆一组孩子的摄影这样平庸事情的意义。在文学批注以外，文学在这里可以界定为：失去文学标志的东西与从来不曾拥有它们的东西相接——这就是为什么摄影被描述，那是对不属于言语的东西的共同描述。这种运动唯有在构成某种风貌的文学的单一基础上才能理解，并理解为某种相异性游戏：没有谱系和教堂的日常语言在这里呈现为它自身的某种相似方式和其反面的某种方式，尽管它没有呼唤对书写文字的撕裂，也没有呼唤把书写文字认同为建构对这种相似性的撕裂。相似性是可以表述的，因为作品自身展现出某种完备性游戏——在同一些语词中，同时给出日常语言和文学语言，即展现出诗学功能所体现的暧昧性，在最后这种情况下，暧昧性具有形式的和语义的种种手段。

从某种诗的认同到文学的某种认同，作品所造成的相异性部分与一个问题相关，即人们如何从非文学言语过渡到文学言语？这个问题评论起来很容易。所谓的文学文本排除任何其他定义性谓语。这种情况从某种问题外与某种问题内出发，前者恰恰就是作为文学而交际的文本，后者则不是这样的文本，不拥有某种排他性定义的文本。对某种特别性的这种肯定——植根于文本自身被作为文学而交际这一事实的谓语游戏恰恰构成了这种特别性本身——不会留下歧义：问题外乃是被作为肯定的东西而给出，但是不会通过问题外与问题内的这种区分而与它们的共同问题区别开来，后者即询问如何从非文学言语过渡到文学言语的问题。或者更简单地说：言语内的过渡造就文学和共同问题，一如奥西普·曼德尔斯塔姆（Ossip Mandelstam）所喻示的那样："诗的质量由它把自己毋庸置疑的方案强加给本质上没有生命、只有纯粹数量意义的词汇的速度和严谨程度来定义。需要迅速穿过充满驶向各个方向的动态帆船的宽广江面：诗歌言语的方向就这样构成了。并非通过询问船夫我们就可以重新勾画出一条航道：他们既不会告诉你们如何、也不会告诉你们为何你们要越过一条又一条帆船。"[①] 这反映了，在肯定某种书写形态为文学的游戏中，包含着对书写的否定的可能性。这正是文学自我承认的可交际性条件，由此开始，它假设了自己的身份并将其形式化。某种既不可能是问题外也不可能是问题内的形式，是一种不可能呈现为相异性的形式，理由是，它不可能同时明显展示出对世界的"遗忘"和对世界的陪伴，就像雷弗迪（Reverdy）所喻示的那样，由此任何书写文字都是把玩同样二重性的这种书写的特殊性。这等于间接强调，文学的某种简缩性问题既不必然导致文学的某种意

---

① Ossip Mandelstam, *Entretiens sur Dante*, Lausanne, L'Age d'homme, 1977, p. 11.

识形态界定——人们用此来解释文学造成的言语偏移的定位,也不必然导致符号学类型的某种界定——这样做了之后,还要论证语言的不可简缩性。这是现代文学十分擅长做的事,这样就回到了它对语言不可简缩性的自我肯定,抑或直至对任意书写文字不可简缩性的自我肯定,也就重新找到了问题外与问题内的游戏及其暧昧性。

把文学界定为相异性的创造——这意味着某种制作,而这种制作可以无视文学的批注——对书写文字的肯定和否定的可能性,与关于文学的偶然性本身及其展示的某种游戏分不开。偶然性:文学所完成的意群范畴和范式范围的这种每次都是独特的安排;文学从语言之不可简缩性开始的这种方式;它可以是任何言语、每次都超出任何预测、任何必然性的这种可能性。展示:文学通过其二重性、通过它在共同场域形成的问题、它可以是明证性之某种风貌的这种方式。马里奥·瓦尔加·略萨(Mario Vargas Llosa)视小说是对物质、行动、时间的某种巨型描述,通过下述话语指出了非文学——任何言语、任何资料——与文学的这种分野:"描述者变成了被描述对象。"① 这个评述的构成方式是奇怪的:描述的手段、行为变成了被描述的对象。它并不必然指示文学的某种自我参照游戏,或者说,如果该游戏应该予以考察,相对于这个评述的用意所在,它处于次要位置。

从主动变被动在这里等于指出:这种过渡没有必然性,过渡本身是自由的,它可以自由选择,这种过渡把其被写状态与其其他形态相分离;当共同言语展示与其自身相关的另样存在形态,当它呈现为自己寻常身份以外的形态,当它把其客体、行动、人物、事情展示得使它们脱离了自己身份的重言式——因为它们只是简单地给出时,它就变成了文学言语;客体、行动、人物、事情脱离了自己身份的重言式并不意味着它们脱离了某种共同的界定。过渡到它们的身份以外喻示着,作为某种制作的从主动变成被动,完成了制作(la *poiesis*)与实践(la *praxis*)的分离。从主动变成被动还指示着,这种书写动作把文学变成了进入某种展示方式的东西:它是被描述的东西,并非根据某种自我参照游戏,而是根据被动形态所标示的悖论性完成——不管是在这种言语的此岸还是彼岸,都没有任何东

---

① Mario Vargas Liosa, *Contre vents et marées*, Gallimard, "Arcades", 1989, p. 296. *Contra vientoy marea*, Barcelone, Seix Barral, 1983.

西，它是没有明显再现性投入的某种展现。文学似乎可以是写实的，直至给人某种准确现实的印象——马里奥·瓦尔加·略萨特别瞄准的正是这种文学。但是，从主动变成被动意味着文学把这种事实场面化：一个语句参照某现实以期从中找到某种认可一点，非常准确地变成下述一点；句子终结于沉默、回应语句自身并使它沉默的某种沉默这一点。被动形态即是这种情况本身以及文学言语所构成的相异性的明证性；从某种修辞学的意义上说，这种明证性让人看到了表达的生气，它使得人们的对象犹在眼前，以及通过被动形态标示的某种反转，该言语所完成的行动本身犹在眼前，然而还可以从另一种意义上观照：由于这种被动形态不是对某种情境的回答，那么上述明证性很简单，就是中止探索、中止拷问该文学客体可能的其他存在形态，而不拆解贴切性的推定。

马里奥·瓦尔加·略萨之标识所承载的隐性修辞学显现出来了。通过主动言语向被动言语的过渡表述作品的相异性等于指出，作品的明证性是其自身的终结，而这种终结意味着按照共同场域前行，共同场域自身也恰恰通过明证性被给成某种方式的相异性。在这些条件下，重温贴切性之庸常直觉的不可避免性，重温从描述到被描述的这种改变所蕴含的东西，不啻于指出，文学就是这种构成问题的言语，因为它仅根据每次都被特殊关系独特化的共同场域的无限性而存在，在上述特殊关系中，文字（语言）在它所完成的元再现中，体验为某种无语境的书写，从描述到被描述的这种改变也蕴含着这一点。因此，言语酷似自己的过程是一个没有终结的过程：它仅通过日常性的淤积、通过语句系列、通过语词系列、通过共同场域的无限性而存在，后者每次都被介入其中的相似化游戏独特化。关于文学的文学，对文学自身的展示，就是这种动作的模拟；当文学不再提供其自身、其言语、其象征的某种纹章图像时，不再提供从史诗到悲剧、从前期现代派的现实主义到象征主义不使文学分离制作与实践的所有因素时，当文学倾向于被带向其界限的媒介时，它就成了文学的动作。被带向其界限的媒介是说，没有语境的言语，语言的贴切性成了其自身的问题，因为它是某种明证性，还因为它首先吁请中止探索、中止叩问。

因此，作品的客观性不是形式与意义游戏的客观性——现代派重复形式和意义的疑难。按照罗曼·英加登（Roman Ingarden）的论点[1]，它也

---

[1] Roman Ingarden, *Das literarische Kunstwerk*, Halle, M. Niemeyer, 1931.

第四章　文学的客观性：文学客体，可能的客体　105

不是永远远距离地对任意物体和任何客观性的"再现性客观性"，也不支持读者在很少的间断之后重构客观性之某种更全面的再现。（这是一些奇怪的论点：它们一方面主张，作品本质上处于未完成状态，且其本质上是可以补充的，而这种补充的可能性却是由作品承担的；另一方面假设，可读性与阅读、被阅读——换言之即书写文字与阅读之间存在着某种根本的差异，阅读是一种超越可读性的能量。这些论点拥有它们在比喻方面的不同版本：例如隐喻就是某种允许窥见可视性与看之差异、并从可视性中成就差异的观看行为。）它也不是建构真实种种类型的某种方式，也不否定这些类型在能指游戏或书写差异游戏中的存在——那么书写就成了作品唯一的真实性，也不是作品仅有的实验性实现，形式实现的主观经验通过作品的这种实验性实现将可能实现客观性。与这些透露出形式与意义的完整游戏仍是作品客观性之衡量尺度的不同命题相反，作品是一种完成物和某种客观性，因为它在排除任何与其文字无关的东西的同时，亦把贴切性直觉的各种标志变得分散化。

　　约翰·阿什贝里曾经指出，在日常世界里，语词永远在那儿，具有给定的意义。它们可能会显得没有贴切性。它们也可能呈现为整个社会言语的一部分，或者用语义学的术语说，呈现为它们所设定的完整信仰语境的一部分。简言之，这些语词是不恰当的，正如作为期待某种形式化再现的隐喻也不贴切一样；它们并不拆解各种再现。书写文字重复下述内容："语词已经在那儿。/畅言河流向上流/并不是说运动没有任何意义，/而是说它是一个不正确的隐喻。"① 这样，忠实于字面意义就可以呈现为共性，而并不必然具有文学与共同言语相吻合的某种规则。它指示不恰当性、指示意义的共同场域，同时造就作品的相异性和客观性，它们是作品获得承认的条件。

　　吻合的这种缺失反映出，文学是按照它从共同言语及其共同场域中认可的双重可能性——开辟和限制某种推论性游戏，回归共同场域——而客观化的。那是阅读时承认作品为其自身的手段，因为形势不再可能成为持久的承认标准，因为借助某种副文本游戏说某言语是文学言语，等于介入了这种二重性的阅读。作品以某些制作特征来演示这种情况，通常被界定

----

① John Ashbery, *Quelqu'un que vous avez déjà vu*, Paris, POL, p. 180. *April Galleons*, New York, Penguin, 1987.

为标示文学与其自身游戏之手段的这些制作特征,安排了忠实于字面意义与承认之间的游戏,因而基本上不再首先是形式标志。

这样,就可以用于连·格拉克(Julien Gracq)在《锡尔特海岸》(*Le Rivage des Syrtes*)通过奥尔塞纳城市的某种主题化而界定的描述的定位来表述文字的可掌控性:"城市深厚的中和天赋……为各种事物卸下了任何过分强烈的喻示能力,似乎奥尔塞纳百年的全部努力、它竭力赋予生活的全部形象,都瞄准着近乎令人恐怖之张力的某种衰落,都瞄准着某种最终的平等化……"① 文字的展示应该恰当,它似乎不应该超越它自身,而它肯定应该与任何文字相谐和。通过叙事中各种视点的系统化,后者大概可以得出世界观的多元化结论,但更根本的是,它以内在于文本的方式,反映了文字的展示和阅读条件,而没有把它们必然地与智慧或阅读之布局的明显再现关联起来。它们是否被再现了,这丝毫也不改变展示游戏及其后果。各种视点的系统化把所有展现变成某种对其自身有效的展现,把各种展现的整体变成一个仅对其自身有效的整体。这种系统化其次可以与读者承担它的事实关联起来,这种承担意味着对展示的发现。那里有着某种隐性的修辞游戏。它不蕴含有关叙事对象、意义之场域或外在性的某种争论;因而也不直接介入文学客体的论据目标,以得出或者某种论据性实现或者某种反实现的结论。这种游戏通过某种明证性的建构——悖论性的建构,因为依据各种视点的相对化而成——以及把这种明证性转移到不同似真性身上而定义,这些似真性即各种视点所设置的似真性。它是元再现的可能性。

文学、作品和作家的可掌控性可以这样来表述。如同反文学一样,它的条件是,作品排斥某种已成共识、可直接认同的修辞学,排斥文学的某种"语法性"定义。这种排斥具有双重性:它既相当于信仰的某种缺失,亦相当于对文学的某种信仰;它导致了作家对文学信仰的抛弃,导致了作家把自己的作品抛给进入承认游戏的大众。如同自我参照游戏一样,这些游戏经常被引用为展示文学自立性的众多见证。在自我参照的标示中,有着悖论的某种方式:自我参照属于某种建构主义,然而它却被阐释为作品自我展示的手段。这种悖论不仅仅反馈到文学的语言悖论。因为有自我参

---

① Julien Gracq, *Le Rivage des Syrtes*, cité par Georges Poulet, *La pensée indéterminée*, t. 3, PUF, 1990, p. 222.

照的建构，它还反映了下述情况，即在这种自我参照的机缘里，作家写得越多，他作为作家露面的机会就越多：由此而交给大众和承认游戏。我们可以重提与作品之无人称性、与作者之死相关的常见命题。所有这些命题都建立在作品的明证性排除回到作者之假设的基础上，因为作品不带有作者的标志，因为它的时间矛盾禁止它指示一个固定的陈述者。所有这些命题都设定，作品是按照这种目的写成的，即取消作者的标志，让时间矛盾显现出来。明证性的发现和作品具有某种特殊目的的这种设定，应该让作家的元再现游戏终结。

文学客体的相异性意在表述客体的外在性，并通过这种外在性同时表述同一客体的不恰当性和恰当性。换言之，文学客体被建构或给出，如同预先制成的文学客体的情况一样，后者只是展示游戏的极端演示，以至于贴切性之推定与可以应用于它的不恰当性的关联充分发挥出来，按照贴切性的运行原则，按照某种最低相似性的原则，并且维持不恰当性的明证性，后者只不过是相异性的明证性而已。文学客体的相异性，相异性的比较对象完全是其他者。这种情况呼吁两类说明。从某种功能视点看，这种相异性通过它可以相当于另一相异性的可能性来界定——因而，它是某种任意的相异性——也通过它可以是某种没有差别的不恰当性的可能性来界定，亦即它永远属于贴切性的推定。只需重温文字的自由支配性、文学的自由支配性、作品的自由支配性，以及与它们相关的诗学手段。这两类说明要求重新考察文学客体的明证性和承认时刻，并由此而重新检视贴切性之推定和不恰当性的问题和游戏。

替代（doublage）的假设需要重构。书写文字的展示，其预告的缺失，它所造成的沉默并因此而承载的问题域，保证这个货真价实的比喻游戏对自身有效，对任何再现有效。它们告诉我们，作品文字的给出犹如它对自己之所言没有权力，而它之所言只能通过对它的阅读才能了解。当代的种种文学客观主义知道这一点，在我们能够把它们表述为现实主义之前，它们告诉我们，它们之所言，它们通过言语所展示的内容，只能通过它们之所言去了解。这等于指出，展示是替代的最低形态，它因而可以是任何言语的替代和任何言语之主题的替代。那里有按照并未给出转移或预告之明确规则的这种展示而形成的某种语境化原则。关于这一点需要做如下说明：有关世界在文学中的显现或有关在文学世界中的显现的争论只是一些次要的争论；它们的设置是，作品已经被承认，被忠实地阅读，被从它的元再现游戏中考察，而这种阅读、这种考察变成了另一再现性实现的手段，另一再现通过忠实于字面意义和元再现所激励的有限推论而实现。应该遵从下述发现：文学只能是它自身。遵从这种发现等于指出，通过它所实现之替代，书面展示乃是言语的陪伴，言语之所说的陪伴，并因而也是真实的陪伴。这种情况与书写文字可能包含的叙述规则之预告的缺失相关。这种情况与贴切性的推定相重合，后者与文学的可交际性原则相关：陪伴的假设乃是对任何通过蕴含和推论而成为可能的转移的假设。这种情况与可交际性、贴切性和展示所介入的特殊的修辞游戏相重合：如果书写文字仅仅给出，如果读者没有对应对象地阅读，这个读者就面对这书写文字之虚无，他可能阐释它，然而更根本的是，他可以叩问它，并非为了让它给出回答，而是为了保持这种文字的虚无状态，并由此而建立他自己的阅读，后者本质上首先并不是某种回答，也不是某种叩问，而是对书写文字之明证性、之展示的某种承认。这种情况与把书写文字界定为关于瓶颈的游戏相重合：阅读是根据某种贴切性进行的，即根据最低程度相似某些再现的某种游戏进行的，如同隐喻是按照某种最低相似游戏而解读一样，后者反馈到某种布局原则并让其他贴切性游戏的可能性处于开放状态，相对于与书写文字之展示相关的特殊的贴切性游戏，其他贴切性游戏是次要的。那里每次都有着相当于某种布局原则的最低相似的某种练习。

承认，客观性，问题

文学、作品的承认是语词的事，是对忠实于字面意义的承认。它还要通过蕴涵其中的修辞游戏进行。它不可能仅是重言式范围的事，即使它首先应该如此。它不是无晦涩性的某种练习，因为它所包含的重言式——这是文学的情况，即文学就是文学——不能排除承认赋予文学客体的地位。

在娜塔莉·萨洛特（Nathalie Sarraute）的《话语的用法》（*L'usage de la parole*）[①] 一书里，书写文字充分显示了它自身。隐喻为了这些字母而展示它们，因为它取消了它们的字面意指的全部有效性；它从某种语境即隐喻的语境里拿来它们，该语境自身具有反射性；它把它们给成任何缺失语境的代表，缺失语境即能够反映文字现状和隐喻位于其中并由它造就

---

① 参阅第三章。

之语境现状的任何再现。格诺诗作的文字可以按照下述三个层次阅读：人名、物名、世界的各种名称只能是这些名称；按照某种性质的比喻学，这些名称之间有亲缘关系；在它们的推论游戏中，这些名称让人们设置了总体上阐释它们的语境，而这些语境是再现世界的语境。世界的这些再现首先只能通过文字来标示。娜塔莉·萨洛特的"我死去"一语肯定是不可能性的某种方式；它由此而是一种交际的标志。它设置了自身的语境：对死亡时刻的发现；与该语境相关的某种反应性游戏：对他者面对该时刻出现怀疑可能的发现；这种性能——死亡、共同体——所介入的再现乃是文字可以传达之意义的众多可接受的近似义。文字定位的这些变化产生了众多问题。汉德克把文学同化为角色和问题的某种游戏直至"没有问题"之举告诉我们，文学是对交际意向的持久承担，直至达到了悖论的程度：意向只能通过唯一文字的形式并禁止脱离文字才能成为意向。此说不啻于重构承认行为中的自立和介入；通过这种显示，文学以独特的方式介入它的去语境化游戏：我们面对书写文字的外在性导致我们能同时了解文字和其外部的结果，有时还能了解文字试图追忆之真实的外貌，但是我们深知不能建立文字对真实的预言性叙述。

　　由此得出下述结论：文学通过把言语展示并圈定在纸张上，展示了言语给予我们这一事实；作为读者，我们观看着给予我们的言语，我们看着一种言语，可以说，它在向我们说话；我们被两种意向所分割：既想臣服于它们，又想让它们臣服于我们自己的观点；叙述学和言语间性的假设重复了这些东西。这里，我们把书写文字置于神秘性一方，与努瑠·朱迪斯（Nuno Judice）在其诗作"神秘"里理解的不一样：书写文字赋予自己的明证性构成问题的某种纽结并具有局限性。问题纽结：书写文字相对于非它之预告缺失所形成的纽结。局限性：这种明证性的阅读一方面是某种方式的肯定，而另一方面，又与某种类型的怀疑主义分不开，因为这种阅读是孤立进行的和有距离情况下进行的。读者的游戏没有对应方：他在阅读时没有人看见他正在阅读。文学之展示的终极悖论构成如下：这种展示设置了读者对文学的缺席。这种缺席的必要性来自于展示相关联的外在性游戏。它还反馈到展示本身之所为：把书写文字展现为任意性文字。对文学的承认就是对这种任意性的承认。它蕴含着读者从这种承认中也承认了自身的任意性，如同作家知道自己的任意性一样，因为他知道必须承认作品。

这些评述需要做三点补充。第一点补充，如果表述了阅读相对于书写文字的某种约束，这种约束因而只能首先根据问题的纽结来表述；如果表述了书写文字的（形式的、表达的）某种自由，这种自由因而只能相对于文字所介入的承认游戏而表述。因此，与承认和阅读相关的贴切性活动，乃是这种承认时刻和阅读时刻的临时性游戏。第二点补充，第一点等于重复了文字的任意性，等于重复了它所形成的问题，并从两方面界定它的相异性：某种确定的相异性，因为文字本身就是确定的，某种新建的并在承认中引起讨论的相异性。像雷弗迪那样，指出文字的不可解读性，即指出这一点，并以不可分割的方式，设定元再现可以认同于文字——那里文字的展示说明，似乎它是根据其自身同时也根据言语和世界的各种再现而建立，似乎通过这种二重性，它成为显而易见的并通过阅读而使相异性的建立成为可能。第三点补充，在这种被任意性所分担的承认中，拥有某种主体间的修辞原则：我所阅读的这个文学客体只有在你也阅读该客体的条件下才能被传达，这即是说，你进入了承认和任意性的游戏。

因此，在当代批评中，涉及当代文学时，所有可以用文学标志或文学标志之缺失、用读者之内在蕴含、用对话主义表述的东西，都仅仅是次要的发现，它依附于承认游戏之结构的发现。因此，在作品的建构视野里，那些认同于读者的审美成分和灵智成分，似乎可以从它们自身来考察，但是更根本的是，它们应该与论证它们的东西即承认游戏关联起来。这样，批评界系统地认为作品在编制着承认游戏就有点天真。这就等于做了作品某种程度上掌控着它的显现和展示的设置。反之，解构主义认为没有灵智的做法同样也有些天真：坚持"不给出"和"不面对"的发现等于无视下述情况，即文字的任意性活动本身也参与了承认游戏。在那里，"什么能够表述人们将阅读的事实呢"这样的提问变得寓意深长：给予的缺失是上演系列语词的某种方式。

文学的各种当代界定在它们的歧义中相当于这种任意性和承认的游戏，且还意味着：当代的文学客体本质上既没有根据观察、也没有根据文学传统的断裂界定，却恰恰是根据它的任意性和它所蕴含的与贴切性游戏相关的东西界定的。这形成了文学的共同定义。这几点可以重新界定与文学之假设和承认相关的交际性的肯定性。关于这个话题，只需重温诗学功能的定义就足够了：它其实反馈到交际性与非交际性的某种游戏。这种情况可以从临时性贴切性、从问题的相关角度重新阐释：交际性本身与交际的某种不肯定性是分不开的。这种不肯定性从文学的形式特征中找到自己的种种手段。这里我们可以重复诗律化和节奏的所有游戏，它们是有关格律与句法、节奏与意义不相吻合的游戏，还可以重复叙事中所有展现、视点、动态方面的游戏，它们是有关一行动之叙述论据亦即语义论据与该行动之展现不相吻合的游戏——那里充斥着同样多的交际性的活动。这种不肯定性可以从种种言语的裸展中找到自己的手段。例如，并不必然蕴含某种形式组织、但是显示一个没有主观性的种种文学上的客观论显现了语言和外部的全部力量：客观论设置了它们认为互相伴随的两种明证性。例如任意书写的独特性：任何言语的明证性都在微型方式上是客观论及语言和外部巨大力量之魔幻化的类似物。

现代文学通过忠实于字面意义，通过媒介的限制游戏，安置了某种悖论性的相异性：采纳言语的共同风貌并让人们读出语言的某种客观性——文学的客观论和任意书写的独特性演示了这一点，如雅克·鲁博在《自传》第十章所提出的那种独特性，形成雷弗迪和约翰·阿什贝里的书写流动性的东西；通过作品的承认赋予贴切性游戏某种界限，它不指示自身以外的任何东西，也不描画任何明显的行为间性的可能性，并因而把忠实于字面意义、把完全清晰的东西，变成破解作品的障碍；通过忠实于字面意义，通过推论出的贴切性游戏（后者意味着对作品的承认就是对各种言语之权利的平等性的承认），毫无区分地如此前进并喻示何谓任何言语的同质化，然而当相异性建立后却重新回到什么是文学和什么是非文学的某种分野。

这种悖论界定了文学的某种不正确方式：它是某种无法实行的清晰性——忠实于字面意义，或者说它是某种无法实行的用法——书写文字呈现为它自身并显示了外部和语言的巨大力量，它在把玩自己语义的魔幻性，后者可以仅仅通过忠实于字面意义，即展示其言语的庸常性。当代批评在对文学事实的理论化中，不管批评家们言说能指、言说制作与感觉的分离、言说沃尔夫冈·伊泽尔所界定的替代甚或言说互文性，基本上都是从某种发现角度去解读这种悖论的——文学可能是世界中不接触世界的东西。这种悖论还可以以功能方式来解读。文学通过忠实于字面意义，通过媒介的限制游戏，呈现出与各种言语的某种难以划定的近似性。这种情况还可以构成如下：各种言语，包括文学，即是这些给出的写成的客体，它们意味着其他言语，意味着作品相异性所显示的某种近似性。这里，文学成了行为间性的准确模式:在下述范围内,人们无法获得对书写文字本身的理解时——如果人们忠实于字面意义,又表述贴切性的歧义——,而是通过这种不可理解性赖以形成自己独特性的相对物的关联,以及通过它可能展现的与这种相对物本身的相似性(在那里我们重新找到了贴切性游戏),仅仅接近它。言说社会的文学化和想象浴,最终只不过是言说文学、言语与邻近物体的共处关系。正如约翰·阿什贝里所指出的那样,恰恰因为语词已然存在,文学理应明显把玩言语的这种近似性,重新拿起它们所表述的语词和展现,不管是表面上不正确的语词和展现,还是它们所承载的想象域。

自此,在对文学庸常化的这种承认中——语词已然存在,文学只不过是这些语词与所有言语和日常性的共处——也许有着对文学经验——书写和阅读——的重新解读,解读为人与语言之明显关系的经验,不必寻求真实性,不必寻求某种拒绝语言的经验:这种经验不可能与日常性相分离,正如约翰·阿什贝里指出的那样,不可能与人的衣食住行和语言的庸常经验相分离。这种经验不拥有先验规则,因为它可以是、应该是所有言语和它们所设置的生活的言说形式的近似性经验。这种经验承载的最后教益是:承认文学最小的权利,追随语词,并不蕴含着对任何制作的拒绝,而是要求作家懂得它在世界上、在言语中的位置的任意性,懂得制作不可能是对各种再现的掌控,懂得阅读文学的可能性蕴含着共同信仰。这种知识保证着阅读言语、符号的某种可能性,而不必设计这些言语、这些符号与它们讲述的某种关系,因为贴切性的推定介入某种再现游戏。这种知识使书写进入日常性成为可能:书写和日常性都可以给出;不存在一者对另一者的预告关系,它们可以同时被解读和承认。这就是文学显示的别开生面的行为间性:通过忠实于字面意义,通过媒介的限制游戏,它不再是其自身讲述和它对人的参照的某种预告游戏。通过这些相同的特征,直到任意书写的独特性,文学是在问题标志下共同阅读的可能性。

与作品之承认分不开的问题深层次上即是关于作品贴切性的争论,是我的各种阅读之间以及我之阅读与文本之间之差异的同化活动,是对贴切性之临时性的指示和掌控。这里还应该回到修辞学范畴来,那么,问题还与某种实践活动分不开,在这种活动中,目的内在于行动中,实践活动还追随与制作相脱离的再现。问题是其自身的目的性。那里不可避免地拥有各种各样的阅读。关于文学客体的言语并不是忠实于字面意义地表述它,而是通过张弛有度的叩问来显示它。承认把其客体变成了某种可能的客体，自此，它便由这种临时性的贴切性游戏所指示，而问题即存在于这些临时性贴切性之中。这种可能性乃是作品所构成之元再现推论出的再现系列和变化以及对它们的承认。这些再现的每一种与某种贴切性相认同，似乎来自对文学的某种了解之后，该了解来自某阅读活动，也似乎来自对再现的某种了解之后，该了解与某阅读活动浑然一体。

现代派从此找到了文学的论证，后者也是某种修辞学的论证。面对文学，面对人们承认为文学的东西，而它也是语言的景致本身——这是文学展示之标识的某种重构——有着语言的共同景致，惯常交流的景致，诸如居伊·德博尔（Guy Debord）所说的商业交易的景致。这种共同景致还承载着它的贴切性推定和这种推定的种种限制。贴切性的推定形成共识的可能性。这种推定的种种限制是实用性的：我对一个世界和这些我不知所云的言语的理解不可能永远迈前一步；对语言本身的理解亦如此：正如阿尔多·加尔加尼（Aldo Gargani）所说的那样，我们的语句乃是"面对围绕我们并从四面八方圈定我们之存在的诸多问题，它们从其他语句中永远找不到答案"。① 这种共同景致还承载着某种一般交际性的假设——因此它才谓之曰景致——一般性交际对贴切性的限制是盲视的。交际范围展现出交际活动的新探索，从各种新技术的使用到新形象的占有、新言语的布置，新言语中包括新的文学言语。这些新探索与种种差异的某种巨大的紧闭游戏、与元再现之贴切性的任何限制的取消混淆在一起。交际范围如此广大，以至于理解它的限制，捕捉某种信息的限制，是持久的：关涉游戏可能过于庞大。在这个范围里，许多事情都是可以表述的；一切都可以表述：这个范围包括任何差异。但是它并不允许为了差异而处理这些差异。

现代的文学作品，当它超越早期现代派的瓶颈时，当它停止为了语言范围、交际范围自身而展示它们时，亦即当它停止呈现为包含形象或呈现为这种形象化举措时——应该重复从福楼拜到华莱士·史蒂文斯、从马拉美到佩索阿和阿什贝里的文学史——当它不分离它可以从形式和语义上构成之全部与忠实于字面意义（后者可以借助剩余思想的标示或验证，通

---

① Aldo G. Gargani, *Regard et destin*, Editions du Seuil, 1990, p. 96. *Sguardo e destino*, Rome, Laterza, 1988.

过客观主义、通过任意书写的独特性而实现）时，当它明显安排日常性与书写文字的歧义时，当它不分离它所完成的元再现与贴切性的庸常直觉时，这种文学作品就找到了某种特征化的修辞身份的定位。制作与实践的分离并不排斥共同场域、不排斥比喻游戏；它阻止人们仅仅把它们看作自身；它导致下述结果，即各种再现永远是可以构成的，而它们是按照与想象浴相关联的交际效果的某种颠覆去构成的：这种作为呈现的实践其实回归了某些特别的展现形式，由独特性所支撑的特殊展现形式，这种独特性可以是制作的共同独特性。

第 五 章

当代文学与关涉方式

早期现代文学从展现角度关注所有个体,从再现角度关注所有读者;个体和读者反馈某种共同的经验共同体或构成这种经验共同体。这样作品的思考就可以呈现为任意他者的思考,但是他者是由作品所设置、所蕴涵、所再现的人类整体、社会整体决定的。这就是马拉美的事业所在;这也是埃兹拉·庞德(Ezra Pound)的事业所在。反之,当人们强调忠实于字面意义或媒介的界限游戏时,意在指出,作品不能、不尝试展示这样一种替代游戏,而是蕴含着下述思想,即它被建构且应该从阻挠这种重建的种种障碍出发,进行形式和意指的重建。这意味着作品将从两条路径进展:按照某种可以称作部分代替全部(*pars pro toto*)的游戏的紧缩进行,按照相异性被显示为作品构成之障碍和手段的路径进行,按照与部分代替全部游戏一起发挥作用的任何象征化的简缩去进行。作品之手段和目标的这种变化的修辞学后果是显而易见的:从展现的角度说,任何个体,从再现的角度说,任何读者,他们都被文学举措所关涉。个体的数目是不确定的和过渡性的——它不能与任何给定的整体认同,而与贴切性的活动和再现活动相认同。作品即是这种修辞布局的展现,而修辞布局并不必然设置读者的显现。

现代文学把玩与贴切性承认相关的某种悖论:它拆解了纯粹用文本指示贴切性的可能性;它引用了直觉贴切性资料或指示它们的各种庸常路径。通过此举本身,现代文学以依然悖论的方式在文本中安排了贴切性的这种疑难:疑难是问题的手段和作品所显示的某种象征简缩的手段。这种象征简缩只不过是在作品中让某种共同交际性的标志发挥作用的一种方式,而共同交际性却呈现为异化的语言交流的背面。这些悖论是功能性的：它们标志着文学之任何可疑定位的断裂。它们吁请人们以和谐的方式重读当代关于文学的主要论点：文学可能是致力于自身管理的东西——这是纯文学的标识——然而它还是参与各种言语之某种同质化的东西——这是一般书写的标识——以及它还是言语相异性和象征相异性自身之某种管理和言语、象征与其他言语相似性的某种管理——这是言语间性的某种标识。人们在谈论忠实于字面意义、有关媒介界限的游戏、作品编码体系的弱化时，大概也表述了占有作品的某种困难性；人们还以极端的方式提出了用作品展现其他者的问题。忠实于字面意义、有关媒介界限的游戏、作品编码体系的弱化等所展示的悖论性的贴切性，应该在这种视野里重构：它们意味着书写文字的最大不同在于某种持续的阐释和再现；它们断然排斥作品呈部分替代整体的形态，这是早期现代文学通过作品指示的语境化和阐释可能性的手段。当代文学言语或被承认如此的言语及其他者的展现方式的考察，以三种方式界定着作品，而不必回到当代文学批评所展示的分野。第一，文学这种媒介体有某种界限和某种可确定的建构——这是指涉性作品的情况。第二，可以假设这种媒介体的某种界限，但是这种界限不发挥界限功能，它要求某种贴切性仅仅是由于作品任意性假设——作品自身不展示其必然性——和这种任意性之承认游戏的要求。第三，文学媒介体没有可确定的界限——任意的独特性；然而媒介体却让人们认识了它的界限，因为它蕴涵着与任意言语的比较，并承认各种言语和世界之各种展现相对于它自己的外部性。①

关涉方式

在这个视野里并超出现代文学的初期阶段，与可以赋予审美—书写之事业及实现的贴切性相关的 20 世纪的文学假设，介于某种形式主题化之手段与某种语义主题化之手段之间，这种手段同时保证了作品的自立性及其关联的明显的可能性。对于关联，我们可以理解如下：除了作品所展示和以内在方式主题化——后者相当于某种展现——的东西，作品还拥有安排外在于作品之主题化的可能性。这种情况界定了作品可以按照不同程度

---

① 关于与上述观点不同的某种路径，参阅 Martin Seel, *L'art de diviser. Le concept de rationalité esthétique*, Colin, 1993. Ed. originale 1985。

承载的关涉游戏。作品没有明显安排各种再现可以一起面对的东西，而是把这些展现和再现变成某种再现的可能性。这样一种主题化的缺失可以采用两种手段，或者弱化关涉游戏之可能性方式的认同，或者明确把书写文字认同于某种任意的书写的独特性。在弱化关涉游戏之可能性方式的认同中，作品展现它自己的形式游戏和语义游戏，但是它没有以这样的方式建构它，也没有展示它，使它能够在作品内部拥有某种整合功能，也没有以这样的方式达到使它在涉及作品以外的东西时具有同样的功能。明确把书写文字认同于某种任意的书写的独特性关涉一个可以呈现为如此的文学客体——只需记下副文本标志——或者不呈现为这样的文学客体——文学身份的副文本标志缺失。这种认同不排除该书写客体可能拥有自己的某种形式组织或语义组织。每次，书写客体都显现为言语中、或相对于言语的某种意指结构，通过这种复制游戏或相似性游戏，它成了上述言语的复制品或相似物。书写客体由此而变成了表达物和真正的文学客体。在关涉游戏之可能性方式的认同缺失和任意书写独特性两种情况下，有关书写客体与任何其他书写客体以及与任何人之关系的叩问成为一个最后的问题：这样一个书写客体从定义上讲是一个终端客体——它是与任何联结游戏相关的最后一个环节——，并由此而显示了要求其"欠账"的所指，即在某种贴切性游戏或贴切性之问题域之外指出它的贴切性关系，这些东西可能已经由作品明显建构了并要求读者去解读它们。

指明关涉方式的作品

这是作品定位最常见的特征化。作品展示它的内在编码——形式编码、言语和象征编码之编码；它明确指示这种多重编码与作品外编码的联结或联结的可能性。那里有某种再现性语境化的种种手段。以及根据作品构成之相异性、根据该作品所展现的临时性贴切性的游戏、根据作品一旦拥有了联结的这种可能性所喻示的明显的元再现，明确把作品界定为某种阅读对象的各种手段。只需在这里给出现代文学创作的一个典型案例及其引发的批评争论。当人们言说一叙事中的视野游戏、视点游戏时，他们大概注意到一种技术，大概指出了叙事所承认的相对主义。人们从更根本的角度指出，视野和视点，即使它们是互不兼容的，也可以在叙事中组合在一起，这种组合并不破坏视野和视点的独特性。这种标识是对关涉游戏之最低条件的标识。视野游戏是显示作品相异性的一种手段，我们已经评述过这一点。只需改变视野或视点，就可以喻示在叙事的某一点上叙事之种种展现的贴切性问题。那里有着联结的必要性，而又不拆解视野主义的终极功能——它的组合特性蕴含着元再现，仅是它自身的作品通过元再现与非它、与它不曾向其展现的东西如任何世界、读者、读者的世界发生关系。

　　作品的这种定位很特殊。作品相对于它所指示之外界的这种缺席不是在场的明显相反方，而是这种不需要在场的时刻，也不是这种相对于任意东西在场的时刻，以期这种肯定作品与作品外世界有着某种关系的思想存在着，并因而期望肯定任何世界——作品之外部所构成的世界——的思想存在着，当作品仅是它自身时该世界被给出了，这个世界只能通过元再现活动来具体规定。作品通过其可传递性的明证性安排了对他者世界的肯定：它所给予的各种不同的展现和再现是可组合的，因而其中一些可以转移到另一些中，作品通过这种做法在其自身中提供了这种可传递性的展现。可传递性的这种明证性的条件是，把作品的种种展现认同为它们自身，作品之种种距离、作品的各种展现可以象征性地简缩为这些展现、它们所激发的种种再现所指示的任意世界。把作品的种种展现认同为它们自身意味着叙事中的任何展现都不具有优势，都不能发达到完全指示或几乎完全指示元再现各种路径的程度。种种距离的象征性简缩意味着书写文字按照贴切性之推定、按照被圈定的、有时较弱的某种相似性的构成、这些展现以及书写和阅读（这些展现）的思想之构成被书写和被解读。展现的认同和距离的象征性简缩以视野游戏和视点游戏为手段：它们展示这些展现的界限和它们相互之间的近似性；它们蕴含某种元再现，后者按照所展示的界限发展；它们因而还喻示着各种展现与某种再现的相近性——近似性的构成被圈定，它在阅读中并不担保种种承认和再现，后者意味着与读者之习俗或读者的大部分习俗彻底不同的习俗，读者之习俗导致他不能把叙事解读为唯一的和整一的叙事。

　　总之，关涉游戏在这里可以根据某种掌控的二重性来界定：提供有时可能会相互矛盾的多种展现，并在阅读中限制与这些展现相关联的指涉活动的可能性和意义，通过排除各种视点的谱系性——换言之展现的任何历史——并通过确立某种认识论界限，可以发展穿越各种不同再现之身份的某种系统的元再现的各种范式仍然处于晦涩状态。例如，在福克纳（Faulkner）的《圣殿》（*Sanctuaire*）里，书名所做的展现——善的唯一世界——在小说里从来不曾实现,正如它从来不曾被拒绝一样。小说不可能置于仅仅再现善或仅仅再现恶的形态下,善和恶的范式处于不透明的状态,尽管小说里善和恶的展现可以毫无歧义地参照善和恶。例如,在同一部小说里,视野和视点游戏作为它们自身而给出,并反映了善与恶的某种平等的循环。明显的关涉游戏描画了作品、作品自身与其他者的各种差异的共同场域。视野和视点游戏可以规定各种展现之定位的不同:简单展现、清晰展现,因为它们与人物的视点、阐释态度是分不开的,处于相互之间某种阐释关系中的展现、似乎被叙事的统一性和视点所意味的相对主义变得平等化的展现。在其创作时刻和其阅读时刻,这种作品以某种双重的自由游戏为条件,即作家和读者的双重自由游戏:与作品构成相关的自由,与界定可关涉场域之因素相关的自由。作品可以以内在的方式,通过其众多编码,维持、变化、悬置阅读和元再现游戏。对作品关涉形势的发现允许这些变化、悬置类型。

然而,关涉游戏是双重价值的游戏。它把作品变成某种面对面的一部分,后者可以理解为作品面对读者——需要重复对相异性的承认,重复自作品各种展现开始而形成的元再现活动——,然而也可以理解为作品面对世界的关涉游戏——需要重复作品的相异性,重复对构成作品之外部的世界的肯定——,理解为作家面对作品——需要重复下述事实,即作家根据其自身思想和作品种种展现的某种相似性构成写作。关涉游戏可以假设可能的再现语境,但是它不具体指示世界与这种语境的一致性——那里可以有对这种语境的某种共同理解,后者仅是某种悬置方式的手段,作品所建立的面对面的手段,元再现之明显可能性的手段,而元再现不是解决上述面对面活动的手段。这样,作品就显现为它的各种视野、各种形象,而它在把自己这个客体变成多重客体——它的种种展现、组织、论据——的同时,把自身的种种展现联结为某种犹在眼前的整体,联结为这个世界、这个世界各种言语之任意庸常定义的某种补充,联结为这个世界之任意展现的某种补充。

作品通过其语义同时性的游戏——比喻、隐喻、韵律、节奏——通过叙事的组合游戏,呈现为自身多质性,呈现为提供与其他者之面对面形象的东西。它可以根据对关涉的了解建构,因此诗人们表述另一声音,他们设置了另一声音:"在某些或长或短、重复的或孤立的时刻,所有的诗人们都听到了另一声音。它是外在的,但这是他们的声音,它既属于所有人又不属于任何人。"① 这种情况并不要求把诗人定义为明显驻有相异性之身。与另一声音建立的类似性在这里是有限的。然而,这正是例如超现实主义态度和诗作持久的暧昧性:面对面并不要求与他者或与其相似者认同的明显图式。作为革命者和梦幻者的超现实主义者们自我定位为并把他们的作品定位为面对革命、面对梦、面对革命的展现、面对梦的展现。关涉游戏的歧义在这里是明显的。作品所具化的与相异性的类似可以从某种整体视野展现并阅读这部作品。作品及其展现只能通过由面对面所设置的梦幻、革命分担的再现去理解。这种类似还可以从某种关涉梦、关涉革命的视野去展现和解读作品,关涉梦、关涉革命形成了面对面的游戏本身,但也设置了由作品开始此种关涉游戏的建构。作品不明显刻画种种再现的共同场域,它们可以包含它。

　　关涉游戏就这样变成了悖论性的游戏:通过作品的组织,它是某种时间维度和某种空间的展现,空间的尺度可以考虑——这是关涉游戏设置的;但是需要排除的是,这种尺度的图式完全为该空间和丈量它的人所共有,因为关涉游戏是某种外部性游戏——面对面被明显主题化。关涉游戏排除种种差异的某种等同性、作品的种种展现、这些展现所推演出来的各种再现以及参照系的某种等同性被指出。它表述了作品的某种可传递性和作品对于任何人的某种可接受性,自此,它按照相异性问题和不能以明显方式或肯定方式根据种种再现传递的展现问题建构,因为有这个问题。

　　现代文学对歧义之发现或关涉游戏界限之发现的回答,具化为把作品的种种展现变成对差异之圈定的再现,差异首先显示为它与其他者的关系,如同距离的象征性简缩和当时可能的元再现所描画的那样,具化为把作品的同质化变成让这些再现发生亲缘关系的手段。差异的这种圈定只能是共同场域在作品里的明显展示,这种共同场域被概括为种种阐释性范式或者与作品中展现作品贴切性的东西相认同。可以从作品开始构成的元再现完全依赖这种与共同场域的游戏。这部作品之语词、语句的意指明显依赖该作品的全部语词和语句,它们是明显从各种共同场域接受而来的语词。作品从自己的展现开始所构成或所喻示的再现,依赖某共同体的种种再现和信仰,一如它们被这些共同场域所展示的那样,一如它们在一部作

---

① Octave Paz, *L'Autre voix, Poésie et fin de siècle*, Paris, Gallimard, 1992, p. 16. *La otra voz. Poesia y fin de siglo*, Barcelone, Seix Barral, 1990.

品里在某个体符号下所展示的那样。关涉游戏的悖论被带向了某种极端方式。一方面，作品是各种共同场域的明显记录；另一方面，它按照某种独特化来展现它们。共同场域及其独特化被展现为等同物并可以互换。这种游戏由托·斯·艾略特（T. S. Eliot）的《荒原》（*La Terre vaine*）所演示，它以内在于作品的方式，展示了作品与共同言语、通过引语所接受的种种再现与关涉游戏本身以注释形式安排的作品的某种评论之间的面对面；上述游戏还由乔治·佩雷克（Georges Perec）的《一个沉睡的人》（*Un homme qui dort*）所演示，在这部作品里，关涉游戏由原则上不可能实现的组织对主体从外部性展现和根据内心独白展现来展示。

在《荒原》里，不管诗作注释所喻示的论据如何，也不管它们带来的辨认点和阐释点如何，诗作各种不同的资料、再现、引语、注释把诗作变成自身内与宗教体系、文化体系、历史、当代性的面对面，以期把这部诗作建构成一个巨大的内部比较。这种比较的明显性从来不曾说过。比较只是表达下述观点的一种手段，即作品给出的各种展现、再现、引语根据某种范式游戏——在作品内部转移到这种体系、转移到历史和当代性之种种再现所指出的约定俗成上去的游戏——一些可以相对于另一些而发展，而这些引语是把诗作变成其镜子的手段——镜子是私密世界的一种方式，与托·斯·艾略特在注释中引用的哲学家布拉德利（Bradley）的建议相重合："总之，被视为出现在灵魂上的某种存在的整个世界，对这颗灵魂而言是独特的和私密的。"[①] 于是形成了这个世界的诗作镜鉴；于是这个世界处于这首诗作的镜鉴之中，也成为这首诗作的镜鉴。描述关涉活动等于描述它的歧义并把种种共同场域变成一个文本中可替换的东西。这种替换本身——应该回到布拉德利的引语——只能是某种共同替换。这种共同替换的安排还可以使私密世界拥有一颗灵魂，某个体的再现只能是根据共同场域的展现和再现。关涉游戏的塑形化其实是文本贴切性的塑形化。

乔治·佩雷克的《一个沉睡的人》[②] 通过特意显示面对面形态而证明了关涉活动的局限性。在这部小说里，叙述者使用你来指称叙述的实施者。你称显示了从叙事世界之外向叙事世界之内的过渡——这是关涉的一种方式。这种叙述实际上是某种内心独白。因此，你称的接收者实际是叙

---

① T. S. Eliot, La terre vaine/The Waste Land, *Poésie*, Seuil, 1969, p. 102. Ed. Originale 1922.
② Georges Perec, *Un homme qui dort*, Paris, Denoël, 1967.

述者。你称呈现为叙事自我语境化的一种手段。它较少是叙述者定位某种改变的符号，而更多的是作品所描画之自我语境化和其关涉特征化的悖论性处理——证明这种自我语境化和这种关涉特征化活动可能出现机能不良。"你"认同于一个不回答的人——因此小说说一个沉睡的人，即使小说并没有持续不断地描述这个人睡眠中的状态。由于回答的这种缺失，作品所展示的关涉游戏成了单向游戏、从主人到奴隶的游戏——这就是一直使用你称所体现的东西。但是，主人和奴隶却是一个人，因为我们面对的是一段内心独白。内心独白与关涉游戏形象的这种重叠可以把关涉游戏主题化。与内心独白相关联的是一种特殊的表达性——无动于衷，它与内心独白给予资料和提及内容的平等性分不开。在内心独白所安排的关涉游戏中，主人与奴隶的关系不赋予在沉默中被描述的人任何情感，除了无动于衷以外，即界定内心独白之表达性的东西本身。关涉游戏的这种建立导致无动于衷成了作品展现的形象。这种展现的条件是某种暧昧的书写战略：无动于衷的给出是有意而为之，作为作品内在的主题化；它也是展示作品、让作品面对读者的东西。一个沉睡的人，一个无动于衷的人，因而是一个地地道道的被阅读的人，被叙述者所阅读，而叙述者就是他本人，被读者所阅读。关涉游戏是语词某种语境组织的机遇，该机遇也可以说是无动于衷的，因为无法决定它到底属于自我语境化抑或属于关涉性再现。小说的最后一段指出了关涉游戏的条件：变作品为任何事或任何人的展现；把共同场域安排为无差异型，后者与贴切性的庸常直觉分不开，与承认这个世界之司空见惯的各种资料的直觉分不开。作品及其展现的可传递性正是由于这种游戏的无动于衷属性。然而，如同阅读《一个沉睡的人》告诉我们的那样，明显展示这种关涉游戏显示，这种游戏把作品变成了和谐表达的某种缺失，变成了某种纯展现。从意指的角度讲，你称与内心独白的联姻把对自我存在和世界存在的感知关闭在对这种感知的展现上；它排除任何与作品相关的对应性游戏；它排除作品明显呈现为观看他者的某种方式，而是捆绑在这种展现上的方式，排除它是关涉游戏自身之形象化以外的其他东西。这部作品由此而拥有任何贴切性的可能性，以无动于衷型再现为标志。

没有指明关涉方式的作品

作品不明显展示构成它的种种编码的游戏，尽管它展现了某种可认证的文学形式——它明显安排了制作与实践的分离。明显展示出的这种缺失可以以两种方法进行：多重编码与共同场域的这种混为一体，使得它未能呈现出对其自身的展示；它充斥着如此众多的内容而阻止着对关涉游戏的明显展示。表述个性、使其成为某种定义性场域而罔顾书写文字其他内容的做法是不够的。作品同时展示为任何可能性的文学以及把可能性简缩为它的最可能的环境和最可以认同之环境即日常生活的环境、最庸常的环境、最具共性的环境的文学。作品所进入的编码就其超载而言是矛盾的：共同编码、但还有不可以读作某种和谐场域的编码。多重编码的文学正是根据其逻辑并不必然相互和谐的不同编码把可能性的各种展现叠加在一起的。与阅读共同场域的这种困难相呼应的是对修辞学意义上的场域的三种悖论性处理：可能与不可能、夸张与贬低、普遍性与特殊性。那是为了展现修辞悖论而展现它们。把玩可能性与不可能性、夸张与贬低等于拆解了它们的对象的类型学。把玩共同行为和对存在共性的提及排除对共性规则的表述以及对个性之共同特征的解读。个性的悖论还可以解读如下：在共性的展示中，没有显示主体与这个共同世界的会合。这个主体只是他承担的角色系列。人物的展现拆解于人物的某种戏剧化方式中——后者表明了对话和行为范式特征化的重要性。人物是某种再现系列。这就是格特鲁德·斯泰恩（Gertrude Stein）的《三个女人的一生》（*Trois vies*）的逻辑。

　　这部排除对优势或主导性关涉方式做任何指示的作品本身，通过其各种展现和再现的平等性游戏以及通过其自我语境化，一直不停地把自身的成分给成相互可以替换的成分，尤其容易替换——而这是内部互文性的意指之一——那是因为这些不同的成分相互扮演相互展现和相互再现的可能性和不可能性的角色，扮演这些展现和这些再现之加入的可能性和不加入的可能性角色。

　　共同场域的主题化和表述共同场域某种规则的不可能性使某种双重矛盾发挥作用，即文学言语与共同言语的矛盾，和文学言语某种有效编码化与共同场域某种无效性的矛盾。这些视野的交叉造成了作品的神秘性，在共同场域的假设中，这种神秘性提供了贴切性的各种不同标准——如修辞学贴切性的标准、根据对真实资料的庸常直觉的贴切性——的某种同样矛盾的游戏。文学中的共同性和庸常性就是通过文学言语和共同言语的这种交叉而形成的，它是这一种言语和另一种言语的神秘化。我们所理解的修辞学意义上的各种共同场域的大翻转，导致某种纯粹内在性言语视野的作品——由文本之文学性所论证的视野——的阅读无法持续如一，而作品因而可能被解读为众多言语之一。由于神秘性，作品让人读出了它的自立性形象；由于某种持续内在性阅读的不可能性，作品让人认出了作为共同"信仰"之内涵的这种形象。

没有指出关涉方式的作品的这些特征化典型地由那些引入下述困难的作品所演示，即从现实主义展现或文学本身的展现中阅读共同性或共同场域的困难。这些作品每次都是把这种困难作为接用并通过早期现代文学现实主义特征化和文学特征化之瓶颈的手段，并把当代文学的两种演示——明显展现型文学，文学之文学——置于同一种修辞实践下。

像19世纪的现实主义者所做的那样，把现实主义的再现变成某种提喻游戏，其自身是一种可逆动作。如果说现实主义作品通过其编码、通过其展现，被设置为某种以部分代替整体的形象，当这种形象完全实现时，因为这种形象本身，它也同样显示了从任何再现所构成之部分中阅读该再现的可能性。提喻游戏的翻转反映了现代文学初期的现实主义美学及其关涉游戏的两种限制：现实主义文本不能根据与论证这些再现编码之某种体系的规则化关联安排其再现编码；现实主义文本呈现为某种其再现身份无法实现的文本，因为完成式提喻和自作品开始、作品拥有的永远可能的命名，恰恰根据各种展现的完整倾向刺激各种各样的阅读。最成立的关涉游戏与现实主义作品无差异属性分不开。换言之，现实主义作品并非同样现实，即可参照能够使其关涉性联结成为可能的既定编码和既定展现的定性与仅属于任何编码和任何展现、并因而从其展现开始可以承担任何再现的定性同样真实。

从现实主义作品的关涉游戏再向前迈出的一步，并非必然是选择某种没有编码、仅是自身展现之展现的书写文字——例如梦的书写文字——它排除向某种形式化的再现过渡——再如向梦的书写之形式化的再现过渡——而肯定是对现实主义美学的这种悖论和这种翻转的处理。这种处理面对现实主义作品的修辞矛盾：按照其场域和各种共同展现展示真实较少具有建立这种形象化的性质，而更多的是根据共同场域的悖论安排编码和展现。可以对共同场域作出规定；但是它意味着共同场域的任何展现都与其他共同场域并行，因而较少承认现实主义及其庸常修辞效果的问题，而更多的是要指出现实主义展现所瞄准的对象或再现是不确定的。这是把现实主义关涉游戏的逻辑推向其自身的矛盾：如果说造就之展现和意指的统一性是提喻性的，用部分指示整体则或者喻示着部分已经是整体的一种方式，或者喻示着整体只能根据可如此辨认和演示的部分来设想。现实主义关涉游戏的过渡具化为处理共同性自身的这种悖论，并把共同场域同时界定为用其投入作品之编码观照意义上的某种不可能性方式，和共同性的简单展现。

关于文学的文学叙事不断地增加它们的编码和它们对作品的内在参照游戏。然而这种超载本身不是给定的或清晰的。它不仅仅是激发某种元语言学态度的手段，这种元语言学态度以某作品通过其形式、风格、引语、明显的或不明显的内在参照所造成的自我语境化游戏为机遇。仅仅认同这样一种态度只是回到了某种元语言学的游戏主义。在这种游戏主义的标示之外，关于文学之文学自身可以展现为文学联姻共同场域之展示和文学定位之展示的手段。关于文学之文学：作品展示了继承而来的文学，通过其组织而自我展示，呈现为这种继承的形象，并通过其组织呈现为文学的继续；它把任何可能性认同为文学、认同为文学的可能性。这就是修辞游戏：可能性的共同场域完全被转移到文学和文学客体本身，这样就展示任何可能性。把文学置于可能性之共同场域的标志下等于同时指出文学的可能性，以及当作品把文学变成任何可能性的主题化时作品展现此种或彼种形式的无差异性。这里，文学避开了有关其本质性或机遇性认同的争论。可能性的共同场域同时表述了文学范式的可能性、根据一系列独特作品或根据被承认为文学的共同言语对文学进行某种认同的可能性和共同性的可能性。其实，这就是通过马拉美所演示的各种瓶颈——文学不可能重新找到各种言语的共同性，既不可能展示必然性也不可能展示偶然性，更不可能提供任何集可能性和不可能性、存在和非存在的各种展现之大成的再现，这些展现按照各种不同的共同场域发展。这就是德尔·吉优迪斯（Daniele Del Giudice）的《温布尔东的体育馆》（*Le Stade de Wimbledon*）的逻辑。

格特鲁德·斯泰恩（Gertrude Stein）的《三个女人的一生》（*Trois vies*）① 把玩某种多重编码，后者与共同场域的某种重温混为一体，于是共同场域自身的展示就呈现不出来。三个共同的生活：这里有共同展示的第

---

① Gertrude Stein, *Trois vies*, Paris, Gallimard, 1954. *Three lives* (1909), New York, Vintage Book.

一次重复。这三个生命的每一个根据生命主要时刻的重复书写，如同它们可能按照生命之某种共同展示所界定的那样，按照这些人物之所是、所做、所言说内容的某种共同展示书写，例如，从佣人家庭条件的重复中找来一个佣人的形象，从爱情史的重复中找来一个堕入情网的黑人女性的形象，从典型家庭情况中找来一个女性形象并根据她的家庭情况来界定她。这种编码和这些再现因而基本上是社会编码和社会再现。它们的主题化以某种重言式——女佣的共同类型、热恋女性的共同类型、年轻女性从结婚到生育的共同类型——来展现它们。重言式是自我语境化的手段，而自我语境化把作品内部的任何联结变得不确定。需要表述共同女性，人们就表述共同女性。在这种重言式里，人们还表述一事物与其反面、一事物与另一事物、一时刻与另一时刻，它们恰恰在重言式中形成共同系列。这种共同系列不刻画该共性的任何规律。共性和演示它的各种类型被表述，但这种共性却没有任何规则，且叙事也没有任何其他组织，除了重复上述共性——从童年到辞世——的组织以外。某种规则的这种缺失在《梅兰克塔》（*Malanchta*）中通过对何谓爱情、什么可以是爱情的某种规则的叩问而主题化，而在三个短篇中，则通过对联结人与人之间的关系的叩问主题化，例如女佣与其女主人的关系，一个女人与一个男人的关系，一个女人与其家庭、丈夫、孩子的关系。这种叩问展示了有关共性、庸常性之展现和再现的功能和贴切性的叩问，展示了有关根据某种规则把它与任何人和任何事关联起来的可能性的叩问，有关共性和庸常性之规律的叩问。这里，共性规律的表述只能根据女佣占有的工作系列、女人的情人系列、家庭人物的系列进行。所有这些人物乃是某种构成性共同体（家庭性、爱情、工作）可能在场的符号，以及可由这种系列本身再现的某种缺失的符号。作品仅表述了共性；它仅根据可以造就共同再现之规则的可能失去和可由共同参照系各种系列（人物、行动）展现的这种规则的某种缺失来表述。

或者用另一种格式表述，关涉方式的建立意味着读者采纳了某种元语言态度：把玩修辞场域的翻转与叙事所呈现的从生命到死亡的客观的不可逆转性，按照事物事物的行程表述，在《三个女人的一生》中，这是可能性的唯一特征。这样一种元语言解读承认叙事中的重复活动，不管它涉及人物的命名、叙述的段落、人物之间的对话，还是涉及叙述者的评论，承认重复活动是与人物和叙事相关的不可逆转形象，承认该活动是把任何叙事所展示之可能性与任何共性都是悖论性展现的不可能观联结起来的手段。重复把冗长同时变成共性和共性之展示的唯一可能性规律，由此，不可能性与可能性、不可能的与可能的之分野自身不再有效，也不再构成叙事的一个决定性场域。或者还可以按照另一种格式表述，展示共性是一种可以界定为一项修辞学意义上之行为的活动，亦即一种性能方式——叙事努力成为对这种性能的展现。作品展示其种种展现；它用这些展现建立共性的编码。它假设书写和阅读是根据对这些展现的承认进行的，假设这些展现把它置于与任何共性、任何读者的某种面对面方式中，同时，缺少与共性编码对接的展示把它构成某种自立的作品。

还有另一种按照达尼埃尔·德尔·吉优迪斯（Daniele Del Giudice）在《温布尔东的体育馆》①里彰显的修辞悖论展现文学的多重编码的方式。假设这是一部以已经完成之文学作品、以某些进行文学创作的作家们为对象的某叙事的叙事；假设这部叙事也是关于一个没有写过作品的作家的叙事。叙事在其主题化中把玩的这种悖论，大概让人们读出了文学定位的常见主题活动，一如上文刚刚指出的那样——文学作品已经完成，因而是不可实现的，前者体现了一种可能性，并由此而又呈现为不可能性，而文学就是在这种背反形态下形成的。然而，在这部叙事中，修辞悖论还建议了更多的东西。关于文学之当代定位常见的论据应该纠正。例如，言说某种文学已经实现、某种文学不可实现和某种得以继续的文学——这里我们可以认证纯文学的主题——，并非一定言说文学对其自身游戏的掌控，而是指出，文学由某种去定义游戏走向某种定义游戏，因为它展示了这种去定义现象。这里喻示的第一个修辞游戏是，文学并非一定进入自身的重复或淡化，而是按照不可能性和可能性的悖论建立了自己的寓意，这是一种特殊的寓意，在《温布尔东的体育馆》里由不曾写作的作家准确个性化的寓意。不曾写作的作家的寓意没有被置于叙事之讽喻的标签下，而可以对文学之定位做悖论性的修辞处理：那里有对作家的贬低和对文学的捍卫，有着不存在事实与存在事实之区分的模糊——如果作品不存在，它可以通过不曾写作的唯一作家被表述为存在吗？——，有着文学可能实现和不可能实现的歧义，因为给出的文学环境条件既有现实的，也有缺席的。

---

① Daniel Del Giudice, *Le stade de Wimbledon*, Rivages, 1985. *Lo stadio di Wimbledon*, Turin, Einaudi, 1983.

如果我们把文学置于可能性之共同场域的麾下，就不再可能从文学、从作品自身出发论证文学。如果我们不再根据文学谈论文学的可能性本身，就只能根据这个世界任意主体的可能性去言说文学的可能性。在《温布尔东的体育馆》里，试图弄懂这位不曾写作的作家是何许人也的叙述者，展示了这种可能性。一种浓缩进一生的可能性，我们前边说过，人们无法预测他自身种种事件和行为的可能性，因为这一生太共同了。某种概括为对专有名词、对经过认证之种种环境——任意碰到的环境——承认的某种可能性，与庸常和日常生活混淆在一起的某种可能性。日常生活界定为全部可能性，界定为"人们书写所需要的所有东西"，① 因为叙事唯有以可能性的场域为场域。庸常性即是任何可能性，然而它却没有令人失望的规范。按照可能性进展的叙事是通过各种境遇的叙事，一旦该叙事结束，所有其他境遇都对它关闭，就像"水那样不停地重新开启和重新关闭，只有（小船）乘客知道他真的通过了。简单渡河的艺术原是一项复杂艺术"。叙事如同渡河一样，它是这样一种艺术，应该衡量与各种境遇一起发展的可能性，而这些境遇可能是任意境遇。如果说没有共同场域的规则，但却有共同场域的两种肯定性：肯定可以从一种可能性过渡到另一种可能性——共同场域就是这样运筹的——，肯定有逃避过我们的东西，因为这种共同性是任何可能性。

叙事乃是境遇的命名，而最肯定的境遇是专有名词，它们拥有独特认证、因为有专有名词而确凿无疑，唯有这些独特认证构成具体问题，因为专有名词，尤其是作家的名讳，乃是任何事件和任何人之演示的这种秘密形式。在这里，它是重言式的某种形式：当文学明显来到可能性的场域时，就只有共性来拆解文学的展示了。

在有关文学的叙事中，这只不过是关上了被独立考察的文学的大门。这不啻于从反面指出，可能性之共同场域的所有大门都可以引向文学。关闭文学的大门等于违背文学自身的徒劳寓意，并通过这种徒劳寓意，把文学变成某种不间歇的交际的寓意，这种交际以重新关闭并展示可能性之共同场域的大海的方式构成某种沐浴——文学把从意大利到英国的世界、从过去到现在的世界文学化——以电视图像的方式，它们是这种交际、这

---

① Daniel Del Giudice, *Le stade de Wimbledon*, Rivages, 1985. *Lo stadio di Wimbledon*, Turin, Einaudi, 1983, p. 57.

种可能性的共同场域的明证性和节奏，还以某种范围方式，随着小说的发展，这种范围更封闭，因为这部小说表述的是躲开了文学的各种境遇和或然性，这种范围亦更广阔，因为文学与共同场域和各种或然性的无限旅程混为一体。文学因此而成为任何人、由任何人与任意他者构成的共同场域的公共演变的寓意。关于文学可能性的游戏是到达共性、庸常性之同质性图式的手段，这种图式仅仅是在共性内部对相异性——不写作的作家——的某种管理。这样形成的小说还是这样一种管理：在叙述者平凡而共同的生活的可能性和种种或然性中，包含着这些他者和他处，因为它们只是一些或然性，就尤其显得神秘莫测。文学所意味、所展示的共同场域的知识，可以解读为这种知识所承载的悖论：如果文学即是这样的知识，那么文学把可能性之修辞场域置于文学的麾下就是徒劳无益的——唯有根据共同环境才有可能性之说。文学根据某种修辞悖论发展：言说文学的可能性仅仅是言说非它、言说它的完全他者的可能性。这部以文学为对象的叙事的技巧——多重编码、关于文学之文学——乃是文学之再现的无用图式，且从该图式开始，叙事走向或然性和飘忽不定的环境，它们不介入任何特殊的再现。

任意的独特性

能够没有明显界限以及从权力上没有区分的文学言语，从权力上使其成为缺失的言语。它之所以能够成为任意言语的典范因为它是这样一种任意的独特性，使它成为任意言语缺失情况下该言语的形象。人们可以拥有的对任意书写言语的知性正在于此，正在于被公认之文学言语与其他言语之间持久的异形同义性——这等于说，这种被公认的文学言语拥有某种未曾公然宣称的持久参照系，这就是任意言语及其各种展现和再现。对任意书写独特性的承认乃是对各种言语及其各种再现的承认。从这个意义上说，被认同于任意言语、任意的独特性的文学客体，可能是从语言向言语过渡的明显形象：这种永远作为语言典范的话语之时间造就的这种转移，其造就的方式与时间拆解象征的方式相同，也与作品并不将其终结为不可展现之物、并不将其终结为展现、再现之缺失，而是通过时间游戏，将其终结为展现之独特性与普遍性之悖论的方式相同。

不管是在任意书写的游戏中，还是在客观性的游戏中，书写文字是某种方式的终端形象：语句的运动、阅读的运动不能超越仅是其自身、具有独特性和典范性的这种书写文字而继续。书写文字完全过渡到共性一侧：它典范地拥有某种承认的可能性。书写文字及其种种展现的同样的传导性，某种共同场域的形象化，共同言语的场域，其种种展现和再现的场域，这种传导性本身并不形成意义，而是通过其可能的贴切性的无差异性形成意义。书写文字的贴切性根据共性、根据可感知性，导向这种书写文字的前途问题，它可能仅根据自身生产力的缺失倾斜——共性的重复，可视性根据某种外在性的明显游戏重复。如果只是被其他书写文字所取代的变化，那么这些书写文字就没有特别的变化。这种停滞本身，还有，在任意书写文字的情况下，重复使它们形成问题：如此给出、展示、随后却预设了某种阅读、某种观照——首先阅读某种任意文字、然后重新生产它、亦即再阅读它、把作为外在感知之表达观照后再观照——的这种书写文字的目标可能是什么呢？随后阅读、随后观照就成了实践性的过渡，这些过渡与书写文字变成了作品中与任意书写文字、客观性书写文字其他案例进行竞争之某种征象方式的事实分不开。书写文字的这种形式却成了这些书写问题所提供之共同场域的展现之外、按照它们之停滞和这种停滞所包含之意指的期待而形成的种种差异进行某种联结的可能性。停滞导致各种共同场域得以被特殊地接用并回归自己的展现活动。

　　任意书写独特性的游戏因而就是复制的游戏，它可以展示为复制自身，并意味着对任意言语的真实性重复，或根据某种不破坏该言语的抽象形式重复——例如凶杀报告这种言语的重复，例如雅克·鲁博《自传》第10章以自由诗形式对同一报告的重复。[1] 在这份报告的情况里，作家呈现为一系列言语的简单中介者——那些被重复的、可掌握的或展现为可掌握的言语，它们因为自身的重复而呈现为独自诞生的言语。作家的干预是某种元语言类型的干预。他扮演了某种中介者的角色：通过把任意书写文字的独特性安排在页面上，通过重复游戏而展现了这种独特体。因为这份报告的引用和重复没有具体理由，很显然，它没有以任何方式暴露其真实身份，任意书写文字仅仅因为以不关联利害关系的方式和不明确表述具体目的的方式被接用而具有可重复性，并因而可理解并具有意义，不关联利害关系的方式和不明确表述具体目的的方式呈现为报告所建议的引述方式：引述了一具无名尸，其无名性似乎也由尸体的解剖所演示，而独特性本身

---

[1] Jacques Roubaud, *Autobiographie, Chapitre X, op. cit.*, p. 136.

则由尸体的特殊形态所演示。这种不关联利害关系的方式建立了任意书写独特性及其接用之问题域的权力。在其字面布局的某种变异形式里,在自由诗体的形式里,重复乃是构成书写独特性、真实性,还应该加上无差异性——因为这种接用未加评论——之语境的方式,并且把这种任意书写的独特性变成其自身变异体的某种方式(后者把再现问题介入进来)的方式。

书写独特性的展示只能通过书本、通过书本可能构成的虚构而存在:重复根据不同的本体论层面安排独特性;这份报告是一个层面,这份报告的接用是另一个层面,它参与自传游戏。由此说明,重复无法拥有自身的明显完结,也不能展现报告的终结。这些游戏由最终句号的缺失来显示。由于这部自传的表述没有来源,它只能是一些任意书写独特性的汇集。它本身是不可终结的和任意的;它论证了任意独特性的重复,正如它论证下述现象一样,即文学对其他言语重复活动的认证把文学置于任意性的标志下。可逆性游戏因而可以从自传的主题间看出:从语言向言语的过渡、从共性向主题的过渡按照独特性向共性的持续交换而进行。

这种情况乃是实现语言领域内与文学的各种客观论试图在世界范围内、在任何真实范围内所类似的举措:表达被作为外部事物而看、而听的东西,这种东西并非作为感觉,而是作为某种视觉风貌或某种听觉风貌;不把书写文字作为某种可能隐喻的场域——例如通过这种视觉风貌,通过这种听觉风貌,通过这种感觉——,而是把这种视觉风貌、这种听觉风貌的独特性变成另一种视觉风貌、另一种听觉风貌,变成重复的一种方式。罗贝尔·克里莱(Robert Creeley)的一首诗《声音》("Sound")[1] 准确地展现了这种游戏:诗人观看、聆听和写作。感知和书写以分离的方式被展现;然而文字书写对这个世界的感知和它的客观性,自此书写文字即把感知作为某种外在的东西而给出。这样,作品及其各种展现就完全同时被传递,因为这部作品及其展现可以返回到共同性,后者通过任意书写的独特性,可以变成它自身的展现。

---

[1] Robert Creeley, *La Fin*, Gallimard, 1997, pp. 214 — 215, Editions originale, *Away*, Berkeley, University of California Press, 1976.

文学，制作与实践的分离

　　当人们言说关涉关系时，当人们言说终端书写客体的这种定位时，人们并不把文学客体——或被承认为文学客体的言语——与它所实践的与其他言语、展现、再现之距离的某种推敲游戏相分离。有关这种推敲的假设记录在关涉游戏的范围内，条件是这种游戏明显地意识到作品在其自身所建构的种种差异以及它与非它之间所建构的各种差异。有关距离推敲的这种假设是在关涉游戏之方法认证的缺失情况下设置的：最初即把作品整体化的不可能性是一种比较性的不可能性，它意味着设想其他作品具有这种可能性。有关距离推敲的这种假设在任意独特性的游戏中是隐性的，原因是后者恰恰既是任意性又是任意性之典范性，亦即是对任意性的任意补充，且因而是任意性内部的距离游戏本身。

　　现代文学的独特性就在于通过游戏展示这种距离游戏，这种游戏与关涉方式、与文学的传递和作品意义之传递的各种变异版本是分不开的——所谓意义是说：可以以作品的种种展现和再现作为媒介的再现。距离是以悖论的方式表述的：作品永远可以到来，作品在那儿；它的意义并非必然到来。这种情况概述如下：现代文学首先是其传递性的问题，超出其再现目的的问题之外。按照三种关涉方式建立的这种传递性的问题与另一个悖论相撞：被传递的东西就是我能够根据其属性准确捕捉到的东西，因为这种属性的外部性是以复合方式展示的——指明关涉方式的作品的情况——，因为这种属性是没有差异的——微弱指明或未指明关涉方式的作品的情况——，因为这种属性与某种无差异的范例的发现是分不开的——属性于是就是任意性。这样构成的某种文学逃避了任何抽象建构、任何明显的象征建构，因为在行将传递的东西与传递游戏之间永远存在着某种差距。贴切性的问题既是传递性的问题也是已被传递对象的问题。赋予庸常性的突出地位、任意性或无差异性的优势，在被传递对象的某种明显的象征化以外，安置如下：文学传递任意性、无差异性，或者根据可能与这种传递性吻合的贴切性自我传递，阅读时根据这些世界之种种展现、再现与书写它们、解读它们的思想之间已经圈定的、有时可能很微弱的某种相似性的构成传递。

　　早期现代文学证实了这些。现实主义拥有这样的信念，即人们可以观看而不被看到,并因而可以由此开始叙述:根据一个整体的展示而给出一个世界整体,而这与世界中的某种缺席方式是分不开的。主体、作家、阅读者在世界的这种缺席并不排除现实主义在其效果中呈现为某种没有幻觉的演示。那里大概有展现游戏,然而更根本的是,在这种与没有幻觉之幻想效果分不开的游戏中,有着现实主义之偶然性的明证性,并进而有着对文学相对性的肯定,即使当它肯定自己对再现的认识论能力时。这种情况从上述能力——观看而不被看到和由此开始叙述——的假设开始构成。把现实主义的再现变成某种提喻游戏这种举措自身是可以逆转的。现实主义作品因提喻游戏而呈现为充分再现型作品——它的自我语境化乃是可能的语境化的假设。现实主义具化为建立真实的某种符号意义饱满的象征,并把这种象征阐释为可由与某既定事物相吻合的某种确定的标签所外延的东西。作品构成之象征的这种饱满性以及可被特殊标签所扩展的外延的这种可能性,颠倒了提喻游戏的方向:任何真实、或者更准确地说,某种真实的任何命名,都可以显现为作品的某种提喻——于是这部作品就是它们的整体性的形象。通过这种二重性,尽管现实主义首先假设着某种风貌,却只能从比喻的角度去写作和解读。它不反驳任何真实,因为它可以显现为它赋予自己之真实的全部的象征化,并因而可以与作为这种真实之任何真实的现实主义作品关联起来。现实主义呈现为任意性与提喻游戏这种逆转性和这种游戏的功能是分不开的:把某种关涉游戏安排为永远可能的游戏并因而把作品变成真实的陪伴者。

提喻游戏的回转性反映了现代文学初期现实主义美学及其关涉游戏的两大局限性:现实主义文本不能根据按照其编码的某种论证体系调节的任何关联来布置它的再现编码;现实主义文本呈现为其再现的真实性不可能实现的某种文本,因为饱满的象征化和永远可能的真实的命名激发出阅读的各种变异版本。最成立的关涉游戏与现实主义作品的无差异属性是分不开的。

19世纪末形成的象征主义可以解读为对现实主义这种二重性的回答。它以明显的方式界定为关涉游戏的某种选择性决裂活动——这种情况可由赋予阐释学的重要性来彰显。由此得出的结论是:文学客体对其自身有效;它通过自身、在自身中,构成展现和主题化。主题化在马拉美的语汇中可以由隐喻效果、理念、某种不可言说之物、某种思想构成,恰恰外在于任何现实,即外在于它们的分野、它们的联结问题。但是我们知道,对理念的参照与修辞陪伴的完成分不开——与可能拥有真正共同的种种共同场域的某种言语分不开。我们还知道，象征主义让关涉游戏在喻示的委婉形式下继续存在——这等于指出，存在着某种可能的诗作经验，以及从这种经验出发该诗作某种第二主题化的可能性。象征主义由此而成为消除现实主义关涉游戏之歧义的某种方式。

有关客体损失的计算——只需重温 yx 体的十四行诗——，与把诗作建立为某种自身展现型的诗作的思想分不开，它其实是对这种第二关涉游戏的一种限制：诗作并不根据与某种客观资料的关系来组织，后者可能是其自身组织的动机和论证；诗作仅有的那些论证是由诗作形式所演示的语言的必要性和与某种饱满命名的游戏混为一体的展现游戏，而饱满命名游戏只有难以名状的效果。这是可能成为第二主题化的东西的两种结局。矛盾乃是某种展现型诗作的矛盾，它既不能找到自己的内在主题化，也无法找到自己的外在主题化，并因而提供了某种无差异的展现。

现实主义和象征主义的这些瓶颈成为现代文学悖论性运动的特征：对于人而言，文学是对语言、对其语言条件的掌握——这至少是可以从福楼拜（Flaubert）到瓦莱里（Valéry）那里读出的纯文学的论点。语言的这种掌握承载着某种矛盾的举措：显示人无法掌握自己的世界，显示人可以掌握任何言语、任何世界，因为单从自身考察并展开其活动的文学运动，走向了无差异性。这里，人的形象是双重的：通过文学，他似乎跳出了自身，跳出了自己的世界，跳出了文学，跳出了文学的世界；通过文学，人虽然跳出了文学，跳出了文学的世界，然而似乎在自己的世界之内，倘若文学假设表述了这个世界的各种言语，如果这个世界和文学是在任意例证的标志下处理的，那么人似乎又在文学之内。这里应该强调与文学相关的某种想象弱势：马拉美可以被解读为一个想在文学中完成自己信仰的作家，但是他既没有足够的想象力也没有足够的信仰力量，并相信共同场域的思想和理想的能力。

这种弱势大概也是做文学的最佳手段。文学在走向其语言条件和其展现的语言意识的同时，也走向了传递性问题和已传递对象的问题。应该重复各种不同类型的关涉游戏。这还具化了现实主义和象征主义的瓶颈。现实主义可以从提喻的回转角度阅读这种现象告诉我们，文学未能成功地把一个缺席于世界的主体所建议的世界观变成这个世界的现时观和未来观，它不能表述它的历史。象征主义可以同时根据纯文学原则和作品的无差异性展现阅读这种现象证实，文学无法完成它所设置的象征体系，以及它被给出的缺乏任何时间图式、任何宗旨图式、缺乏写作意愿之任何完成、该时间甚至不再是它的时间的象征体系，而走向下述发现，即共同语言的否定者可以是某否定者的反面。文学在继续，但却未能让它的传递对象的意义继续。早期现代文学的双重定位相对于某种悖论性的形象：文学的演进一直在进行中，而在那里，线性时间的持续被打碎，但却未能在它之外开辟出一条通道。

现代文学既不能等同于它的内容，也不能等同于内容的传递——这样一种认同意味着文学的文字与它所选择的各种再现是一体的，或者说这种文字是没有明显再现的展现；这样一种认同还意味着，以"你"或者类比和讽喻的二重性并不能使传递性分解于虚假共同场域的图式中，但是传递性也不能拒绝它们：如果它把现在、历史颠覆为它自己的现在时、它自己的历史，如果它可以一直走到英雄史诗的门槛和它自己神话的门槛，才有可能拒绝它们。这就是它赋予写作者、阅读者的矛盾：人不能掌握自己的语言条件、不能掌握自身的各种再现。文学的无差异性属性的谱系可从早期现代文学中读出来，也可以从关涉游戏的组织中读出来，这种无差异性属性是对上述矛盾的回答，并向无法掌握其历史条件、语言条件的人指示其言语、行动及其再现的具体空间。有关媒介体限制的游戏，关涉游戏的二重性：现代文学把人在其自身世界方面、自身历史方面、自身的现在时以及有关世界、历史、文学之现在时方面的滞后原则改造为诗学原则。现代文学主要的形式革新，如视点、透视主义、内心独白，体现了文学的某种创造和创作能力；它们还反映了文学在其自身世界之在场和不在场的悖论——视点和透视主义承载着另一世界的隐形，这个世界可能是各种视点、各种视野的共同世界；内心独白是关涉游戏的终结技术之一，并演示说，在这里，文学原则上勾画了它不在场于他者的存在场，因为它把这种存在变成它自己的言语，变成自己不在场于他者的这个世界，尽管它把它选为自己的世界。

文学明确自称为文学喻示着：一方面，文学的定位只能通过文学的方式来澄清；另一方面，只有这种形象可以表述文学的某种出路、文学传递的某种有效性、它忠实于字面意义——亦即掌握其再现的某种方式、掌握排斥任何非文学性质之完成的象征化的这种无差异性展现，但后者却可以通过作为任意性出路的这种无差异性展现而展现任意性——的某种贴切性。

　　现代文学的这种矛盾可由博尔赫斯（Borges）的童话《阿尔福》（"L'Aleph"）来演示和主题化。① 愿世界永远被再现可以构成如下：世界永远缺少人们再现它的行为。如果人们试图捕捉到这种元素以补充被展现的世界并把它变成一个独立的世界，通过被捕捉这个事实本身，该元素就呈现为世界的一元素，而捕捉它的行为再次避开了展现。因而，这个童话可以界定为构建其自身形象——即这个童话——的文学的形象，它的理想形象——阿尔福——的形象，且呈现为文学的某种元再现。然而，这种元再现应该根据其自身的展示来阅读：当文学试图表述这个世界的百科全书和它的日常生活时，却无法从自身之外走过。即使独自一身，它亦包含了日常生活之百科全书式风貌的形象，而阿尔福仅是这种日常性的临时形象。阿尔福同时扮演着信息、象征、某种临时风貌、日常性之某种展现、这种日常性自身及其不可占有性的角色，一如风貌的临时性标志着这种日常性的历史是不可占有的一样。阿尔福既是象征又是去象征化的某种方式。人们只能偶然地拥有文学的完成象征；被凸显的这种象征只是文学形象的一部分，它因而承载着去象征化的形象。童话通过阿尔福从两个方面发挥作用：犹如恢复某种时间形貌恢复日常性的一种冲击，犹如一种冲击，证实日常性中既没有日常性的传递性也没有它的知性可言。童话把它的王牌变成了传递之不可能性的数字——那里有去象征化的第一活动。

　　这种第一活动操控着第二活动。世界只能在我们缺席时给出——阿尔福演示了这一点——却只能根据日常生活给出——阿尔福显示了这一点。这种日常性、日子和大地的这种平庸性却只能根据这种风貌的忘却去展现，根据那里不可能有风貌的知识本身、不可能有可展示的知识的见解去展现。这样一种知识可能与世界其他镜子所承载的其他知识相竞争。从某种全貌出发书写日常性，或者把这种日常性当作某种全貌，犹如按照神话写作一样。按照文学写作是不可能的——因为文学只是其文字和风格的虚假一面，某种只能通过散文的缺陷和它所激发的有关其虚假性来表述的某种虚假性，它意味着文学不是某种明证性，它既不会被看作、也不会被听作这种明证性，意味着它大概是可以展现的，但却无法再现。

---

　　① Borges, L'Aleph, *Oeuvres complètes*, Gallimard, *Bibliothèque de La Pléiade*, 1993. *El Aleph*, Buenos Aires, Losada, 1949. L'Aleph 是希伯来语的第一个字母。

然而却给出了风貌的某种样本和书写这种风貌的某种样本,即所有时代所有地域之日常性的风貌。这种书写文字是这种日常生活事实的书写,是这种风貌事实的书写。这种事实以两种方式展现:犹如以某种方式让日常性走出自身、走向他处,而全部日常性大概就是他处,犹如以某种方式把日常性的审美内涵引入日常性。这种双重展现被否定:日常性保留着现在的日常性风貌;这种审美内涵从来不曾公开宣示过。留用这种双重展现很可能把书写与按照日常性的现实性捕捉可视现象的内在性混淆在一起。人们无法回应显性,因为文学是与显性分不开的展现。人们无法即时回应书写文字;书写只能根据滞后原则而书写——因此,阿尔福和日常性风貌的描写只能从遗忘视野去描写。但是,这种被否定的双重展现却没有抹杀有关阿尔福的文字以及由阿尔福开始给出的阅读文字。

这种书写文字准确地演示了文学对世界、在现实世界的缺失。这种缺失是某种书写的机遇,后者在某种汇集钥匙之外汇集对真实、对任意真实的各种不同的展现,这种缺失也是忠实阅读上述汇集的机遇——根据描写结果、根据系列短小描写的字面意义来理解。这种情况既不与时间的凸显、也不与空间的凸显相混淆。这种情况与时间和空间中对任意日常生活的描述相混淆。这种情况不与最现在的日常性相分离,被遗忘的日常生活、只留下阿尔福的这种书写的日常生活,这种情况甚至把叙述者变成一个过客。可以说,博尔赫斯让我们重读现代文学让我们读过的东西。然而,还有这种重读的展现问题。由于阿尔福的文字能够在某种正常性以外允许日常性的这样一种风貌,展示了文字之畸形学的某种方式。这种畸形学不应该加以注解——叙述者博尔赫斯讽喻人们可能拥有的关于阿尔福的知识。然而,这种畸形学还是被表述了,如同若干地域和若干时间的这种日常性被描述了一样。这种安排乃是根据庸常直觉提供的贴切性安排的——需要指出的是,通过阿尔福所展现的风貌,依然是根据寻常直觉而来的一种风貌——根据这种贴切性所承载的问题——因此它才叫做阿尔福。

叙事、虚构的真实只是贴切性的问题——这不能给人观看,因为它是书写文字的问题;这不能成为一个争论点,因为文学叙事不是某种论据;这就排除了任何凸显性的展现,因为问题只是某种知识的传递和日常性中的日常性问题——这种日常性中既有正在发生事件的进展,例如书写日常生活、书写平凡生活,又有线性时间的继续被打断而没有在它之外开辟某种通道，例如死亡主题所展示的那样。这种真实、日常性、庸常性不是什么秘密，因为已经见诸文字。只有在其未传递的标志下它才是可传递的：忘却了对这种日常生活的观看，对所有日常性、所有平凡性、所有平庸生活的观看，忘却了阿尔福，亦即忘却了畸形性，以及忘却了传递的可能性。这喻示着：叙事、虚构的真实只是它自己的事情，和贴切性问题的形象。因而，去象征化游戏只是导向文本中、面对文本——如阿尔福之风貌所展示的面对面——导向最低程度之贴切性的探索演示的游戏，这种贴切性将依据最平庸的直觉资料评判。

这种情况首先在忠实于字面意义的标志下被阅读。根据某种复杂编码展现的这种忠实于字面意义，对于文学而言，乃是使文学客体物化的手段，并由此而展现或激发某种关涉游戏的手段。成为共同客体的文学，懂得在文学的标志下，把自己作为某种共同客体来处理：与超级编码分不开的忠实主义是表述社会文学化的一种手段，也是标示文学产生此种意义的一种手段。回归自身的作品就将是关涉效率最高的作品：它既展现共同性的形象——把文学展示为某种共同的文学客体——也通过文学的这种展示所设置的掌握游戏而衡量这种共同性。当代文学客体的这种路径事实上界定了文学的某种意向和某种内容，它们归根结底属于论据范畴：在社会文学化的某种形态里，根据内在于作品的某种复杂编码，根据作品中文学客体定位的形象化对文学的这种展示，使作品呈现为掌握这种定位和这种文化形式、并应该根据这种掌握被解读的某种作品。

文学的界限，思想的界限，文学的可能性

在作品中、通过作品与非它——其他作品、言语、展现——距离的推敲因而设置了共同场域的某种悖论性图式，一如它所安置的这些作品、这些言语、任意真实及其展现对空间的分割，然而它却让传递性问题的明证性触手可得。

关涉性作品只有在下述范围内才提出自己的身份问题，即一方面，它标示了自己的审美差异——面对其他书写成果，广言之，面对非它时，它呈现为某种替代活动的元素——，而另一方面，当它设置了某种整合性的统一性时，这种统一性不与即将形成的作品整体或行将构成作品整体的东西相混淆，当它进而设置了这种统一性的场域时，根据关涉活动的假设，

这种统一性的场域乃是共同场域，是关涉活动可能实现的场域。通过对提喻游戏及其可能的返回整体活动的抵消，这种实现是可能的。视野不同的作品既不能表述作为这些不同视野之条件的全部，也不能表述它所构成的可以与之关联起来的种种视野的全部。诗在类比和讽喻的标志下写成的游戏性质相同。内心独白及其由你称所引发的歧义性再现，如在乔治·佩雷克的《一个沉睡的人》里那样，反映了关涉游戏永远可以简化为其对象的简单展现——以梦为外形，而不取消关涉活动。因为这样一种简化首先以关涉图式为条件，可以从双重角度去解读：作为某种简化，构成传递性的问题；作为某种展现——别人可从内心阅读的一主体的展现——之条件的展示，作为使这种展现成为可能之知识的展示——如可考虑意见与主体和他者之任何形象之间的关联知识。再现及其简化为某种展现的这种调节，乃是共同场域的可能性。作品世界之传递性的缺失可以从新的角度阐释如下：它是可考虑意见与完全他者、与任意他者间关联关系展示的条件。

只需重温乔伊斯的《尤利西斯》。关涉游戏在这里是双重的：英雄框架的游戏，它是不可分解的神话图式，内心独白游戏。英雄史诗的参照可以读作文学把重温带向它自身的辉煌。神话只是标示神话结束并悖论性地标示某种共同场域即这个世界之场域的方式。这是把小说变成某种历史，它是我们的风貌，任何人不曾臆造的历史，继续被叙述、等待被承认的历史，后者包括了我们自身的知识，而我们在那里观看各种景观的圆舞曲——这些神话故事和我们自身的知识恰恰就是上述景观。内心独白即是被赋予现在形貌的这种历史，它可以出于同样的理由被承认。倘若仅仅按照其自给自足的风貌、按照它对形体和事物的展现、按照被展现的栩栩如生的思想来解读，可以按照神话把它变成我们的风貌。内心独白可以读作神话。神话可以读作内心独白，根据它唯独对其世界的那些重温和那些重温的界限内。这样就增加了关涉的歧义，并把作品指示为共同场域的可能性、可考虑意见与完全他者之间的关联，这种完全他者还显示为某人、某天、某城市的独特性，然而它们都是一个可承认并等待承认的世界，就像被重复的神话那样。

关涉作品的建立意味着，在某种整体的明显图式之外，对作品与非它的某种有限的整合游戏需要人们去解读。这样，各种透视主义就可以解读为它们的共同场域的推论性指示，然而还可以解读为根据作品对这种不同性的喜好程度界定作品、并把作品定义为它们的共同场域的东西，这部作品可以与其他作品、其他言语形成的共同场域的形象。当作品的差异性很明显时，当他者——神话形成的任意世界——是这部作品的一部分时，那里有对种种差异的微型化处理。

作品不必一定叙述或指出实现这些叙述的方法，它并不排除这种情况本身意味着，一方面，某种比较视点与可能安排了把这些叙述现在化之手段的作品相比较，而另一方面，由于作品明显以作品的形式出现，它蕴涵着对其自身的解读：它所展现的形式轮廓和意义轮廓因而全部或部分地可以在其他地方碰到，而它们属于某种共同的情境，即使这种场域并未明确指出。

这种缺失有某种具体的意指：作为读者或观者，我不可能在场于作品中、在场于戏剧表演中、在场于这部作品、这场戏剧表演的展现。从这种标识出发，叙事游戏和戏剧游戏可以表述。这样，戏剧就是作为观者的我与之面对面的东西，并由此而是任意性的典范，因为这个剧目及其论据的必然性是我无法接触的。这样，叙事也是我作为读者不能身临其境的东西——叙事有其自身的过去和其自身的叙述——然而，通过人称的或无人称的叙述者的游戏，没有任何东西向我遮蔽，因为这里的假设是，但凡表述的东西，都受叙述者游戏的担保。叙述者有可能不可靠本质上并不重要：对可靠性缺失的发现还可以反馈到另一假设，即有任何事情都未被遮蔽这样的可能性或这样的概率。戏剧和叙事的形式特征，如同这里所描述的那样，与展现了关涉关系之明显方式的戏剧和叙事的特征没有什么区别。要使这种戏剧和这种叙事的表述不指明关涉方式，就需要它们把关涉性的这种缺失作为它们自身的目标。需要它们展示为戏剧自身、叙事自身。这种展示在戏剧中可以用戏剧手段，在叙事中可以用叙事手段。这不是现代文学的独特特征。还需要把这种展示主题化。只需重温格特鲁德·斯特恩的情况。她不断地把对女性的提及与呼吁评价联姻起来的方式，不管这种评价应该应用于女性或应用于另一人，等于把作品描绘为独特性与普遍性、再现的无限性投入作品构成的展现中、重温生命、爱情所形成的普遍问题的场域。服从这种游戏的人物乃是一个共同人物的见解喻示着这种情况本身就是共同的。人物的死亡说明回归自身、回归共性之独特性、回归独特性之共性的准确方式是无法表述的。对关涉缺失的主题化在这里、在同一部作品里，是通过对普遍性种种范式的拒绝和对独特性独一无二的标识而实现的。我们从格特鲁德·斯特恩作品里的重复游戏而获知这一点，这样一部作品的继续只能通过对其字面意义的忠实和重复活动而进行。

这里，作品的形式是悖论的。这种作品使某种经验语境的标示不运转，但是它并不排除经验可能的展现化的媒介。这样，不管是叙事还是戏剧——同类论据也可以适用于诗作——作品所形成之差异的标示与读者或观者不可能在场于作品的标示混淆在一起，但是这种情况并不排除阅读时间和剧作时间即是作品的现在时间，换言之，作品的差异进入差异之简缩的某种修辞游戏，后者保持作品的自立性，意味着承认作品是某种展现、某种再现的媒介，它们知道自己的贴切性，并由此本身而设置了作品的某种贴切性。

在那里，我们重新找到了以内在于作品的方式而出现的媒介之界限的游戏：不展现明显关涉方式的作品，通过自身成分参与和不参与的系列可能性在自身内部发挥作用，参与和不参与以和谐和坚实性术语、以再现者与被再现者之关联术语、以作品的能量术语来理解，后者如某些资料的构成，如这些资料游戏的某种同等方式。尽管作品不提供明显的象征性转移的任何方式，尽管它自身排除任何象征性的轮廓化和等级化，它呈现为种种替代游戏的背景本身，并以与自我语境化分不开的某种修辞游戏为特征：作品的独特性回到普遍性，后者定义为某种明显的统一性或明显的整合性之外普遍性，因为这种作品是部分替代普遍性游戏的展现，这些游戏以作品的复合性和去等级化特征为标志。

言说这些不啻于表示，未确定关涉方式的作品可以与任何言语的深层混淆在一起，或者更准确地说，与各种言语之本质所形成的形象混淆在一起。这正是互文性的意指所在。正是通过这种现象和修辞的模仿主义——后者在处理距离和各种差异时，把共同言语与非关涉性作品联姻起来——作品重新成为有关媒介界限之工作的某种典范：我们知道这部作品的自立性以及当它拒绝关涉游戏时它言说不的方式，后者构成了它的自立性；关于这部作品，通过它修辞上的模仿主义，我们还知道，它是不超出自身的某种方式：媒介的界限恰恰只能通过这种界限所形成的视野来理解，这里它是关于修辞游戏之共同体的视野。当我们说我们缺席于作品以及我们由此而承认作品时，当我们指出，这种机遇把作品外的世界给予我们时，我们谨指出，在关涉游戏之外，某种真实权力得以重建，因为我们赋予作品某种权力,即贴切性的权力。这两种权力同时发挥作用。准确地说,任意书写的独特性乃是任意性的典范化。

作品还承载着对媒介之界限游戏的补充:对作品种种展现的承认是对非作品世界之世界的种种展现的缺席承认。没有关涉方式的作品就这样展现了它的任意性和可读性的可能性。它的任意性:作品只是负面必要性的某种方式——关于世界之种种展现的缺席承认的这种游戏。它的可读性:它是修辞游戏的模仿性本身,后者把作品的展现和作品外的展现这两个系列的展现变成了相互的阐释者,并进而变成共同财富。

在这种共同财富中,在当代创作中,科幻文学、控制论文学和灾难文学汇聚一堂,在象征的某种膨胀中,后者相当于某种去象征化游戏,在造作言语的接用中,在造作作品的展示中,在某种造作性的游戏中——造作性并不意味着虚假,而是说这些言语、这些展现呈现为它们自身的事实,一如它们把自己的对象呈现为它们自己的事实一样——上述造作性游戏自身相当于某种有关文学之媒介的界限的游戏,上述文学的汇聚证实,文学不是某种现成的东西,当人们选择建立文学时,它甚至也不是肯定能够被建立的东西,而它在其实现的曲折中,让人们看到了其言语的我向思维,这种言语的基本设置是,我们是缺席于世界的,就像我们从定义上缺席于作品的各种展现一样。科学幻想和机器人在这里拥有它们的重要性说明,这种文学世界变成了模仿的世界,一个没有例外的世界因而也是一个没有独特性(特殊性)的世界,而它主导着各种差异的某种无差异化风貌。这种情况适合于文学言语的我向思维,适合于它的互文性,也适合于它的构成性悖论:它在自身内建议某种不确定的联结方式,后者不承载明显的关涉方式。那里有文学、它的言语和它的各种展现之任意性的标示的极端性。那里也有修辞游戏的极端性。通过作品所指示的其自身象征等级化的缺失,通过其内部参照游戏的平等性,作品明显标示了各种差异的平等化。我们不妨这样说,那里有修辞游戏的完结,取其双重意义:差异的压缩;文本问题性的压缩,后者因此而忠实于字面意义。我们还可以采用相反的说法,即修辞游戏的接用:各种参照系的平等性不能没有内在于文本的自我语境化和各种内涵的分野。这种情况导致:尽管作品不展现必须阐释或关系的任何力量——关系力量的缺失是我们无法在场于它之事实的后果,以及它自身构成对其媒介限制的探索——通过这种自我语境化,它成了我们世界之各种展现的任何持续再现的典范。

当文学的承认既是临时的又是多重的，当文学客体的非确定属性使它们成为等同物时，当不确定属性成为虚构真实差异的手段和语言交易的景致时，当贴切性的推定与这种承认分不开时，文学以特殊的形态进入了对它自身的再现：根据从各种共同场域中演绎而出的非文学之再现的再现。现代性把这种情况带向极端而这里并非一定要区分现代性与后现代性、现代主义与后现代主义，因为关于文学之媒介的界限的游戏一直是问题之所在，这种情况反映了，在标示并把文学的相对性落到实处中，有关普遍性的探索首先处于游戏中，这种探索可以使我们思考我们的各种展现的语言环境和观念环境。

这种情况首先外忠实于字面意义的氛围下解读。按照某种复杂编码而展现的忠实于字面意义，对于文学而言，乃是物化文学客体并进而展现或激发某种关涉游戏的手段。变成共同客体的文学善于在文学氛围本身中把自己处理成某种共同客体：与超级编码分不开的忠实于字面意义是表述社会某种文学化并指出文学即展现这种情况的一种手法。超出任何明显的关涉游戏之外，超出作品的任何整个安排之外，后者要求该作品具有某种明显的统一性，要求它与各种言语、展现之统一性的同样明显之关系，作品把它通过上述形态指示为某种普遍性之可能建构形式的任何言语展现独特化。

文学的实现实质上是依赖于境遇和共同发现的某种实现。这种依赖性不是什么新现象。当代的一种特征就是从文学的虚无化或创造力的某种整体化的矛盾形式下阐释它。这个相同时代的一个特征就是其前一种现象把文学同化于自由的某种负面举措，而后一种现象则把文学同化为某种限令式举措。在这种和那种情况下，文学、文学资料、象征资料、主观性资料的接用时刻从来不曾给予特别的考察，这种接用时刻是特别的自由时刻，即使当否定性的约束或创作整体化的约束被承认时，它是文学这种呈现为可以实现的行动时刻。文学可以界定为下述选择，它深知赝象的约束力以及它所涵盖的所有东西，也深知这种约束力不起决定作用，深知做文学的选择是自由进行的，大概依靠任何情境。这些情境较少呈现为约束，而更多的是文学依赖于任意他者及其过渡到他者的语象。

制作与实践的分离反映了赝象之约束与情境之承认这种游戏。当情境从展现和再现的二重性中拿来，被以修辞学的方式处理时，它既是作品的界限，也是根据某些其他情境和这种二重性所允许的某些其他推论阅读作品的可能性。如同当代文学所演示的那样，关涉方式相当于按照展现和再现的二重性对情境的某种明显的处理。从标明关涉方式的作品到任意书写的独特性，文学突出对情境的这种承认和制作与实践的这种二重性，并最终把它们处理为可逆转因而无差异化的资料。在《一个沉睡的人》里，无差异性的主题化同时表述了标明方式的关涉活动和任意关涉游戏的条件。在任意书写的独特性里，赝象和再现游戏处于相同的言语。在《阿莱福》里，博尔赫斯把这种情况变成文学创造的悖论：这种创造只能通过任意情境发展，而它们却只能从再现性喻示中走出，然而这种情况是矛盾的，它让各种情境避开了赝象，进入再现的范畴，因为它们不再呈现为它们自身；它把赝象变成了各种情境的汇集，却无法把这些情境处理为它的形式，也不能把其形式处理为这些情境的阐释者。

这种悖论排除了下述结论的可能性，即赝象是再现的某种约束，也排除了再现之构成建立了赝象的结论。这种结论明显对任意书写的独特性很有效，后者是任意性的展现和再现，也是对以文学形式接用的任意言语之各种情境的回归。这种悖论把造成尼诺·朱迪斯诗作神秘性的叩问转移到情境中，转移到赝象的实践中。问题不再是决定现实主义作品所蕴涵之元再现是否可以包含它最初没有包含的种种展现和再现，象征主义作品所蕴涵之元再现是否可以包含它没有明确尝试象征的东西，而是看到，赝象和展现类及再现类资料是准确相伴而生的，且问题不再是决断前者相对于后者的建立能力或者反之亦然，而是指出，神秘性恰恰存在于这种一致性之中，后者要求我们把赝象和展现及再现资料看作它们自身，而没有必要关注其他阐释游戏。指出共同场域的优势、日常性之展现和日常生活本身的优势，等于指出这一点并把文学作品、特别是任意书写独特性的情况，界定为把玩赝象之展示与各种情境和共同言语之展现游戏和再现游戏之平等性的东西。由此，贴切性的推定和读者之元再现目标完全被介入，也回到了赝象的这种展示和各种情境的这种展现性和再现性游戏。

应该把上述现象理解为拒绝任何明显的阐释学举措的最佳理由，不管该举措是作品所反映的，抑或仅仅赋予读者的重任；理解为不再倚靠无意义或意义之缺失的发现的最佳理由：倚靠这种发现等于无视制作与实践的分离，无视问题不在于意义缺失之明证性，而在于作品的悖论，直至任意书写独特性的悖论。

因之，文学的场域是任意的——具体而言，乃是某个人的场域和任何事的场域,在该场域中,它造就了独特性,并引发了各种情境和这些情境的他者,后者仍然是情境。文学是可能性,是应该从修辞学去理解的可能性图式:如果情境本身是再现性的,它便是有关它所展示之可能性的游戏,并由此进而成为接受它的作品;倘若情境真是这种情况,作品便是赋予他者、赋予任意他者引用权的这种独特体。人们可以想象任意结局,理解为文学之取消或终结的结局。人们可以想象与媒体和其他技术相关的文学的次要化。人们还可以想象,在这样的条件下,文学的不可运筹性,与制作和实践之分离、与可能性图式相关联的这种不可运筹现象却是对独特性最肯定的运筹,并进而是对他者、对任何场域、对任何话语、任何言语、对永远贴切的再现的运筹。在不可运筹性中,有对文学自由的设想,因而文学可以是共同言语及其各种再现。

现代的作家们和文学批评并没有明确表述过制作与实践的分离。他们把叩问——尼诺·朱迪斯的《神秘性》可谓叩问之大成——或者与文学功能的某种缺失关联起来,后者等于文学的某种丢失,或者与文学的某种极端功能关联起来,文学的极端功能也等于文学的丢失。这样就存在着在虚无化的形式下对文学的肯定——马拉美。那是把文学和它的人为性变成它所拒绝的东西——具体言之,变成真实存在的大自然,和它所制作的真实。曾经存在过,现在依然存在着对创造力的赞美,这种现象与这种创造力的整体化分不开,创造力于是就和真实成为一体,与真实的某种审美化成为一体,而此种现象的曾经存在和依然存在与突出文学之运筹和不可运筹性的做法分不开,也与文学批评的乌托邦分不开。文学是这个世界上的人物的展现和再现;它也是它所提供的这些展现和再现本身,人们尚无法决定这两个世界的哪一个吸纳了另一个——在那里,应该承认阿多诺(Adorno)用艺术和文学之神秘性所意味的东西,和所有赋予文学和文学之阅读某种经验性质的论点的预设。实质上,这只是表述了文学的某种无差异化,或文学的某种共同功能。这些歧义堪谓当代对虚构一词的使用普遍化的歧义。文学仅知道、仅设想并仅把自己感知为某种言语真实和语言真实的他者,而它只是这个他者的言语仿造和模拟。用言语模仿言语一事去界定文学或者是某种自明之理,或者当文学按照虚构表述时是对文学无差异化的发现——它是共同言语。功能的缺失和场域的缺失在这里是毋庸置疑的,同时设定,文学一直是某种非真实化的可能性。

然而这些评价意见具有双重价值。文学的实现达到了失去自我的程度。文学因其创造性而演进；这种演进将是文学的实现。文学的终结与文学的某种继续分不开。这些双重性没有得到具体的解释，因为没有对制作与实践的分离进行检视。文学希望既是其自身的文字同时又可以是任意文字、任意展现、任意再现之事实，把文学变成了这个时代思想之任意思想的界限，变成这个时代之任意再现的界限。文学因而也是它赋予自身之任意展现和再现的界限，特别是其终结之任意展现和再现的界限。这已经是创造性之不可运筹性和再现游戏的喻示：言说这种不可运筹性、这种游戏等于说，在文学中，通过文学，我停止相信，创造所构成的行为，阅读所构成的行为，是由我双手完成的作品，不管是作品的创作还是作品的阅读。这种情况并不因此而意味着，行为的结果消失了。作品依然存在。人们可以书写阅读情况或者回忆。但是，作品的分量不再存在，就像阅读的分量不再存在一样。贴切性的推定没有终结；情境、再现也没有终结。因为文学有其自身的语词构成，因为它不是、也不可能是其自身行为的分量，它不可能是其自身终结的语词，这句话的双重意义是：它自身的完成和它自身的目的性。这里，我们处于作品的象征性创造之中，亦即处于时代的创造之中。作品的象征性创造界定为按照修辞意义上的可能性、按照文字的发现和再现游戏的开辟的创造，只需考察制作与实践的分离，只需考察各种关涉方式即足以知之。在这种意义上，文学的功能将是指示各种情境、其他情境、这些故事、其他故事、这段历史、其他历史，甚至不试图以运筹的方式再现过去、再现现在。文学的场域将是现在性中的任意时刻和这个世界的任何地方，因为任意时刻和任何地方可以是忠实的资料，是这种根据可能性而接用的对象，是贴切性推定对它们之发现和它们之文字表述的介入。

除非无视文学的这种定位，人们就不能把当代的演进、特别是把语言的退化仅仅阐释为摆脱再现必要性的结果（这里的再现应该理解为摹仿说的活动），阐释为"严格意义上的某种怀疑艺术的选择：某种自我检视的艺术，它虚构这种检视，它把玩自身的神话，拒绝自身的哲学并以这种哲学的名义自我拒绝"。[①] 人们不能把文学阐释为提供自身限制之虚构的举措，因为它置于作品的是，当任何思想试图把自己的各种再现有效化时这

[①] Jacques Rancière, *La parole muette*, *essais sur les contradictions de la littérature*, Hachette, 1998, p. 175.

种思想的限制。这种投入不是怀疑论,因为思想的界限恰恰是任何展现性资料和允许贴切性推定的任何再现的可能性——从这个意义上说,文学呈现为继续交际。关涉方式的各种变异版本是上述投入的变化。文学走向任意书写的独特性既可以解读文学的定位,也可以解读当代各种造型艺术的定位,特别是现成物品艺术的情况:问题不是随时把任何东西变成艺术,因为任何物品可能试图成为"艺术的某种显现",还因为它"表现了任何事物自身因之而具有意指的分离现象";① 问题在于弄清楚什么造就了文学和艺术,当文学和艺术把再现游戏作为自己的问题时,弄清楚它们造就了什么——这种游戏既是对各种共同再现的承认,也是按照制作的约束,按照贴切性推定的不可避免性对这些再现的独特化。

---

① Jacques Rancière, *La parole muette*, *essais sur les contradictions de la littérature*, Hachette, 1998, p. 176.

第 六 章

文学、共同场域、日常性、普通性

文学、交际思想的展示、神秘性

当代文学明显通过修辞游戏拆解它的情境标志。这是制作与实践之分离游戏的结果——文学缩小或取消可由展现构成的种种再现，后者从再现角度、从信仰角度，似乎具有某种明显的语境化能力。语境的这种不确定不应该仅与某种明证性的东西如书写文字的非地域性和非时间性关联起来。在当代文学中，作品可以拥有下述条件，即不把种种再现和元再现明显安排为可直接接受的东西。换言之，一切都是清晰可读的，但是这种清晰可读性的整体不是清晰可读的。整体性的这种缺失并不意味着作品是密码式的，它建构为某种不能给出自己象征意义的象征——这种情况形成马拉美式的瓶颈，后者可以解释为人们走向了制作与实践的分离。这种缺失并不意味着作品还依然定义为部分喻示整体，意味着这种整体不是某种可表述之物，而仅仅是某种可想象之物，依照米歇尔·德吉（Michel Deguy）的下述说法："世界可以到处制造世界。在各种不同类型指小词发挥整体的形式下，整体是各种拉近距离的媒介。正是它的媒介性赋予'各种部分'以象征性：作为整体之部分，这些部分才是可拉近的。"[1] 从这里，我们重新找到了常见的提喻游戏。从语词中、事物中整体的这种缺失中，从这种决定它们之展现和它们之再现的这种整体中，可以得出下述结论，

---

[1] Michel Deguy, *Aux heures d'affluence*, Seuil, 1993, p. 102.

即语词、事物被去象征化,① 而我们需要补充的是,它们仅对自身有效,但它们永远可以接受某种再象征化,这种情况可以恢复语词、事物与整体的关系。无法决定的、不可言状的、支撑事物、支撑语词的整体,在米歇尔·德吉的语汇里,是某种很悖论性的假设,以期把书写文字、隐喻、象征有效化,更广泛地讲,把"犹如"有效化。这种整体的假设似乎对交际意向和表意意向是不可或缺的——表意可以理解为根据这种可以想象或可以看见的整体,通过有时随机的汇集程序和比喻程序,恢复某种意指。然而这种假设导致了从语词开始、从事物开始的各种推论可能性的大量增加,以至于很难肯定地认证某种交际意向、掌控各种推论、以独特的方式把它们有效化、回到这种想象中的整体,后者为这种诗学方法正名,当当代诗作表述提喻与比喻的这种不可分割性时,从提喻中拿来的当代诗作即演示了上述结果。建立推论并论证推论的东西,同样也可以通过引发的推论数量,通过有效化的缺失,而使推论变得无用。

反对这些论点,只需提醒大家,制作与实践的分离使从作品之展现开始并依据这些展现的自由实践终结了。这种自由迫使人们相信,确实是某个体在创作作品,在阅读作品:这个个性把玩其种种再现与这些展现的距离;那个人根据这样的可能性安排作品的布局。因而米歇尔·德吉意义上的整体并没有介入。作品就是这种也许尚嫌不足但可以穿越的范围,各种展现被汇聚其间以期导向元再现游戏。如果我们局限于"去象征义"这个语词,这个语词和"去象征义"这个事物首先属于真正修辞学的某种问题域,当我们试图把它们所构成之踪迹关联起来的时候,那么就是什么?谁?什么时间?在哪里?如何?如果它们是在这种拘泥于字面意义上被给出,然后被阅读,——这是对米歇尔·德吉所界定之"去修辞义"的某种重构——,它们不是这种拘泥于字面意义的通道,而是以独特方式使用这种忠实于字面意义的可能性。超出某种实用性的检查或某种经验性的检查以外,它们被重新拿来,投入语词之间、语句之间、它们所承载的信仰之间的依存游戏中,也投入与读者之再现的或大或较小的相似性游戏中。文学大概是形式标志的某种事物,但却不仅仅是、也非必然是这种事物:通过制作与实践的分离,不管人们是从书写角度还是从阅读角度考察它,文学都依赖作家赋予作品所承载之各种再现的某种界限,也依赖读者通过他

---

① Michel Deguy, *Aux heures d'affluence*, Seuil, 1993, p. 125.

所拥有的、并通过阅读而实现的语义范围和再现范围的观念,维持这部作品的可能性。

只需追踪现代文学的教训和它们的明显矛盾,再次聆听普鲁斯特、乔伊斯、帕韦斯。普鲁斯特:从《追忆逝水年华》(*A la recherche du temps perdu*)的开卷起,回忆的故事就或暗或明地给出,并从定义上设置了作品的整体,把这种整体界定为与从熟悉走向陌生之虚空的标示以及与维持从熟悉走向陌生之离题的努力分不开。这个路径是悖论性的。开卷伊始即设置整体有违叙事的形式和目标——从熟悉走向陌生——,有违记忆的发现游戏,作家赋予记忆某种隐喻功能。这样把作品与回忆联系起来有三项功能:给出回忆,舍此,对推论、隐喻的无限运筹或将不复存在;把作品变成从自身走向建构之可以辨认的意向相认同的东西和这些游戏的喻示;然而把这种回忆维持在某种隐晦的状态内。回忆仅通过各种记忆而实现,而记忆则由它们无法显示的这种回忆来表述。回忆是喻示某种元再现,即各种再现、记忆、异彩纷呈之展现的再现的手段,然而也是限制以及推论游戏的手段。用知性的语汇来表述,记忆和推论不能是无限的;它们不可能把回忆呈现到这种程度,在那里,回忆把记忆叙事和元再现的可能性与记忆展示的明晰性混淆在一起,那样,这些记忆就再也没有罗列的限制和展示的限制了。乔伊斯:选择明显虚构的故事,把虚构呈现为虚构,在《尤利西斯》里,等于同时展示熟悉的场域并指出这种熟悉处于何处是不能言说的。内心独白因为以明显的和平等的方式展现了它的各种资料,它是这种展示熟悉之虚构的展示手段。因为它原则上是纯粹的唯我论,它无法展示这种熟悉的准确场域。它设置了虚构的某种反思时刻:陈述行为返回自身的时刻,且通过这种时刻,虚构显示它在把玩自身,以期展示其自身展现的整体——这种虚构仅虚构了一个整天和对荷马的多重参照,后者按照范式性的资料安排虚构。熟悉之展示中的这种陌生的场域是从一个熟悉的场域——都柏林——捕捉到的,然而后者仅是某种唯我论展现的对象。悖论是明显的:给出使各种再现游戏成为可能并限制该游戏——作品里有一个场域、一个主体、一部参照作品《奥德赛》(l'*Odyssée*);以这样的方式安排该场域、该主体、该作品,使他们都参与某种反映性游戏,后者限制各种展现的关系并把这种场域、这个主体、这部作品变得不透明。悖论是功能性的:如果应该维持对各种展现的某种再现的可能性,作为共同场域的场域,不能发挥作用;作为共同主体之主体,作品作为某种共同知识的对象,不能有效发挥作用。这样的共同性是不能独特化的:它是共同再现的可能性,是虚构和内心独白的界限和有效化,内心独白不能让这些语词立即紧贴在使用这些语词和这些再现的主体的各种再现上。帕韦斯:诗不能与形象—叙事混淆在一起,因为它不受参照残余的探索所主导。然而它却不能没有似真性游戏,不能没有对它自身的论证:这种论证可以是抒情的主体。把抒情主体变成某种似真性的人物,变成自身想象丰富的人物,用帕韦斯的话说,即呼唤想象关系的无拘无束的游戏,帕韦斯把这看做是继续诗作的主要困难和这些关系可以激发的参与问题:想象活动的恰当标准不是可决定的。抒情主体可以通过已经启动的反映性游戏指出,文学意向不可能简化为对世界的唯一参照关系。他由此似乎被置于某种矛盾的标志下——他大概既是似真性的主体,同时也是想象活动的主体。诗作呈现为抒情诗这种现象可以标示文学交际的意向并把它给成开放性的,可以让人们理解限制"想象关系"的不可避免性。这些关系具有双重的必要性:通过它们的密闭性,它们开始并关闭关涉游戏;它们把抒情主体变成对可能的贴切展示之矛盾化的演示。

当代文学较少从文学意向某种特殊属性的标志下去阅读,例如,在米歇尔·德吉的语汇中,设置了某种整体的去象征化的特殊属性,或者在某种解构的标志下去阅读,后者让人们承认米歇尔·德吉建议的各种附加建议,而更多地从忠实于字面意义的某种可逆转性标志下去阅读。忠实于字面意义本身是清晰的,但对它所能构成的任何和却是陌生的,如果把忠实于字面意义作为这种和的演示,后者也是清晰的,如语词、句子和再现的语境、与语词并行的各种信仰。忠实于字面意义是一种交际活动:呈现为自身的文字是承载着其交际标志的文字。在源自某种反思游戏的作品里,这种活动被明确定义为各种关涉游戏的可能性。因为这种活动与文字和这些游戏分不开,亦即或者与可能的参照系分不开,或者与某种本性的比喻分不开,或者与似真性分不开,它并不拆解反思游戏、比喻游戏诱发的密闭性,而是按照共同再现、按照庸常直觉把它与某种共同阅读关联起来。因而,文学的似真性只是三重理解的交际似真性的明确展示。某种似真性应该给予交际的明证性以引用权。某种似真性应该允许推论游戏的开展。某种似真性应该保证这种游戏不变成私人游戏、唯我论的游戏。因此,当代文学把玩三种东西:把玩文字,由于密闭性,由于被给做明证性的某种展现——如客观主义的诗——,它似乎显现为它自身,呈现为交际的标志；把玩或明或暗的反思游戏，后者允许推论游戏的行旅，把文字变成某种交际意向的一部分，而交际意向的标志便是推论游戏的开始；把玩使用密闭性的双重价值：把语词置入明证性，论证并限制推论游戏。通过副文本资料或通过某种文学语境被置于文学标志下的任意书写文字，乃是文学似真性这种运筹的极端演示。忠实接用了某任意言语的任意书写文字，可以被解读为交际标识的简单接用；由于副文本资料，由于它被置入其间的文学语境，它以创作和书写的某种反思游戏为条件，后者同时把文学和任意言语神秘化；因为它永远可以读作任意言语，因而它是推论游戏的某种端线。

指出文学活动改变了文字的定位即指出这种情况本身。隐喻把文字展示为文字本身，因为它从它们那里抽掉了它们的忠实意指的全部效力；它从某种语境中把它们拿来，如隐喻的语境，这种语境自身是反映性的；它把它们给成任意缺失语境的代表，任意缺失语境亦即考虑到文字和隐喻被置于其间和它形成之语境的任何再现。雷蒙·格诺的诗作《隐喻的解释》（*L'explication des métaphores*）的文字可以从下述三个层面去解读：人的姓名、事物的名称、世界的名称只是这些名称；这些名称按照某种性质的比喻拥有种种亲缘性；在它们的关涉游戏里，这些名称使人们设置了把它们放在一起阐释的各种语境，而后者是世界之各种再现的语境。世界的这些再现首先只能通过文字来标识。娜塔莉·萨洛特的《我死去》肯定是一种不可能性的方式；它由这种方式本身而成为某种交际的标识。它设置了自身的语境：发现死亡时刻；某种反思游戏与这种语境相关：发现该时刻另一面的不可信性的可能性；这种最高级——死亡、共同性——所介入的各种再现乃是众多可接近文字可以制造之喻示义的近似化现象。文字定位的这些变化制造了同样多的问题。汉德克把文学与某种角色游戏和问题游戏相同化，直至与"问题的虚空"相同化，这种做法告诉我们，文学一直承担着交际意向，直至走向其悖论：意向唯有通过文字并禁止与文字相分离才能呈现为意向——这只是继续了各种问题而已。

那么，继早期现代文学的瓶颈被承认以后，现代所展示的那样的文学，就可以根据其宗旨来表述：展示思想，交际发生时就根据这种思想来思考，自此，这种交际就试图呈现为某种意向性交际。交际依据自身之外其他目的的缺失来思考，根据似真性、根据它从不可能性中发现的限制来思考——这是推论游戏之界限让人们理解到的东西，它既是可能让人不理解的某种界限,也是置于某种交际思想的界限,这种交际思想是一种如此这般不可能的思想。这样,文学就是对已经实现和思考过的交际的展示,并通过这种展示,把交际置于某种阅读游戏之下,后者将根据它自身以外其他目的的缺失,根据于是双重表达的似真性,根据文学的似真性,根据读者的种种再现所承载的似真性,根据对某种不可能思想的限制来进行。表述某种已经实现的交际,表述交际思想已经实现的某种展示,等于以另一种方式,构建对忠实字面意义的发现:文学地地道道就是这种交际思想。①

言说已经实现的这种交际和这种展示最终指出了两件事情:这种交际、这种展示是它们自身的事情,一如忠实于字面意义中的文字是其自身的事情一样。这种情况反映了,超越文学可以明显承载的推论游戏之外,由于它是仅从自身考察的交际思想的这种演示,文学只能是它自身、它的文字和后者带入的东西——种种展现、反思游戏、推论游戏、推论游戏之界限等的展示。现代文学把读者变成这种全面展示的读者。把读者变成这种全面展示的读者可以下述方式来理解:作品里没有特殊阅读的约束——我们从关涉游戏的方式可以知之。作品里却由对任何阐释活动都很明显的东西——文字、密闭性、密闭性的界限,后者指示着共同阅读的可能性。这种情况并不必然产生某种意义或某种意义的假设,也不拒绝某种意义的假设。这种情况并不必然产生与虚假的某种游戏,也不发现与虚假的这种游戏,也不产生与某种真实的认同。这种情况既不必然把作品所建议的各种展现视为存在物体的展现,也不必然把它们视作非存在物体的展现。我们仅记住这些必然性中的一个,即交际和交际思想的展现游戏似将拆解,因为这些必然性中的每一种都等于,不要把这种展示游戏承认为它自身,而应根据可能得到的交际结果和交际的阐释来对待它。如果我们局限于对交际标识、或明或暗的反映时刻、对它所开辟的推论的可能性、对这种可能性之界限的标志等的发现,作品可以界定为这些假设的此岸,界定为全面展现交际和交际思想的东西。展现意味着作为作家,我建立,作为读者,我阅读该展现并把自己作为它的观者。创作和阅读的程序,一

---

① 关于应用于非文学交际的这类分析,参阅 Pierre Livet, *Limitations cognitives et communication collective*, dans Daniel Andler, *Introductions aux sciences cognitives*, Gallimard, *Folio*, 1992, pp. 447—471。

旦它们不再通过作品密封性的功能性暧昧时，即是对我成为其观者的这种展现的处理。

这种展现让人们以特殊的方式界定当代文学的修辞时刻和作品的素材布局。修辞时刻从双重角度去定义。根据对某种整体的和明显的论据游戏的拒绝来定义，这种论据游戏仅让交际和交际思想的展现通行。根据某种叩问中比喻游戏对论据性游戏之约束的接用来定义，这些比喻游戏被视作贴切性的微观资料和宏观资料，然而贴切性游戏应该展示为对似真性的某种标示，似真性是作品可能承载而阅读所蕴涵的从展现到再现游戏必不可少的东西。

现代文学的语言特征和风格特征——忠实于字面意义，文学编码的弱化，语言媒介被带向其极限——是建立这种修辞时刻的众多手段。忠实于字面意义把作品认证为某种交际标识并引入对贴切性的叩问。可能来自编码之某种超载或任意书写的路径或实现的文学编码的弱化，反映了文学不一定必然展示为文学——它因此而变得更适合交际和交际思想的展现；它还形成反思游戏，或者以某种形式方式明确实现这种游戏，或者通过存留的思想游戏而蕴涵它，或者通过任意书写独特性的实现和承认而达致它。语言媒介被带向其极限——不管是客观主义的诗作，还是文学言语的非差异化；在前者那里，界限在于客观性同时反映了语言完全强大的力量和外部的力量的事实，而通过文学言语的非差异化，文学所构成的语言的实现不再呈现为某种特殊的实现；抑或梦叙事的语词或者词汇上进而语义上不和谐的文本，在那里，语言的主导地位似乎不再属于语言的运筹范围——乃是关于推论各种可能性的游戏：从文学的特征化观之，因为它有可能被异化，为这种异化设置了界限，从语言的承认和共同理解观之，语言完全强大力量的展示拆解了神秘性，但为了不向语言整体的过渡形成而意味着这种完全强大的力量要按某种限制阅读，如同语言运筹的取消意味着运筹承载着尺度和限制。

这样，文学言语的素材布局就不再重复符号的素材布局，像通常所理解的那样。这里，文学言语的这种布局就通过已经展示的交际的三个层面，而它们形成了与有关忠实于字面意义之游戏以及有关共同场域之变化的不可分离性。有关忠实于字面意义之游戏：交际的标识和反思游戏，当忠实于字面意义只能通过文学文本所承载之再现的明显缺失才能展示并承认为这种形态的范围内。有关共同场域之变化：它既忠实于字面意义所拆解的东西，也使忠实于字面意义的反思游戏成为可能。把文学言语同化为某种反布局——文学言语被认同为能指游戏——缺少了能指的文学实践所承载的布局论证：因为能指被展现为这样，它是交际的某种信号；不管是在写作时刻还是在阅读时刻，因为它设置了布局论证的对应方，它同样设置了某种反映时刻；更准确地说，因为它是被带向其界限、带向符号定位被拆解这种程度的语言媒介，它既可以根据所有能指前行，也是这种可能性造成的封闭圈，因为除非文本被拆解，这种可能性迫使人们把能指的游戏承认为该文本里某种被独特化的游戏，并进而与能指游戏的共同理解关联起来——能指被理解为交际的某种信号，能指根据从符号思想、从由此产生的能指的歧义里得出的反思游戏被观照。

布局论证和界限的这种活动要求重读早期现代文学的瓶颈。现实主义：从展现向论据、向幻觉的过渡——每次，通过这些结论被过渡的，都是交际和交际思想的展示；作品按照提喻的某种组织、某种想象构成占优势——作品把其展现给成再现的整体，并进而给成知性的完结，它不展示承认交际之展现所设置的界限。为艺术而艺术：在单一艺术选择的标签下，文学事实上成了艺术权力的某种论据化，它意味着这种权力被表述——文学似乎从形式上得到了展示，但是也按照其意义的封闭、按照它产生意义的语境的封闭而展示，而后者是基本形态。象征主义：在象征主义里，有对这两种文学路径的拒绝。把书写置于必然性、否定性之展现的标志下，即使这种举措以其自身的失败而终结，却把文学定义为它自身界线的展示，而没有展示为有关交际和交际思想之展示所承载之界限的某种游戏——马拉美式的晦涩性因为是关于语言掌控的某种活动，从根本上与诸如明显的清晰性、元诗学的不适应性以及更广泛的制作与实践的分离所界定的密闭性（不透明性）相异，而密闭性是关于推论无限性以及从展现向再现的任何过渡却所构成的界限的游戏。早期的现代文学就这样造就了自身展现之律条的某种方式，没有把它们依原貌推出。

当代文学展示了这种过渡的不可能性。只需重温佩罗和德·吉优迪斯。佩罗：同时展现日常生活和作家排除了这些展现之一构成另一展现的律条，排除了此种展现和彼种展现乃是向它们之比较和向这种比较的彼岸过渡的标志。此种展现和彼种展现的比较形成了反思游戏，同时，日常生活和作家的展现所构成的对各种共同场域的承认，形成这种比较可能描画、喻示的一种展现与另一种展现之关系的某种界限。德·吉优迪斯：从微博网上拿来可供使用的故事是可归纳出自身限制的反思游戏——对该故事的承认和展现的界限。当代文学在展示这种过渡的不可能性时，把自己的各种展现变成它们自身的整体——这样就有这些整体相对于未形成这类整体的各种展现的问题，因为它们不是明确按照这样一种反思游戏和这样一种界限游戏的资料。把这些展现变成它们自身的整体，当代文学就把它们给成全面展现的某种方式，让我解读的全面展现。在《模拟表演》里，马拉美表述了某种全面展现，即对哑剧的展现，这种展现是全面的，因为它只是它自身，因为它是一个时间的整体——"这里很突出，再现它的未来、过去，在现在的虚假表象下"——，并把它等同于理念的演示，等同于"一个纯粹的虚构地域"。[①] 理念其实就是展现所承载的可能的再现、可能的共同场域。它归结为"一个纯粹的虚构地域"这件事较少与没有前置因素的某种摹仿说的各种歧义相关，而更多地与这种展现全面给予一个观者、它以其全面性把那个看它的人变成一个观者的事实相关。

这样，虚构就可以界定为：种种展现的全面展现，它把我变成观者、读者，恰恰因为它是全面的且排除自身以外的任何过渡，因为人们根据它的全面性、它的共同场域、它的反思游戏——在上述情况里，即哑剧的反思游戏，重现它所显示的年代，重现它所显示的东西——来观看它，来解读它。虚构自然还可以说是虚假的。虚假性仍然形成一种展现，后者仅通过其全面性和这种全面性被承认的事实而要求虚构性。因而虚构不设置"犹如"——比喻和条件式方式事实上没有把虚构定义为某种言语或某种展现，而是界定为某种未实现，后者以某种与"犹如"构建或假设分不开的言语为支撑；它并非必然可以认同于某种二元性或某种替换性的元素——形成二元性或替换性的东西恰恰是与它所假装的东西一起，或者与它与之一起构成沃尔夫冈·伊泽尔术语中的某种"复本"（doubling，化身）一起，后者也意味着言语是某种想象运动的支撑。当代文学在明显安排展现游戏和它们所形成之整体的游戏时，在把这种游戏与交际和交际思想的展现关联起来时，亦即有意把这些展现变成引入它们的反映性组织和导向元再现之可能性的种种推论的限制时，通过这样提出贴切性的问题时，没有引入想象思维的各种路径，也没有引入投射活动。通过密闭性的或神秘性的双重价值，它使推论游戏有效化并把它与再现关联起来，与可

[①] Stéphane Mallarmé, *Mimique*, *Oeuvres complètes*, op. cit., p. 310.

以在某种共同体的各种再现中阅读这些展现的东西关联起来,除非在阅读中通过的东西,它排斥作品的这种安排,排斥作品基本上从它可能揭示的意义角度或从真实角度被考察。

言说这些东西时,我们不妨说,现实主义和象征主义确实通过某种展现游戏,通过这些展现的完备性游戏,很好地进行了虚构。但是,通过提喻的优势地位,它在现实主义美学中,把作品给成整体的明显形象,通过象征主义中思想或共同场域所形成的律条,上述完备性与它可以因之而构成体系、与它可以在解释性再现游戏中超出单一完备性游戏而通过的东西分不开——哪怕是诗学尝试的失败,例如马拉美所演示的那样。当代文学通过不把神秘性和贴切性问题与共同场域明显分开,就不通过这样的虚构,即完备性及其恰恰与共同场域和贴切性之庸常直觉相关的展现问题。因此,不要把当代文学的这些主导性特征——例如,由安东尼奥·塔比奇所演示的叙事、小说的反映性游戏,这种反映性游戏在诗歌中的对应者,由约翰·阿什贝里所演示的比喻表达和直接表达的展示——阅读为足以定义这种文学的形式特征化、或语义和风格的特征化。这些特征化其实指示了作品进入全面展现游戏、把它们置于某种推论游戏并限制这种游戏以期把我们变成单纯展现的读者而赋予自己的各种工具,而这些展现其实是可以按照某种共同的贴切性来解读的。人们在谈论当代诗时曾经指出,"语言,且尤其是诗的语言,呈现为某种通过分裂来定义的手段"。[①] 应该理解的是,这个世界的任何展现,如果它应该拥有某种贴切性,就应该在"某种程序形式下展现,通过这种进程,世界的各种元素失去了它们的统一性或它们的语义的单维性",而这种程序是某种定义的手段,我们补充道,亦即是某种贴切性展现的手段。

如果应该重拾米歇尔·德吉的语词,"事物和语词的去象征化","坚持整体",它们只能用来标示,当代文学不是对制造象征——超越语词的界限,走向喻示——的东西的处理,取象征主义所理解的意义,不是对通过制造世界而构成象征的东西的处理,取现实主义让人们理解的意义,也不是对可以发挥这个世界之整体价值的某种展现的展示。当代文学的各种展现是可以形成再现之物的各种展示,是对通过其整体形成虚构之物的展示。文学言语相对于非文学言语的特殊性不是某种形式的特殊性——尽管

---

① John E. Jackson, *La poésie et son autre, essai sur la modernité*, Paris, Corti, 1998, p. 97.

文学言语可以展现某种独有的形式——，而是某种功能的特殊性：展示交际的三个层面并设想按照这三个层面进行的阅读畅通无阻。因此，当代文学既不能根据单一的象征目标定义，也不能根据单一的形式宗旨定义，也不能根据单纯向共同言语的转移定义。它根据下述事实定义，即它所提供的言语自我是完整的——任何言语都无法加诸于它之上，哪怕是评论性言语。只要它通过其言语的物质限制显示这种完备性就可以了。不管言语的形式组织和语义组织如何，当人们从这种完结性去考察它时，它就是交际的展示——只需重温任意书写的独特性就足够了。忠实于字面意义——展示为这样的言语首先是其语词的展示——定义了某种悖论的共同场域：它让语词通向共同场域和再现；共同场域和再现按照约翰·阿什贝里所演示的运动，重新回到文字。

　　作品因而是两种反思游戏的时刻：开辟推论可能性的反思游戏；界定共同场域之使用并可定义为可能的元再现之图式和贴切性之庸常直觉之图式的反思游戏。关乎佩索阿时所描写的时间疑难，关乎卡夫卡时所描写的叙述疑难，涉及佩索阿之异语同义词时所描写的抒情主体的还远，可以根据这两种游戏来阐释。①

　　时间疑难：时间的直线较少显示和再显示，它更多的是按照现在形成的悖论来展现的——现在时态和过去及未来的表象——以便把时间的这种展现置于某种完备性的标识下——现在是现在时态和过去与未来的这种表象——，在某种反思的标志下——时间直线在现在时态中反思，现在时态反思时间线条——，以便把任何现在形态给成时间显示的界限和让人们回归时间显示的东西。叙述疑难：叙事可以解读为它从定义上无法证实、但必然异化之东西的重复。它通过安排叙事的各种不同的可能性，而展示过去之展现所形成的推论的开始。因为它无法证明这种过去，它把自己的展现给成这种开端的界限，并进而给成可能的重复。诗的抒情还远把主体的任何展现与主体的话语相分离——主体的展现无法与陈述者的指示和展现形成一体。说话的主体无法明确地进入主题；可以与之关联起来的谓语是其他主体的谓语，而这些谓语也没有明确地与他关联起来。然而，诗却出自唯一的一个陈述者。反思游戏把陈述者主体安排为使被展现主体们多样化、安排为按照推论形成处理他们、并通过参照唯一陈述者而把他们给成

---

① Voir chap. 3, *suora*.

某种整体的手段，单一陈述者由作者的姓名来显示。主体写自己；他还把自己展现为其他主体们、进而世界上的任意来者都记载其中的某种资料。以卡夫卡的例子为特征的阐释学的疑难，在这些条件下，可以从更广泛的角度解读。这种疑难只是无法通过文学展现游戏的发现，除非无视反思游戏和共同场域的二重性和功能。它把作品界定为不构成某种独特世界的东西——这并不排除作品向种种特殊世界提供种种参照系，这些参照系是展现的组成部分。它让我们懂得，在当代文学里，对不可理解性、沉默、失落的共同体的突出乃是显示上文已经表述过的作品的构成性二重性。拘泥于字面不是对意义的拒绝，因为在忠实于字面意义里，构成问题的不是意义，而是展现的使用和推论的开始。通过被终结为非及物性、终结为审美性的作品目的性的缺失，正在于这里：展示某种交际和认识游戏，而不走到解决这种游戏的地步。

这些疑难意味着作品不把共同场域展示为已知材料，而是明确地重新构建它。只需重复约翰·阿什贝里和托·斯·艾略特就足够了。约翰·阿什贝里：倘若语词和日常情况已经给出，根据它们的不确定属性，根据它们所采用的各种不同的时间层，如果它们由此而成了共同场域，成了语义分配、定义、时间分裂之展示和现在时态之完备性展示的种种手段，那么它们只有首先被作为踪迹来处理，才能呈现出上述形态。饶舌型共同场域或将是作品的律条。重建的共同场域将根据造就作品的条件汇集各种共同场域的见证、这些语词、这些事物、这些平素的场景，并把这种汇集变为场域，变成各种共同场域的某种共同场域，让诗作展现它自身的共同场域，展现为在各种共同场域中的某种介入方式，使它由此构成这些场域的场景、回归共同语词的场景、回归平常性的场景、按照它们的不确定属性而开放的场景。在托·斯·艾略特的《荒原》里，参照复兴礼仪的象征体系和垂钓者国王的神话具有某种矛盾的定位。明显的参照。然而，通过诗作的种种展现游戏以及把希望保持解释性身份的东西变成对展现之依赖的注释，这种参照系变成了忠实重建的参照系。象征性和神话性变成了推论游戏的组成部分。它们大概对自身有效。它们仅仅是汇集在一起的这些忠实的见证，并发挥推论游戏二重性之手段的作用。书写和阅读复兴时期的象征体系和垂钓者国王的神话性，只能根据回归各种展现、按照他们对其展现的开放态度来书写和阅读他们。

共同场域的这种重构要求悖论性地定义文学。它不能根据共同场域来显示自己,因为它是共同场域的重构。它不能呈现为其他东西,只能呈现为对各种共同场域的继承,呈现为属于共同场域的东西。制作与实践的分离需要重新阐释。它可以把玩这种二重性,把忠实于字面意义变成表述不确定属性之共同场域的东西。忠实于字面意义可以就文字自身解读文字,可以对各种主题和现实进行共同性解读。这是乔治·佩罗在《一种平常生活》里所喻示的。忠实地表述作家的一生,表述人的一生,等于要回到这些生活的平常性。因而展现游戏和再现游戏是两种游戏。第一种游戏:推论之开展和赋予各种推论之界限所形成的游戏。这种游戏的理解要相对于各种再现、相对于它们所承载的各种标准,根据这些准则所形成的日常性的形式进行。日常性乃是根据对这些再现和这些准则之见证的继承、根据集体交际的各种界限来改变它们的可能性;它具有某种共同的不确定属性。对共同场域的继承,对共同场域的重构:文学可以界定为承认、接受、改变——例如通过比喻游戏——、总之把这些准则外部化的某种手段:尝试弄懂我们可以把它们表述到、解读到什么地步,直到何种程度我们可以把它们变成文学的祭奠品和不应该把它们变成文学的祭奠品。文学可能是构成我们在何处的某种手段,恰恰在这种与构成我们日常性的各种再现和各种标准相关联的交替游戏中。如果说文学通过把各种共同场域变成悖论性的共同场域,在构成我们日常性的各种再现和各种标准的基础上发挥作用,那么它还把玩平常性,自此,平常性就定义为共性之个性、各种共同场域的共同场域、它们的实践和它们的衡量尺度。在作品中,一旦共同场域被置于某种反思游戏、某种密闭性游戏,而作品也走向对贴切性的单纯直觉时,平常性就是界定共同场域的东西,只需重温乔治·佩罗和约翰·阿什贝里的作品就足够了。

文学、共同场域和修辞的审美化

那里有这样的假设,即文学言语,被承认为文学的言语,基本上是以功能方式来界定的:它是这种言语,作为此种方式或彼种方式的独特体,诸如通过简单的关注,就可以不分离从展现向再现过渡的这种独特化与贴切性的标示,并通过向意见(le doxique)的某种悖论性的回归,而吁请人们提出某种最佳交际的问题。这个问题源自某种双重拷问——文学客体、被承认为文学的客体、任意独特体所发出的拷问;从忠实于字面意义向各种共同叩问之过渡所承载的拷问。遵循语词,很简单,这就是承认这些语词在其庸常性中是共同的和独特的,并因而可以显示交际和交际的思想。

因此,文学是以任意的和不可转让的言语对其自身的意向性实现。它可以把任意言语、任何展现、任何再现置于自己的意向下,后者可以呼唤某种突出的形式实现,也可以置于交际和交际思想的形象化。这种选择是对文学再现和文化再现之展现和运筹的某种最大可能性的选择。那么与文学相对应的是某种特殊的交易行为:文学言语,被承认为文学的言语,是这种言语,它在其人为造作中——它的人为造作以象征化的疑难、叙述疑难、抒情主体的还原为手段——介入对任何言语之贴切性游戏的有限承认和想象浴、展现的继续及各种不同再现的可能性的问题域,后者是没有答案的。文学和被承认为文学的东西,明显地在先前已经存在的这些展现中发挥作用;它就这样——通过书写时间、阅读时间——变成先前存在东西的视阈。某种已经独特化的言语做继续各种展现所介入的种种意见和各种再现的背景。文学言语,或被视为文学的言语,揭示了各种言语中未曾联结之关系的各种可能性,且因为成为各种意见的背景,把意见性同时变成某种展现,变成某种再现的可能性,而这种情况在作品里,在被承认为文学的言语里,被置于某种推论游戏之下并显示这种游戏的终结。

这样,不管文学客体多么散乱,不排除指出文学的自立性,就应该一如当代文学所表述的那样,从其中读出文学的反意见性特征,读出修辞特有的某种悖论:文学按照共同场域的某种双重游戏被书写、被表述、被解读——这种双重游戏指的是文学自身构成的游戏,概括为文学再现和它对字面意义的忠实的游戏;它与文化再现一起构成的游戏,后者可以概括为文学的散乱性,文学的散乱性与各种言语的散乱性混淆在一起。这样表述文学的某种双重的共同场域,还不是表述文学自我活动的方式,还不是表述人们理解作家活动或读者活动的方式。最初的修辞介入与这两种再现的承认、与有关这两种再现的某种工作混淆在一起。因而实践和阅读文学等于通过在作品中承认这种似真性而介入了与文学所承认、与文化所承认的似真性相关的某种特殊战略。采用这样一种游戏意味着作品把这种似真性展示为二难抉择物——文学通过开展并限制自各种展现开始认为可能开展之推论所形成的东西。这种情况还意味着这些再现不构成种种统一的矩阵。这种情况最后还意味着这种游戏的手段即作品本身具有二难抉择的性质——只需表述从佩索阿到乔治·佩罗作品里贴切性的联姻和元再现的未完成性。

在这种视野里,表述被 19 世纪所证实、在 20 世纪占优势的修辞的某种审美化,需要重新给以阐释。这种具化为把修辞场压缩为比喻场的审美化,只有在文学的共同场域内部才是可能的。尽管在这样一种审美化的范围内,比喻被与语义断裂纳入作品的现象关联起来,却不能必然得出修辞可以等同于差异游戏、或者更平庸地说,等同于语义之差距、风格之差距的游戏。修辞的审美化不能排除比喻学参与比语义违规或某种建立在贴题基础上的语义游戏更广泛的游戏——各种意指的范式清单可以让我们阐释比喻所建立的非典型的语义变化。把修辞学压缩为比喻学不应该阻止下述看法,即这种比喻学是与各种再现游戏开展游戏的手段和衡量尺度。只需强调,这样一种分析不能没有对词汇学整体、陈述行为整体的提示而踽踽独行,而按照 I. A. 瑞恰兹(I. A. Richards)的见解[1],这种分析甚至应该按照缺席语境的整体进行。就定义而言,缺席的整体是假设的。因为它是假设的,它反馈到文学再现和文化再现的整体。比喻学通过它所建构的种种语义暧昧的游戏,通过它所介入的语境多重化的游戏,归根结底只是文学活动形成的言语形象和文本形象,不管是作品还是阅读:这种活动没有文学再现、文化再现的或明或暗的重温是寸步难行的,还因为这种活动是独特性的活动——它论证了它是依靠比喻推进的——,是根据语境的变化和多重性的活动,而语境的变化和多重性是两种再现中的众多游戏。与这两种再现的关系的实践、阅读按照该活动的差异和这些再现的各种不同的身份进行。这样,任何差异就是与一种身份以及与另一身份的近似性的差异。文学活动所承认的独特性与某种贴题分不开——与这些再现的每一种的贴题分不开。这种纽带的条件是,这些再现设置了身份和差异的多重性——任何再现都可以按照交际的三个层面来解读。

所谓现代性[2]把文学活动置于"开创性断裂"的标志下这样一种似乎排除了上文刚刚表述过的关于双重性的意见的举措,却不能把文学活动排除在文学再现之外,排除在文化的再现之外。这种举措至少包含了文学中

---

[1] I. A. Richards, *The Philosophy of Rhetoric*, New York, Oxford University Press, 1936.
[2] 贝西埃这里的现代性是指 19 世纪自现实主义以来的文学,与我们从思想史上理解的现代性是指 17 世纪(某些英国学者甚至以为应该从 16 世纪英国的经验主义算起)以来的理性主义和现代社会的发展不同。——译注

的若干共同信仰，包含了某种（文学的）意向性，只是在最初阶段，这种"开创性断裂"未能被具体类型化。类型化的这种缺失还反映了该举措可以以失望的方式来阐释、来接受——这也是两种再现游戏中的某种游戏以及有关它可以在这些再现中占据何种地位的某种运筹。现代的文学实践和文学意识形态如此希望异彩纷呈、如此希望具有差异性，它们不可能拒绝它们自身的共同场域。当当代批评强调艺术世界的重要性时，当它具体指出这种艺术世界（或文学世界）的条件是某种保护合作性的原则时，它以自己的方式表述了上述意见。这等于说，文化再现包含了文学再现，以及在文化的各种贴题中，包含着这种主导对艺术世界（文学世界）之承认的主题：用文学活动的语汇来表述，合作性与对差异游戏和身份游戏以及这种游戏形成问题的发现是一致的。

文学、共同场域、想象浴

社会的文学化与两种发现是分不开的。作家们、读者们习惯于文学客体。从文化的角度看，这种客体以足以普遍或广泛的方式被接受，亦即被宽容并进而以不同的方式被庆贺。社会的文学化和文学与文化包装的同化之发现的悖论可具体说明如下：文学被认为是可以写作的、可接受的，但是其界定和其计划却是不确定的，理由是，它是某种不断地从自己所沐浴的视域中获得文化价值的客体，准确地说，它是一个被宽容的客体。那里首先指出，文学属于这种文化，后者通过其交际体系、通过它的想象浴，不断地提供展现的多重性并赋予它们以贴切性，把它们提供为集体再现的组成材料。文学只是这些展现游戏之中的游戏和展现。我们不妨这样说，想象浴和文学以某种同样的方式，按照某种同样的目标工作——从各种展现和再现所形成的这种想象编织中圈定各种差异。文学和它所形成的形象不再编造任何人间距离。在文化构成的这种包装中，文学作为信仰而继续存在；它记录在赋予文化的活动间属性里——文化应该传达给所有人和服从于这种命令的公众。社会的文学化就这样把文学表达变成了某种任意的独特性。应用于这种任意独特性的活动是某种独特性的和任意性的活动，是这种想象浴的准确部分。

然而，在我们的文化里，文学是某作家、某读者个人的一种决定，它在相信文学的范围内、在文化的包装下活动。文学举动不管是出自作家还是出自读者，都保留着选择举动的形态——对某种书写的选择，对某种阅读的选择，对某种文学言语、对某种可以是文学的言语的选择。由此而成为与种种文学独特性相关的交替活动，甚至成为与各种再现和各种准则的分散性相关的活动，各种再现和各种准则构成我们的日常性。在这种想象浴中，在交际的这个段落里，在文化的这种包装中，来自作家、读者的文学活动可能变成在同一性内部管理相异性、管理这种形式的独特性或任意独特性的方法，其假设或发现是，文化范围可以包括任何东西，而想象浴可以包含任何展现。需要更广泛地表述：文学的相异性，只要保持了文学的名称；表述这种想象浴的相异性，一旦它被置于某种个人的管理下，因为它意味着文学的无差异化或社会的文学化。那里没有可以被定义为游戏主义的东西，而是通过赋予文学之定位的悖论性活动，可以定义为某种独特性之实践的东西——任意读者就是这种任意的独特性——，这种实践以某种任意的独特性为对象。

　　这是想象浴和交际连续性之标示的某种翻转。确实存在着这种连续性，然而，主体、文学、任意其他主体、任何其他展现，都可以显现为其他展现中的独特者。或者还可以说：文学既不能通过主体，也不能通过他的他者、通过这种想象浴、通过其他展现而得到论证。但是，它在做想象浴无法完成的东西——展现它所构成、采纳的言语，通过这种展现赋予它完整面貌。因为存在着想象浴，它引入了参照各种共同展现和再现的可能性；它不可避免地完成着某种反思游戏和交际及其思想的语象化。自从有了想象浴之说，它与当代的表达方式没有功能性的差异。自从书写文字通过存留思想的游戏展示知性的某种缺失，它因此而呈现为各种言语之连续性、想象浴的部分，自从人们同时承认知性的这种缺失可以赋予各种共同再现开辟并限制展现行旅的属性，可以让人们考察展现自身并把似真性和社会时间变成似真性问题和期望某种贴切性问题的手段，文学就是这种缺失的个人管理。

　　这样继续各种叙事、任意叙事，不啻于重复各种叙事，叙述通过之物，叙述已通过之物，而恰恰因为它通过、它已经通过，于是它消失了，成了叙述者语词中的例外之物。这种情况如果继续存在于叙述者的语词中，那是某种虚空性的形式。各种叙事可以表述这种虚空的继续并进入想象浴。然而叙事意味着通过之物、已经通过之物是偶然发生的，还意味着当人们表述通过之物、已通过之物时，被叙述的事情如同被叙述的事实一

第六章　文学、共同场域、日常性、普通性　165

样发生了。继续各种叙事较少是为了显示行动者身份的重建或者时间进行中的叙述的重建，而更多的是把它与叙事的事实关联起来，每种叙事通过已经变成之事物与叙事的偶然发生之间的游戏构成这种叙事事实。叙事的展现成了展现言语的手段，而言语开辟了与过去相关的种种推论和对这种叙事事实的各种限制。叙事把玩与叙事多重性相关的同一性，而叙事的继续造成了这种多重性。叙事因此而始终是它自身的可能性，并进而成为可能性的图式，后者并未与某种未来相认同，而是与这种时刻相认同，在那里，对于我们而言，表达义尚不曾拥有表达者之外的存在。

当代诗歌以两种坚信为分野——坚信它只是它的语词、它什么也不曾表述以及坚信它表述的东西远超过实际表述的内容——这种现象，只不过是回到了有关忠实于字面意义的争论，且更有甚者，用与上文刚刚指出的叙事之二重性类似的某种二重性来界定诗：依前者之见，诗作可能就是失去交际普遍性的这种独特性；依后者之见，诗作可能找到了这种普遍性但有可能失去它，因为它增长了这种普遍性。像叙事一样，诗作开辟和限制过度的推论。需要重复的是：诗作由此进而成为某种独特化的图式，这种图式没有与某种意义关联起来，而是与这种语词关联起来，在那里，对于我们而言，表达义尚不曾拥有表达者之外的存在。

倘若虚构就是这种呈现为全面的言语，它把我这个作家、读者变成该言语的观察家，那么，如同上面刚刚表述过的那样，叙事和诗的定位就因而把虚构介入为某种定义和某种实践，它们既是对一定虚构的翻转，后者被界定为对任何无法对我有效之言语都施加某种方式的先买权，也是对自种种展现开始进入我的想象领域并可以使我进行各种认同的虚构的翻转。这还是走向这些语词，在那里，对于我们而言，表达义尚不曾拥有表达者之外的存在。

文学通过给我们这个世界增加了所有这些在它们的表达之外并不存在的表达义而把我们的世界多重化。那是以一种新的方式在同一性内部管理相异性。如果文学通过把种种共同场域变成悖论性的共同场域，把玩构成我们日常性的各种再现和准则，它还把玩平常性，自此，平常性被界定为共性之共性，各种共同场域的共同场域，它们的实践和衡量尺度。在作品中——只需重温乔治·佩罗、约翰·阿什贝里——，一旦当共同场域被置于某种反思游戏、某种密闭性游戏而作品走向对贴切性的唯一直觉时，平常性即是定义共同场域的东西。对贴切性的这种唯一直觉并不排除那些简单语词依然仅仅被读为它们自己,按照这种在表达者之外尚不存在的表达义解读。当代文学:平常性的这种承认,通过这种独特性游戏对平常性的这种否认,通过对各种语词的简单遵循,通过对语词任意性的承认——这种任意性使它们能够参与若干共同场域——而对平常性的这种再投资。文学即是语词和它们在平常性中构成的界限,同时它们展示着平常性。它并不必然拥有先验规则,因为它可以是、且应该是接近所有言语和它们所承载之所有言谈方面的生活方式的文学。遵循语词——承认文学的最小权利——并不蕴涵着拒绝任何制作,而是要求作家懂得他在世界、在言语中的地位的任意性。这是约翰·阿什贝里的教导。这种知识保证对各种言语、各种符号的阅读的可能性,而不必设想这些言语之间的某种关系,而不必设想这些符号与它们的关系。这种知识使平常性中的书写成为可能:书写和平常性可以因此而给出;两者也可以被人们所熟知;两者之间没有预告关系,然而它们是可以同时阅读和被承认的。

那里可能存在着这些文学实践的某种拓扑学实践——如同德·吉优迪斯所叙述的那样,这些文学实践指的是微博上的文学和阅读:文本的某种转让实践和改变实践。这种实践把文学的继承置于其交际性、置于反思时刻和其不断改编的标志下,文学的不断改编只是文学的再现游戏,文学与共同场域一样,按照某种悖论被处理。文学被描画为它自身的现在形态,自身终结在这种转移游戏和这种拓扑学游戏中——之所以说它是自身的终结,是因为这些见证的每一种都可以说是终极性的见证,自此,任何文学见证都是可改编的和可重新组织的。由于这一点本身,它就是造就平常性即微博的共同场域、造就根据微博感知和叙述的人物、造就作家的可能性。平常性的悖论恰恰就是这种共同场域和这种时刻,期间,微博的叙事、微博叙事之叙事,这种共同场域和这些叙事以全面的风貌被给出。

只需补充说,那里还有当代文学的典型游戏。把某种言语、某系列言语作为全面的言语给出,作为全面的言语来阅读,并不排斥它们以这种完备性而形成问题——把一部虚构细碎化只能是拆解它。问题再次回到贴切性的介入上来。尼诺·朱迪斯的种种神秘性由此而重构如下:文学展现可以不与它引导出的再现相分离,这种再现可以是共同的;这些唯一的发现或者是文学的某种终结,因为不再对这里给出的贴切性进行叩问,或者是文学的继续,因为已经给出的贴切性等于意味着交际的展现和思想可以没有推论游戏。

作品名称索引

《阿米纳达》（*Aminadab*） 37，48
《包法利夫人》（*Madame Bovary*） 23
《反象征》（*Le Contre-Symbole*） 69
《歌集》（*les Cantos*） 92
《黑暗的三种启示》（*Trois leçons de Ténèbres*） 68
《荒原》（*La Terre vaine*） 121
《接触，这些相似物》（*Touching, the similarities*） 42
《看不见的城市》（*Les villes invisibles*） 5
《三个女人的一生》（*Trois vies*） 123，125
《圣殿》（*Sanctuaire*） 118
《世界产生之前》（*Avant qu'il n'y ait le monde*） 69
《温布尔东的体育馆》（*Le Stade de Wimbledon*） 125
《喧闹国家的旅行或问题的艺术》（*Voyage au pays sonore ou l'art de la question*） 68
《一个沉睡的人》（*Un homme qui dort*） 121
《一种平常生活》（*Une vie ordinaire*） 7
《尤利西斯》（*l'Ulysse*） 26
《追忆逝水年华》（*A la recherche du temps perdu*） 150
《自传》（*Autobiographie*） 93，101

人名索引

阿多诺（Adorno） 145
阿尔多·加尔加尼（Aldo Gargani） 113
埃兹拉·庞德（Ezra Pound） 92，115
安东尼奥·塔比奇（Antonio Tabucchi） 47
奥西普·曼德尔斯塔姆（Ossip Mandelstam） 102
保尔·德曼（Paul de Man） 9
保尔·里科尔（Paul Ricoeur） 75
保尔·瓦莱里（Paul Valéry） 31
彼特·布格尔/P. Burger 98
彼特·汉德克（Peter Handke） 68
博尔赫斯（Borges） 63，136
博托·斯特劳斯（Botho Strauss） 44
布拉德利（Bradley） 121
丹尼埃尔·德·吉优迪斯（Daniele Del Giudice） 6
费尔南德·佩索阿（Fernando Pessoa） 69
费利西泰（Félicité） 34
福克纳（Faulkner） 118
福楼拜（Flaubert） 134
伽达默尔（Gadamer） 98
格特鲁德·斯泰恩（Gertrude Stein） 125
汉斯·罗贝尔·尧斯（Hans Robert Jauss） 99
黑格尔（Hegel） 67
华莱士·史蒂文斯（Wallace Stevens） 31
I. A. 瑞恰兹（I. A. Richards） 162
居伊·德博尔（Guy Debord） 113

卡夫卡（Kafka） 70

雷弗迪（Reverdy） 96，102

雷蒙·格诺（Raymond Queneau） 56

连·格拉克（Julien Gracq） 106

罗贝尔·克里莱（Robert Creeley） 131

罗曼·英加登（Roman Ingarden） 104

马拉美（Mallarmé） 20

马里奥·瓦尔加·略萨（Mario Vargas Llosa） 103

米歇尔·德吉（Michel Deguy） 148

莫里斯·布朗绍（Maurice Blanchot） 37

娜塔莉·萨洛特（Nathalie Sarraute） 55，108

尼诺·朱迪斯（Nuno Judice） 28

佩索阿与迪伦·托马斯（Dylan Thomas） 82

皮卡比亚（Picabia） 3

普鲁斯特（Proust） 26

契诃夫（Tchékov） 56

乔伊斯（Joyce） 26

乔治·卢卡奇（Georges Lukács） 98

乔治·佩雷克（Georges Perec） 121

乔治·佩罗（Georges Perros） 7

圣·安托万（saint Antoine） 34

泰奥多尔·德·邦维尔（Théodore de Banville） 20

托·斯·艾略特（T. S. Eliot） 121

沃尔夫冈·伊泽尔（Wolfgang Iser） 99

雅克·鲁博（Jacques Roubaud） 93，101

亚里士多德（Aristote） 98

叶芝（Yeats） 69

伊塔洛·卡尔维诺（Italo Calvino） 5

约翰·阿什贝里（John Ashbery） 42

约瑟·安热尔·瓦朗特（José Angel Valente） 68